青少版

杨家将

[明] 熊大木◎著
司马志◎改编

花山文艺出版社

图书在版编目（CIP）数据

杨家将 /（明）熊大木著；司马志改编 . —石家庄：花山文艺出版社，2017.9

ISBN 978-7-5511-3726-3

Ⅰ. ①杨… Ⅱ. ①熊… ②司… Ⅲ. ①章回小说—中国—明代 Ⅳ. ① I242.4

中国版本图书馆 CIP 数据核字（2017）第 227009 号

书　　名：杨家将
著　　者：熊大木
编　　者：司马志

责任编辑：刘燕军
责任校对：温学蕾
美术编辑：胡彤亮
出版发行：花山文艺出版社（邮政编码：050061）
（河北省石家庄市友谊北大街 330 号）
销售热线：0311-88643221/29/31/32/26
传　　真：0311-88643225
印　　刷：三河市天润建兴印务有限公司
经　　销：新华书店
开　　本：880×1230　1/32
印　　张：10.5
字　　数：210 千字
版　　次：2018 年 1 月第 1 版
2018 年 1 月第 1 次印刷
书　　号：ISBN 978-7-5511-3726-3
定　　价：35.00 元

前言

杨家将、薛家将、岳家将、呼家将是我国古代小说中的四大英雄家族，它们在中国民间文学领域有着广泛的群众基础。

《杨家将》是一部英雄传奇系列故事，以话本、戏剧等形式在中国民间广为流传。明代嘉靖年间，熊大木将这些传统的故事和传说整理汇编，写成了《北宋志传》（即《杨家将传》），使杨家将的故事以更亲民和广泛的态势流传开来。

熊大木，号钟谷，福建省建阳人，明代嘉靖、万历年间历史演义小说的编著者与刊行者，也是英雄传奇故事作品较早的作者。他以编著出版为业，曾开设书坊“忠正堂”。他不仅刊刻了多部传世的书籍，自己也动手编写了不少通俗小说，其中以《杨家将传》的影响最为广泛。据孙楷第先生所著的《中国通俗小说书目》载录，熊大木因编有大量通俗小说，在明清小说史上占有重要地位，其咏史诗别具一格，颇有新意。

《杨家将传》对北宋前期的一些人物和事件加以演义，讲述了杨家四代人戍守北疆、精忠报国的动人故事。在这些故事和传说中，杨家将英勇战斗、牺牲的过程被叙述得十分详细和感人；同时也把宋代功臣潘仁美描绘成大奸臣做陪衬，使得杨家将的英雄形象和崇高家风变得更加高大和完美。

七郎八虎闯幽州、血战金沙滩、穆桂英挂帅、佘太君挂帅、十二寡妇征西……一个个栩栩如生的忠义形象，一个个精彩绝伦的爱国故事，一直在世间广为流传，尽人皆知。

杨家将的故事反映了杨家一门前仆后继、忠心报国的爱国精神，是千百年来中华民族在民族融合过程中追求美好生活、向往先进文化的一种寄托。他们的传说和故事，相互辉映，充满了强烈的爱国主义精神，闪耀着璀璨的理想主义光芒，是对青少年进行爱国主义教育的良好范本。

为了更方便青少年阅读，此次我们对熊大木所著的小说做了更精细的修改和整理，全书仍采用章回体形式，内容丰富，通俗易懂，值得一读。

目录

目录

第一回

宋太宗御驾亲征 杨家将归顺大宋

开宝九年三月，宋太祖听说北汉国君开始招兵买马，日夜操练，便跟赵普等人商议要出兵征讨。商议后，太祖下诏任命潘仁美为监军，高怀德为先锋，率领十万精兵向潞州进军。刘钧听闻消息后忙与群臣商议，最后决定由赵遂领兵抵御宋朝大军。

两军对垒，赵遂大败。刘钧十分惊慌，丁贵上奏说，如今只能去请杨继业出山。刘钧立刻派使节给杨继业送去诏书。收到诏书后，杨继业与众将商议。商议后，杨继业下令让长子杨延平镇守应州，自己和王贵先去晋阳见了刘钧，然后率军前往泽州。

杨继业带领大军势不可当，两军交战，杨继业打伤高怀德，王贵率军杀入宋军阵中，宋军死伤无数。宋太祖听报，觉得收复河东无望，便想班师回朝，但这时潘仁美却献计说，应该先跟杨继业讲和，这样撤兵后方可免去后顾之忧，太祖准奏，随即派杨光美前去讲和。杨光美见到杨继业后，一番义正词严，说不忍百姓遭殃，生灵涂炭，两军应讲和，杨继业最终同意。太祖随即班师回朝。回朝途中，在太行山招安了呼延赞的兵马。

因为途中中了暑气，宋太祖回朝不久便病倒了。当年冬天，病情加重，临终前他将皇位传给了弟弟晋王赵光义，并向他交代了三件后事：第一，一定要收复河东地区；第二，一定要重用太行山招安的呼延赞；第三，一定要招安杨继业父子为大宋效力。最后他又赐给儿子赵德芳一把金锏，告诉他用此锏可以对朝中奸臣先斩后奏。交代完后事，宋太祖驾崩，赵光义继位，史称宋太宗。

河东的刘钧听说宋太宗继位，便下令要严守边关，以防大宋来犯。与此同时，宋太宗也开始与群臣商议征讨河东之事，最终他决定御驾亲征，并命高怀德为正先锋，呼延赞为副先锋，八王赵德芳为监军，率十万精兵出征。

太宗御驾亲征，宋军士气大振，接连攻下天井关、泽州、接天关。绛州守将张公瑾听说宋军所向披靡，自知无法守住绛州，便主动归降。宋朝大军不日便来到河东附近。

刘钧听闻消息后如坐针毡，丁贵献计，一方面派人去辽国向萧太后请兵截断宋军粮草，一方面调集大军，准备坚守。萧太后见到北汉使臣，得知其来意后，与文武百官

商议，左丞相萧天佑认为北汉与大辽是唇亡齿寒的关系，所以应该发兵，萧太后当即准奏，并派南府宰相耶律沙为都统，冀王敌烈为监军，率兵两万前去救援。结果，辽军大败。刘钧再次下诏书希望杨继业能为国出战。杨继业接诏后当即派王贵领兵镇守应州，自己则亲自率六个儿子和两万精兵前往河东救援。

两军对垒，杨继业苦劝宋朝退军以保两国太平，否则自己定会杀得宋军片甲不留。潘仁美听了此话恼怒异常，杨继业立即下令让杨七郎出阵迎敌。二人连战七十多个回合却不分胜负，这时候，宋军突然鸣金收兵。原来宋太宗一直记得兄长临终之言，想要招安杨家将。

宋朝君臣开始商议，如何才能招安杨家将。这时八王赵德芳提出了一条反间计，派杨光美去行贿刘钧面前的红人赵遂，利用他离间刘钧与杨家之间的关系。然后，再派人去劝降杨继业。

杨继业本一心为国尽忠，奈何北汉本就大势已去，加之不受国君信任，而且宋君确有诚意，权衡再三，他最终选择归降大宋。

第二回

潘仁美领旨出征◉立擂台潘豹逞凶

时光荏苒，一晃几年过去了。

这一日，太宗升殿，丞相王延龄奏说：北边大辽天庆梁王打来战表，要与宋朝开战；又递上边关告急折报，辽国元帅韩昌带领兵马已经大兵压境，请朝廷火速派兵遣将到前敌抗击辽兵。

太宗深知辽国兵将勇猛，须派出良将抵抗，否则江山难保，于是便问谁愿领旨挂帅，可是一时却无人应答。

难道是大宋朝国无良将了吗？当然不是，宋朝的文武大臣实力还是非常雄厚的，文官足智多谋，武将骁勇善战。丞相有王延龄、赵普，正卿侍郎有吕蒙正；武将有铁鞭王呼延赞、开国王曹斌、长胜王石延超、金刀令公杨继业、东平王高怀德、平东王高怀亮、汝南王郑印，还有八王千岁赵德芳，西宫国丈、掌朝太师潘仁美。

之所以无人答话，其实是在互相谦让。这时候，忽听有人奏道："万岁，老臣愿领兵剿灭韩昌的贼兵。"此人正是西宫娘娘潘素蓉之父、掌朝太师潘仁美。

太宗大喜。不过潘仁美之所以领旨却并不是为了保家卫国，而是没安好心。他仗着女儿潘素蓉是西宫娘娘，在朝廷上欺天子，下压群臣，飞扬跋扈，横行霸道。因为有八王赵德芳和杨老令公这些有功之臣在朝，他才不敢太过嚣张。他恨透了这些老臣，一心想扩大自己的势力，自然不想错过这一次独揽兵权的好机会。他暗中盘算，只要挂了帅，到了边关就可以跟辽国合兵打进汴梁，然后再杀死八王爷和那些老臣，推倒宋王，与辽国平分疆土，自己坐上皇位。太宗不知潘仁美心中所想，当即便要下旨封他当元帅，不想却遭到了八王爷和许多大臣的反对。

八王爷问潘仁美："老太师，您偌大年纪，到疆场上征杀还行吗？如打败仗，损兵折将，误了国家大事怎么办？"

潘仁美道："八王千岁，老臣虽然无才，但知道将在谋不在勇，兵在精不在多。虽然我不能疆场厮杀，但可以出谋划策。我有三个儿子，潘龙、潘虎、潘豹，还有两个侄子潘昭和潘祥，个个自幼习学武艺，能征善战，他们都乐意为国立功，报效天子。"

八王爷还想反驳，但太宗却把话抢过来道："老太师，既然你愿意挂帅领兵，朕准奏！"

接下来，潘仁美又请旨让自己的三子潘豹当先锋，太宗便下旨宣潘豹上殿，封他为扫北前部正印先锋官，并答应他如果得胜回朝，必定重重封赏。

八王爷素日最知潘仁美的根底，知道他根本没什么能力，也知道他的几个儿子也不过是匹夫之勇，所以他决定想办法阻止。正当潘豹想要领旨谢恩的时候，八王爷突然启奏道："万岁，上阵打仗是真刀真枪，仅凭武艺是不够的，如果上疆场跨马征杀，怕三国舅不是韩昌的对手。"然后他便建议太宗下旨让潘豹摆擂，如果一个月之内无人能打赢他，那么再封他为先锋不迟，这样也可名正言顺。太宗向来因太祖传位给他又赐八王金锏而忌惮八王，听他此言有理，便准奏了。不过，狡猾的潘仁美也请了一道旨：京中官员家的公子不能来打擂，只许百姓来打。

太宗便对众位大臣说道："众家爱卿，天齐庙立擂，各家之后不许打擂，如果上擂，便为抗旨不遵，全家该斩。"潘仁美谢恩，扬扬得意，领儿子下殿。文武百官心中不服，却也没有办法。

第二天，太宗出旨贴出皇榜：天齐庙立擂比武夺先锋。这下京城可热闹了：大江南北，黄河两岸，各地武士汇集京城，等候比武打擂。

开擂之后，潘仁美带潘龙、潘虎和亲信家奴护擂。每天辰时开擂，申时收擂。打擂的还真不少，谁都想趁这个机会弄个一官半职。潘豹这小子却也真是不含糊，一直未遇敌手。

一晃二十九天过去了。这一天到了摆擂的最后一天，潘豹站在擂台上正等着人上来，这时候，人群中闪出一个黑脸小伙，年龄二十岁左右，只见他身高顶丈、扫帚眉、大环眼、方海口、两耳朝怀，往那一站，百步威风，万丈煞气，犹如张飞再世，敬德重生。潘豹一见此人气势非凡，心中不觉一惊。

来人正是京城天波府老令公杨继业的儿子，太君佘赛花所生，排行老七，名叫杨延嗣，大伙叫他杨七郎。太宗已经下旨不准官员家的公子来打擂，杨七郎为什么来了呢？

原来，那天下朝后，杨令公骑马回天波府，一路上闷闷不乐，一来担心潘家父子打不败辽国，误了国事；二来也为自己的儿子叫屈，因为他们都不能去打擂。

杨继业共有八个儿子，两个女儿。七个儿子是佘太君所生，八郎是干儿子，故此叫七郎八虎：大郎延平、二郎延定、三郎延光、四郎延辉、五郎延德、六郎延昭、七郎延嗣、八郎延顺，还有八姐延琪、九妹延瑛。

杨继业跟夫人佘太君说了朝上之事，担心这几个儿子忍不住前去打擂，佘太君说她会管好他们，让他放心。

要说杨继业这几个儿子，文韬武略全才者当数六郎杨延昭。杨延昭是当朝的郡马，八王爷的妹妹柴郡主的丈夫。佘太君将此事说给了六郎，让他务必要看住几个兄弟，尤其是要看住老七。六郎和大郎一起想出了一个办法，那就是这一个月天天跟几个兄弟一起喝酒练枪，从早到晚都在一块儿。

一晃二十九天过去了。除了大郎以外，另外几个兄弟都在家里闷得受不了了。恰好六郎又被郡主找去了，五郎便央求大郎出去逛逛。其实，这一个月时间五郎虽未出府，但也已经知道了外面有打擂这件事，他答应大郎只看不上台。大郎担心七郎不听话，五郎出主意说把七郎灌醉，等他醒来，他们就已经回来了。大郎性情温和，听五郎这么一说，心软了。五郎又将此事偷偷告诉了其他几个兄弟，于是大家就开始左一杯右一杯地给七郎敬酒，最后七郎醉倒了。

兄弟几个把七郎抬进屋，又命老家人杨洪用棉被把窗户堵上，把门帘放下来，还让他守在门口。然后兄弟几个便高高兴兴出府去看热闹了。

却说七郎睡着睡着渴醒了，便喊：“拿水来！拿水来！”可是喊了几声也没人答应，他便下床推门，结果看到杨洪正酣睡在门前，便问杨洪这是何故。杨洪见瞒不住，便说了实话。七郎当即便要追出去，杨洪急忙阻拦，结果七郎把他捆在了床上，又用毛巾把他的嘴堵上了。

然后七郎把门一锁，挂好自己的虎头乌金枪，从后花园角门牵出战马，出了府便奔十字大街去了。街上人挺多，他东张西望，觉得心里特别痛快。不一会儿，他来到了登瀛楼跟前。这是一家酒楼，杨家兄弟经常在这里吃饭，所以七郎跟这里的掌柜和伙计都很熟。他刚到楼下，堂倌张三便上前抓住他的马缰绳说：“七爷，七爷，叫我等得好苦呀，七爷，给我报仇啊！”七郎忙问何事，张三哭着说出了原委。

原来，潘豹摆擂，对前来打擂的人下手极重，一个月时间打死了好多人。张三的表哥也前来打擂，结果也让潘豹打死了。潘豹是国舅，无法告他，于是张三便想到了杨七郎，希望他能给自己的表哥报仇。七郎听了这话，气得双拳紧握，立即答应了张三，然后便打马朝天齐庙奔去。

七郎来到天齐庙，飞身上了擂台。潘豹不认得七郎，见他威风凛凛、杀气腾腾，心中不觉一惊。他小心上前，突然闻到了一股酒味，心中暗喜：原来是个醉汉，不足为惧了。

潘豹让七郎报上名来，七郎想起来时张三说不让报真名，便道："赢了便留名，输了就拉倒。"说罢便欺身上前，抡拳就打。潘豹一闪身，躲开这一拳。七郎又进招，潘豹转到身后，抬腿踢在七郎后胯上，将他踢下了擂台。

七郎武艺高出潘豹不知几何，只因醉酒未醒有些腿软。这时候旁边有个老人给他出主意："小伙子，我看你力气不小，打不过他只是因为喝了酒，你把酒倒出去再揍他。"七郎照做，趴在擂台边吐了酒，小风又一吹，他立刻清醒了。

第三回

杨七郎力劈潘豹 天波府令公训子

杨七郎返身回到擂台中央，潘仁美见状心知不好，他看出七郎定是京中哪家官宦之子，担心自己的儿子敌不过。

这时，潘豹仔细端详眼前的杨七郎，见他二目炯炯有光，攥着双拳冲着他直较劲，潘豹心里也害怕了，便说自己是潘太师之子，想用大话把他吓走。没想到杨七郎根本没把他的话当回事，反嘲笑他是仗势欺人，然后上来就是一拳把他打翻在地，然后又用脚踩住他，问他服不服。潘豹自是不服，口中叫骂不断。

这时，台下老百姓七嘴八舌地说起来。这个道："我兄弟前天叫他踢断一条腿。"那个道："我叔叔叫他打死了。"听到这些话，七郎不由得怒从心头起，伸手抓住潘豹的一只脚脖子，又踩住潘豹的另一条腿，"咔嚓"一声，将潘豹力劈两半。潘仁美见状，“哎呀”一声晕了过去。潘龙、潘虎忙叫五城兵马司黄龙派兵围住擂台。兵丁往上围，老百姓往外跑，人挤人，人挨人，人踩马压，叫苦连天。

七郎一时间也吓傻了，纵身跳下擂台，费力挤出人群。他奔到马棚，解缰绳，飞身上马，拿起大枪，往外冲杀。再看黄龙，指挥军马往上围，喊杀连天。潘仁美醒过来放声大哭：“儿呀！痛死为父了。军兵快给我备马，抓住凶手，替我儿祭灵。”这时，七郎往东城门跑去，潘仁美立即下令四面堵截。

七郎的战马到了登瀛楼下，军兵也随后追来，把七郎正好围在当中，一时无法脱身。这时候，潘仁美赶到了，他下令放箭。弓箭手正准备乱箭齐发的时候，突然登瀛楼靠街这扇窗户“咣”的一声被推开，紧跟着就听到有人高喊：“七弟不要害怕，兄长在此。”话到人到，从窗里跳出一人，落地站稳后，几步来到七郎马前，吓得军兵谁也没敢放箭。七郎定睛一看，来人正是六哥杨延昭。军兵一看，也吓了一跳，六郎是郡马，他们不敢放箭。潘仁美认出了六郎，也一下子明白了，杀他儿子的正是杨七郎。潘仁美正愁没机会除掉杨家将，今天正是良机，于是他准备立刻上金殿去告状。于是下令撤兵，并一路往皇宫奔去。

潘仁美走后，七郎和六郎随即飞奔回府。到了府中的后花园，六郎突然止住了脚步，七郎道："六哥，快进府！"哪知"六郎"口音突然变成了南方口音："我不是你六哥，你仔细看看我是谁。"七郎一听口音，愣住了："哎呀，你是任大哥！"

原来，此人名叫任炳，字堂惠，是杨六郎的结义兄弟。任炳与杨家的渊源还要从一匹马说起。

几个月之前，任炳从老家云南昭通府来京城讨债，不小心买了一匹赃马，而此宝马正是铁鞭王呼延赞的心爱之物。被呼府人抓到之后，任炳遭到了一顿暴打，呼延赞还要把他送到开封府法办。正巧那天杨六郎到呼府做客，看出了他的冤屈，于是向呼王爷求情，饶过了他。六郎又见他与自己长得十分相像，便与他义结金兰。六郎大，为兄；任炳小，为弟。然后六郎把他带回天波杨府，领他见老令公和佘太君。老夫妻俩也很高兴，留他在府中住了两个多月。

任炳回家不久，就在云南王手下当了个旗牌官。没多久母亲故去，任炳将母亲埋葬之后，以守孝为名，请了一年假，到京城看望杨六郎。

他别了妻子离开云南，骑快马星夜奔国都。这一日到了京城，正在登瀛楼吃酒，突然遇到杨七郎被潘仁美的兵困在街上。任炳见七弟受困，自然想解救，又见下边围的人太多，自己恐怕不敌，于是报出了六郎名号，想震慑对方，却不想此举却给杨家惹下了杀身大祸。

把七郎送回家后，任炳返回客店去拿随身的东西。七郎进得屋中，给杨洪松了绑，杨洪见他满身是血，忙问何故。七郎急忙说："我在外边惹祸了，你可别说出去！"但纸究竟包不住火，因为潘仁美已经告到御前，说杨令公纵子行凶。太宗即刻下旨命杨继业上殿，来到金殿，太宗大怒，斥责他纵子行凶，杀了潘豹。杨继业心中一惊，急忙否认，说自己的儿子一直待在府内，不曾去打擂。

潘仁美虽不认得杨七郎，却认得杨六郎，于是便细说了原委，殿外几百军兵也都为他做证。杨继业半信半疑，请旨回府查问此事，太宗应允。

杨继业出金殿，上马回府。一入府便将几个儿子全部叫了出来，说了朝中之事。六郎连连摇头，说此事不是自己所为。杨继业稍稍安心，但却不见七郎，便问杨洪七郎今日可曾出府，杨洪见状也不敢再替七郎隐瞒，便说出了今日之事。杨继业立即差人将七郎带来前厅，怒斥之下，七郎自是招了杀潘豹之事，同时也说了任炳假冒六哥救自己之事。杨继业听后急忙差人拿了一百两银子去登瀛楼找任炳，让他速离京城。然后，杨继业又叫五郎拿绳子把七郎绑上，又叫大郎捆上六郎，将二人带到金殿请罪。

到了金殿上，老令公押着两个儿子一起跪倒请罪。太宗见杨继业带儿来领罪，稍稍消了气，便细问起事情原委，六郎把任炳所行之事都揽在自己身上。太宗又问七郎，七郎却丝毫没有悔过认罪之意，并说潘豹仗势欺人，打死打残很多无辜之人，所以该杀。太宗见他不仅不认罪，还当面顶撞自己，不由得大怒，下令将他推出去斩首。

保忠良王苞骂殿 佘太君大闹法场

六郎见七郎就要被斩，急忙哭求太宗自己愿替他领罪，可潘仁美这时却说杨七郎罪该万死，杨六郎更该罪加一等，因为他身为朝廷命官，知法犯法。太宗觉得潘仁美说得有理，于是便下令将六郎一同推出斩首。

杨继业见两个儿子都要被斩，不禁泪流满面，急忙向太宗求情说自己教养不当，愿和儿子一同赴死。太宗见杨继业在逼迫他，心中更为恼火，便气道："朕如你所愿！"

潘仁美见状，十分高兴，如果杨继业死了，天波府也就不足为惧了。于是他立刻请旨监斩，太宗应允。就在这危急时刻，丞相王延龄站出来为杨家父子求情。王延龄细数了杨家将归顺以来为大宋朝所立下的汗马功劳，希望太宗看在这些功劳的分上能网开一面。太宗本已气急，见丞相又替杨家说话，言中似有指责自己不体恤忠臣之意，心中更气，便喝退王延龄，不准他再求情，否则同罪。

王延龄见太宗执意如此，不禁怒火中烧，大声骂道："昏君！有眼无珠，不识贤愚，不纳忠言，保你何用？不如一死。"

太宗被骂，气坏了，道："大胆王延龄，你敢骂朕？来呀！把他推出去，杀！杀！！杀！！！"霎时，有人过来把王延龄的乌纱打掉，用绳子捆上往下带。

文武官员都傻了眼，潘仁美心里却乐开了花，他又领一道旨意，监斩王延龄。到了监斩棚，把旨意供上，潘仁美便大声喊道："来呀，响追魂炮！"火工司把炮捻点着，"哧哧哧咚"，第一声追魂炮响了。

法场周围站着御林军，桩橛上绑着杨继业父子三人和王丞相。此时，杨洪正站在法场边，见此情景，跪倒在地大哭。杨继业吩咐他回府叫佘太君祭奠法场，把他们爷儿三个的尸首收殓起来。杨洪年老耳背领会错了意思，以为老令公让他回去告诉佘太君来劫法场，于是急忙站起身来往回跑。

杨洪回到杨府又打鼓、又撞钟，见到佘太君一下子跪到地上："太君呀，皇上把令公父子三人和王丞相绑在法场，要开刀问斩。令公叫我送信，让您去劫法场。"

佘太君一听，说："好，快打开兵刃库，取出兵刃，随老身救人！"

佘太君带几个儿子和一众家将直奔法场。进去一看，佘太君心如刀扎一样，见老令公、六郎、七郎都被绑在桩橛之上，低着头，紧闭双眼，刽子手怀抱鬼头大刀，站在身后，就等三声炮响，杨家三人人头落地。

杨继业见佘太君和几个儿子都盔甲在身，而且也没带烧纸、棺材，便问何故。佘太君便说是杨洪回府通知，说他让他们来劫法场。杨继业急忙澄清，是让他们来祭奠法场，佘太君这才知道是杨洪传错了话。

杨继业对佘太君道："夫人，六儿是替任炳死，我是自己请的忠孝带，乐意死。两个儿子没了，我活着有什么意思？你带孩子离开法场，等我们死后，把尸首收殓起来，送回老家山西火塘寨，你领着儿女也辞官回家，乐守田园去吧。"

佘太君道："我怎么能看着你们父子三人尸首两断？你不忍看孩子死，我就忍心看你们都死吗？既然皇上不念杨家功劳，他无情，休怪我们不义，我与你松绑，咱们反出东京，把人马拉回河东！"

杨继业道："万万使不得。我杨家是忠良，保了老赵家，至死心不变，千万不能反。"

佘太君道："令公呀，有道明君我们保，无道昏君保他干什么？想我杨家为大宋南征北战，难道就换来个杀头而死吗？"

杨继业道："夫人呀，咱们不看当今天子，还要看先皇赵匡胤对我家的恩德。我归宋后，先皇在京城修下天波杨府，没等我杨家入朝，便封我为金刀令公世袭爵位，封你为无佞侯一品诰命夫人。先皇这样看重我一家，咱怎能忘了？谁也不能反，对不起先皇呀！"佘太君听完，只得点头答应："好吧，我答应你！"

这时，传旨官高喊："祭奠法场的人该走了，时辰到了。"佘太君没办法，只好领几个儿子退出法场，到一边等候，五郎气得哇哇直叫。

潘仁美吩咐道："来呀，点第三声追魂炮。"三声炮一响，人头就要落地。就在这时，忽然有人高喊："刀下留人！八王千岁到。"

潘仁美吓了一跳，心道："他怎么早不来、晚不来，偏偏这个时候到呢？"

原来，八王今天是因病才未上朝。头声追魂炮响，他听见了，忙差人去打听要杀何人。家丁回来报信说，要杀杨家父子和王丞相。八王一听大怒，急忙坐轿奔出午朝门，赶到法场，正听到第三声炮响，于是高喊"刀下留人"。

八王见几个人被押在那里，忙上前问缘由。杨继业老令公把事情的原委细说了一遍，王延龄也将自己在金殿劝太宗、骂太宗的事情细说了一遍。八王听后，略一思忖，便转身去找潘仁美。八王让潘仁美放了杨家父子和王丞相，潘仁美却拿出圣旨，八王一气之下撕了圣旨，然后举起王命金锏就朝潘仁美打去。吓得潘仁美转身就逃，直奔八宝金殿，八王提锏在后追赶。

潘仁美顾不得端太师架子了，跑到金殿高喊："万岁救命！"太宗听说赵德芳打国丈，扯了圣旨，心中更怒。八王开口为杨家父子和丞相求情，他一口回绝。

八王气急之下，举着金锏高呼：“万岁，到底赦不赦杨家将？”太宗仍是不肯。就是这时，殿头官起奏：“万岁，汝南王郑印、铁鞭王呼延赞、东平王高怀德、平东王高怀亮、开国王曹斌到。”话音未落，只见几个人气呼呼走上殿来。太宗知道他们都是来给杨家父子和王丞相求情的，心知今日怕是不能再斩他们了。

潘仁美见状，心中虽然恼恨，但也没有办法，于是他又心生一计：死罪可免，活罪难逃。于是他假意为杨家父子求情饶他们一命，却又说应该把杨家父子全部贬出京城，永不任用。最后，太宗依他之意将杨家父子贬到了雄州。

众人见杨家父子被免了死罪，也就不再说话了。潘仁美心中甚喜，把杨家父子赶出京城，等于去了他的眼中钉、肉中刺。太宗下旨，放回杨继业三人。

正在这时，殿头官报："万岁，边关来了二十四道加急折报，因我们没派兵，辽国元帅韩昌带三十万兵马正往前推，已进中原，过了雁门关。日抢三关，夜夺八寨，大兵过处，边关百姓惨遭涂炭，万岁速速发兵。"

太宗一惊，忙问群臣有何对策。潘仁美保举朝中老王爷挂帅，八王却有不同意见："皇叔，您是马上皇帝、有道明君，何不御驾亲征，也叫辽国看看，中原马上皇帝英勇善战。一来可鼓舞军卒士气，二来可吓住韩昌。"太宗本不愿到前敌，怕有危险。八王拿话一刺他，他没话了，不过他又道："皇侄，你可保着孤同去？"八王道："臣愿与皇上同往。"

太宗道："好！调二十万兵马，择吉日良辰起兵。"

二十万人出征，皇上御驾亲征，老王爷们为战将，太师为元帅，军兵士气很高。一路上抢关夺寨，辽国兵将闻风丧胆。因此，宋军很顺利地边收复失地，边往前推进。

这一天，正往前走，探马来报："前边已是卢沟河，离幽州只有三十里，请令定夺。"潘仁美正志得意满，于是便下令过卢沟河，直捣幽州城。前边老驸马高怀德派人送信说，幽州是辽国重要关城，不要贸然前进，潘仁美却执意要攻城。

兵随将令草随风，宋军开始攻城。幽州城派出一支人马，前来迎战。高怀德、高怀亮两人出马，几个回合后，幽州大将带伤败进城里。开国王曹斌领人随后追杀，架云梯攻城，很轻松就拿下幽州。潘仁美下令，请太宗进城。

宋军进城之后，到了三更天，忽听城外号炮连天，人喊马嘶。潘仁美吓醒了，忙问探马怎么回事，探马回报说韩昌在东城、西城、南城、北城都扎下兵马，幽州四面被围。潘仁美吓得心惊肉跳，众将惊得目瞪口呆。

原来，辽国天庆梁王耶律尚这几年养得兵精粮足，再不想向大宋进贡，便派了四路元帅攻打宋朝。头一位就是扫南灭宋兵马大元帅、大驸马韩昌，还有左元帅萧天佐，右元帅萧天佑，副元帅苏天龙，统领精兵三十万，杀奔中原，一路势如破竹。

韩昌兵马正往前进，有细作来报："宋王天子御驾亲征。元帅是潘仁美，除杨继业外，十大王爷随营听令，二十万大兵来势凶猛，速想良策。"

韩昌便使出了一计诱敌深入，潘仁美果然上当。如今宋军被困城内，四面楚歌。他站在城头吓得魂飞三千里，魄散九云霄。

太宗忙问潘仁美该如何退兵，潘仁美一点儿主意也没有。正在这时，城外接连传来炮响，辽军出兵，在城外讨敌要阵。八王道："我们的人马全被困到城内，得尽快退兵，不然，粮断草绝，你我君臣性命休矣！”

潘仁美道：“王家千岁，不劳分神，本帅这就派兵。众将官，虽然韩昌兵马困城，但我军士气正旺，又有各位老将出征，定能旗开得胜！今日本帅派将交锋，你们要人人奋勇，个个当先，务使圣主脱离险地。”然后分别给开国王曹斌、东平王高怀德、平东王高怀亮、长胜王石延超一支金钺大令，命他们四人各带兵马分别从东南西北四门迎战。

谁承想，开国王曹斌、东平王高怀德、平东王高怀亮皆战死，四名开国功臣只有长胜王石延超保住了一条命，败阵归来。八王爷心中刺痛，众将掉泪，太宗也十分悲痛。

三位王爷阵亡，全军举哀戴孝，太宗亲自吊唁，先将尸骨寄存，待日后再运回京城。一晃一个月过去了，军中粮食已经不多，城里百姓多半挨着饿，牛、羊都杀光了，米贵如珠。军兵口粮减少一半，士兵们只能吃半饱，个个饿得直打晃。

太宗为此十分着急。这一日，八王到营中看望太宗，见他眉头深锁，心中暗道：“此时你也知道发愁了，叫你也尝尝刀兵之苦。”

虽然心中这般想，但口中却道：“万岁，您要速想退兵之策啊！”

太宗道：“寡人一点儿办法都没有，已伤了三个老爱卿，怎忍再派将迎敌？你我怕是再也回不了皇宫了。”

八王道：“万岁，臣保举杨令公前来退兵。”

太宗道：“唉！可惜令公被贬雄州了。”

八王道：“万岁，杨家世代忠良，不会计较前仇，您下道圣旨就行。”

太宗道：“好，那传孤旨意，急请杨家将。”

八王请旨让太宗写一份血书，以表诚意。最后，太宗亲手写了血书，可是幽州被围，谁能闯营将血书送出去呢？太宗和八王正在为此犯愁的时候，忽听外面有人高喊：“末将愿往！”

第六回

呼延赞雄州搬兵 杨延嗣闯营救主

二人抬头一看，帘笼一挑，从外边走进一员老将，正是铁鞭王呼延赞。他心直性耿，虽然有些粗鲁，打仗却非常勇敢，和杨继业交情过命。二人一见呼王爷都笑了，呼延赞问道："陛下叫老臣去哪里？"

太宗便说让他去请杨家将，谁知他却把眼一瞪："什么？请杨家将，我不去！"太宗忙问何故，呼延赞道："万岁，我说话您别挑眼。太平时候，老杨家被你贬出京城；遇难了，你又去请人家卖命。这于情于理都不合适啊，要是我，我肯定不乐意！"

太宗低下头，一声不吭。八王道："呼王爷，万岁已知道对不住杨家，决定让杨家官复原职。刚才又写了血书，老令公杨继业见到血书一定会来。"

呼延赞见太宗写了血书，语气缓和下来，同意了。呼延赞把血书放在护心镜里，整好盔甲，二更天，便从南城悄悄出了城。往前一看，全是敌人连营。呼延赞挺枪跃马，直奔番营。来到前营，呼延赞伸手“啪啦啪”几枪捅死几个番兵，然后放马便往兵营里冲。前边是第二道岗哨，番兵刚一拦，被他一阵乱打，闪开了道路。守营军兵早看见了，一齐开弓放箭。呼延赞用大枪拨打雕翎，闯进营中，奔左营道。

此时，辽国元帅韩昌正和萧天佐、萧天佑喝庆功酒，忽听番兵报说有人闯营。韩昌知道是宋营有人想去搬救兵，急忙披挂整齐，叫人备马抬叉。等他出来，军兵说闯营的人早已杀过去了，后边追了一阵也没追上。呼延赞在番营横冲直撞，拼命冲杀，也不知道杀了多大时辰，冲过番营也不停留，直往前跑。待天放亮，歇了一会儿，然后辨认了一下方向直奔雄州。

到了雄州知州衙门门前，忙问军卒杨令公可在，此时正巧杨七郎从门中走出，呼延赞一眼就认出了他，忙让他领自己进去见他爹。

二人一起进到衙内，来到书房门前。杨继业正在台阶上站着，头戴软相巾，身穿团花袍。呼延赞大声道：“老哥哥，我们天天在枪刀林里过日子，你倒挺好，看你这身穿戴，我都认不出你了。”

杨令公道：“贤弟啊，你真想死我了。朝廷一别，今日在这里见面，真是难得。”这时大郎、二郎、三郎、四郎、五郎、八郎全来了，把呼王爷围在当中，问长问短。众人叙了一会儿别情后，呼延赞便将太宗幽州被困之事从头至尾说了一遍。然后他又道：“现在万岁愁得吃不进、喝不下，命我来雄州请你。现有血诏在此，请接旨。”说完，把血诏拿出来。

杨继业一听有圣旨，连忙跪倒接旨。打开一看，白绢上是用血写的字：“金刀老令公父子见诏：朕被困幽州，断草绝粮。望杨爱卿念君臣之情，见诏速发救兵，救朕脱离险地，以解幽州之困。钦此书诏。太平兴国，某年某月某日。”

杨继业看完，把诏书供起来，沉思不语。呼延赞道：“万岁传口谕，老哥哥官复原职，不知何日起兵？”杨继业却仍没说话。杨七郎一提打仗，比什么都高兴，他心中暗道：“上次我劈了潘豹，给爹娘惹了祸，这回我准立头功，早日班师回朝。韩昌呀！难道你项长三头、肩生六臂？敢进犯中原！不行，我得先走，杀个痛快，如和哥哥们一块儿去，功劳全叫他们立了。”

想到这儿，他悄悄退了出来，到自己屋拿出盔甲，穿戴齐整，取下虎头乌金枪，到马棚牵出战骑，打听明白道路，便急奔幽州而去。一路上，人不吃，马不喂，一心想早到幽州解围。

离卢沟河不远了，杨七郎忽然听到“咚”的一声炮响，出现三百番兵。当中一员大将，手持一条金棍，挡住道路：“小南蛮，报上名来。”

“我乃老令公杨继业的七儿子杨延嗣，尔等什么人？”

“我乃韩元帅手下大都督梁兴州。”

双方互报了名号，便交战在一起，几个回合下来，杨七郎便枪挑梁兴州。过了卢沟河不远就是辽国营盘。七郎两脚点镫，双手拧枪，奔营盘杀来。人如猛虎，马似欢龙，辽国兵将过来拦阻，七郎大枪抡开了，谁也不敢过去。头道营、二道营，杀到三道营。“咚”的一声炮响，番兵立刻不乱了，各就各位，当中闪开了一块空地，一员黄脸番将跨马而来，正是右军元帅萧天佑。

二人报过名号，别的不多说，杀将在一起。七郎勇猛，几个回合便把萧天佑的左腿扎了一个大窟窿。萧天佑疼痛难忍，拨马败下阵去。杨七郎跃马擎枪，从后边杀过去。

将一败，当兵的“哗”一下败下去。七郎像虎蹚羊群一样，转眼杀出重围，来到幽州城下。他冲城头高喊：“守城军兵，快往里边送信，就说俺杨七郎闯营报号、解围来了。”

城头军兵急忙去给元帅送信。潘仁美一听杨七郎来了，眉头一皱，心中暗暗盘算："杀子之仇至今未报，今天他又马踏番营来救圣驾，这功劳全成他们老杨家的了。我何不略施小计，累死杨七郎，替我儿子报仇？"

想到这里，他附在潘虎耳边说了几句悄悄话。潘虎听了一惊，道："爹，杨七郎闯营是为了救咱们，咱们不能这么办啊！"潘仁美怒道："畜生！你懂什么？量小非君子，无毒不丈夫。咱们出幽州城，为父自有良策！"潘虎只得听命。

潘仁美带着潘虎和随从人等来到了西城头。潘仁美往下观看，见七郎衣服上全是血，已露疲惫之态，他抽身退到后边。潘虎上来，手扶城墙探头，七郎见潘虎前来，便让他赶快开城门，可是潘虎却以开西城不吉利为由，让杨七郎从北门入城。杨七郎有勇无谋，没看出这是潘氏父子的诡计，便上马擎枪，奔北门而去。

本来顺护城河边上没兵马，不料后边敌兵杀上来，七郎不敢绕河边走，怕敌兵上来借机会抢城头。所以，他躲开了城头一箭之地，才往北城绕。途中又遇到敌军大帅苏天龙，又与他恶战一番，等战败苏天龙杀到北门，马累得四蹄淌汗，人也累得汗流浃背。他冲城头高喊开城门，可是潘虎又以潘仁美在东门，没他的命令自己不能擅开城门为由，让杨七郎从东门入城。七郎一看真不开门，没办法，只好又奔东门而去。

七郎又杀了好大工夫，才到了东城。刚想叫城，后边追兵又到了，恶战了一番之后，他终于到了东门。来到城下，七郎抬头往城上观看，见潘仁美正在城头，便让他赶快开城门。可是潘仁美却故意拖延时间，不给他开城，只盼着韩昌整好队伍，把七郎累死在城外。

正在这时，就听后边“咚咚咚”三声炮响。潘仁美知道韩昌带兵赶来了，心中暗喜：“杨七郎，这回你可活不了啦！借韩昌之手杀死你，替我儿潘豹报仇，皇上也怪不了我。”

七郎见韩昌来了，又急喊开城门，潘仁美却还是不开：“七将军，韩昌兵马上来了。我若给你开门，怕引敌入城，幽州难保，惊了圣上有罪呀！不如你上马擎枪，再杀一阵，老夫我助你三通鼓。”

直到此时，杨七郎才明白过来了，是潘仁美故意不让他进城。没办法，他只好飞身上马，抖精神、壮虎胆，准备去迎战韩昌。

第七回 幽州城大破辽兵 双龙会君臣赴宴

杨七郎上了战马，奔南门，刚拐过东南角，只听对面六声大炮，辽国全队出兵。当中一杆火红缎子大旗，中间是白月光、金火焰，上绣斗大“韩”字，往旗下看：兵似兵山，将似将海，战马嘶鸣。在左右两杆日月门旗当中，有一员大将，只见他三十多岁，长个五花脸，一对虎眼圆睁，身高顶丈，膀大腰粗，头戴圈金八宝天王盔，身穿五龙天王甲，牛皮战靴，胯下战马鳌头狮子雪。此人正是辽国扫南灭宋兵马大元帅韩昌。

这时候，韩昌摘下三股托天叉，在空中一举：“宋将真乃大胆，通名受死！”

“我乃金刀令公之子杨七郎！”

韩昌大喊：“杨七郎，你人单势孤，还能抵抗几时？今天本帅要领教领教你的本领。”杨七郎还没等他说完，已经抖着金枪扎过去了。韩昌用叉头“啪”

一迎，七郎的兵刃差点出手，浑身被震得晃了几晃，险些摔下马去。整整一天，七郎连累带饿，精疲力竭，哪能再战？这时候，韩昌抡叉劈头一砸，七郎用兵刃刚想往外磕，只觉得头晕眼花，金枪掉在地上，大头冲下摔下马去。韩昌一看，哈哈大笑，举叉奔七郎要害扎了下去，突然，番营一阵大乱，只见从对面奔来一骑战马，马上一位白袍将军，手端金枪，眨眼工夫到了跟前。韩昌吓了一跳，急忙带马观看：只见此人身高八尺，金盔金甲素罗袍，蟠龙金枪，双眉倒竖，二目放光，鼻似玉柱，牙排似玉，一表人才。

韩昌忙问他是何人，来人大声道："俺乃杨令公之子杨延昭！"韩昌见势不妙，大叉一举："撤兵！"六郎趁机下马把七郎扶了起来。

不一会儿，杨继业和呼延赞带着杨家将悉数赶到。众人还没等进城，只见城门大开，潘仁美骑马奔了出来，来到近前道："老令公辛苦了！各位少令公真乃英雄也。"

杨七郎一看潘仁美，真是仇人相见，分外眼红，于是在马上一探身抓住潘仁美，把他提拉起来："潘老贼！你可把我害苦了，我差点死在城外。今天非摔死你不可！"

潘仁美吓得脸色全变了，急忙求饶。杨继业强压怒火高喊："七郎，住手，有话见了万岁再说不迟！"杨七郎只得放了手。

就这样，一众人进到城内，此时恰逢八王赶到。一见杨继业，八王忙道："哎呀！杨爱卿，想死我了，孤王迎接迟了。"杨继业领儿子下马施礼。一众人来到太宗帐中。

七郎一见太宗，立刻上前喊冤，把潘仁美想要累死自己的事情细说了一遍。太宗听完问道："潘仁美，七将军讲的可是实情？"

潘仁美见状也不敢再否认，但他却狡辩说这是为了能让辽兵见识一下杨七郎的本事，以示震慑。太宗自然也不是傻子，怎不知他心中就是为了报复，于是大怒道："胡说！明明是鼓弄唇舌，欺骗寡人，官报私仇，陷害七郎，罪不容赦。来人，推出去杀！"

这时候，杨继业却出来为潘仁美求情，因为他深知如果此时杀了潘仁美，那么西宫娘娘肯定不会善罢甘休，到时候必定还会有祸端。冤家宜解不宜结，这次自己救下潘仁美，如果他能知恩报德，两家的仇怨自然也能解开了。

太宗也不想杀了国丈，见老令公求情，急忙借坡下驴，收回了旨意。

潘仁美叩谢太宗不杀之恩，太宗哼道："非朕不杀，乃是令公与你苦苦求情。你要将恩报德，愿你们潘、杨两家从此和好，将帅齐心合力，杀退辽军。"

“臣遵旨！”潘仁美又谢杨继业。随后太宗退朝，潘仁美升帐，把杨家功劳记在功劳簿上，又派人打扫了战场。将帅庆贺，犒劳三军。几日后，城中军兵身体复原，城里百姓也得活命，人人感激杨家父子的恩德。

这一日，太宗、八王、潘仁美与杨继业正在帐中商议军情，忽然中军来报，辽国韩昌派来使臣。太宗准其进帐。使臣进帐后献上一封书信，潘仁美接过之后交给八王，八王看过之后交给了太宗。太宗一看，龙颜大悦道：“妙哉，妙哉！想不到大得全胜也。”

原来信中是这样写的：我辽国进兵中原，冒犯天威，损兵折将，我主天庆梁王追悔莫及，梁王千岁愿拿降书顺表。为使两国永结盟好，百姓安居乐业，特在金沙滩设下双龙会，摆酒宴，请宋朝天子前去赴会。我主天庆梁王在金沙滩恭候，请定日期，我主敬听佳音。

太宗和潘仁美都非常高兴，八王和杨继业却恐其中有诈，希望太宗三思。潘仁美却认为，如果太宗不去，会被大辽耻笑，有失天朝国体天威。杨继业担心席前有变，潘仁美让杨继业带领杨家将一起同往，届时即使有变，也不会出事。太宗问杨继业可愿同往，杨继业俯首称是。太宗十分高兴，然后便在来信背面写上：八月十五日朕前去赴会，届时准到。写完交给辽国使臣，又赏了二十两银子。

潘仁美极力怂恿太宗前往赴会是有自己的盘算的。他想借辽国杀了杨家和太宗，这样不仅能报了家仇，还能与辽国合作霸了北宋江山。

转眼到了八月十五，潘仁美带两个儿子和护卫的禁军五百人，在头前开道，左右是杨家兄弟八个，后边督队的是金刀令公杨继业，后随五百御林军。中间是龙辇，上边坐着太宗赵光义。八王骑着逍遥马，在旁边相随。一众人直奔金沙滩。

金沙滩离城北不太远，有几十里地，是辽国地界，远处是山。宋朝君臣离金沙滩还有五里地的时候，前边来了一哨兵马接驾。

走近金沙滩，听里边一阵连珠炮响，紧跟着传来吹打弹拉之声，悦耳动听。这时，辽国天庆梁王耶律尚带领韩昌、萧天佐、萧天佑等人出来迎接太宗。

耶律尚设下双龙会是真心议和吗？当然不是！他是以宴会议和为名，骗宋朝君臣进金沙滩。并事先在金沙滩周围布下伏兵，只待半夜炮响为令，将大宋君臣一网打尽。

双方寒暄过后，天庆梁王陪着太宗一起进了土城，来到了议和殿。看完议和殿，天庆梁王道：“万岁，今天先在行宫歇息一夜，有话明日再说，臣告辞了。”天庆梁王回到台左边金顶黄罗帐，宋王天子奔右边行宫。

三更刚过，行宫外面突然传来“咚咚咚”三声炮响，众人被惊醒了，又听外面杀声震天：“杀呀！活捉大宋朝皇帝！”这可乱套了。

正在这时，门前来了报事的军卒，告诉守门的太监：“快给万岁报信，辽国的兵将把行宫包围了。行宫外的御林军和番兵打在一起，伤亡惨重，速想对策。”

杨继业听完，叹气道：“果然没出我所料。今日金沙滩又是一场血战！大郎，快叫起你的兄弟们，准备迎敌。”

第八回

救宋主延平献策 ◉ 金沙滩三英捐躯

杨继业带领一众家将冲出宫门外，只见辽国兵将举着松明子，正向行宫射箭。箭如雨点，又似飞蝗。杨继业刚想冲出去，忽被潘仁美拦住，潘仁美带着自己的两个儿子和两个侄子，说要立功赎罪，让杨继业守住行宫，自己和子侄替杨家将出战。其实潘仁美哪里是去迎战，而是前去投降。此时，辽国的兵马一拨一拨都往行宫聚集，御林兵是边打边退，狼狈不堪，一直退到了宫门。

此时太宗也被炮声惊醒，八王进来，太宗忙问出了何事，八王说了细情。太宗后悔不听杨继业的劝告，但事已至此，只得召杨继业前来相议。到了大殿，太宗对一众大臣道："众位卿家，天庆梁王言而无信，双龙会成了鸿门宴，朕死无怨言，只是连累你们大家，军卒也做了他乡鬼，寡人实在不忍。倒不如我亲自前去，保众人脱离虎口。"

杨继业急忙抱拳躬身："万岁遇难，臣之罪也，哪能叫您去受辱？只要有杨继业，定能闯出重围、保主还朝，望万岁不要着急。"太宗忙问："令公真是保国忠良，赤胆忠心。只是危难迫在眉睫，老爱卿有何退兵之策？"

杨继业虽然出言安慰太宗，可他自己一时也没想出好主意。这时，太监启奏："禁军教练使邓标战死。潘元帅战马落荒，不知去向。"这个刚说完，又一个报信的："报！宫外五百御林军全部阵亡。"

太宗听完，哭道："杨爱卿，救命呀！"

"万岁！请您放心，臣自有退兵之策。"杨继业说完回身叫六郎，"延昭，速到前边，将行宫堵死，以宫墙为屏障，挡住敌兵。再看看，从什么地方可以冲出去。"

六郎听令。杨家众兄弟齐说："爹！咱们冲出去吧，不能叫他们生捕活捉。"

杨继业道："走不了呀！可惜我厮杀半生，不料输了这招。把万岁领入金沙滩，真若有个好歹，为父定会留下千载骂名。"

这时候大郎突然想到一计："爹！儿有一计可救万岁。""有何妙计？快快讲来。"大郎于是讲出了自己的计策——偷梁换柱，就是让人假扮成太宗和八王的模样去投降，然后再叫人暗里保护太宗和八王，神不知鬼不觉地从宫墙缺口冲出去。杨继业觉得此计甚好，可是谁来假扮呢？最后，定了大郎假扮太宗，二郎假扮八王。

随后，杨继业领大郎、二郎到了后宫，把计策一说，太宗和八王都百般不肯，经杨继业再三相劝，这才应允，于是双方便换了衣装，暗暗筹备起来。

另一边，韩昌和天庆梁王在会盟台上，正指挥将官军卒攻打行宫。正在高兴之时，军兵来报："宋朝昏君愿意投降，派人送来降旨。"天庆梁王看完哈哈大笑。韩昌道："千岁，他们既降，可罢兵不战。让他们君臣到会盟台上，给写降书顺表，让他割让土地、赔偿损失。事后，把他们君臣送走。"天庆梁王道："哼哼，还送他们回去？只要他们君臣到了会盟台上，就把他们扣住。到那时，中原国土就全是我的了，你就成了中原的兵马大元帅了，我的好姑爷呀！"韩昌点头称是。

韩昌忙传令收兵。这时，车辇准备好了。大郎上了车辇，二郎骑上逍遥马，三郎、四郎、五郎在左，六郎、七郎、八郎在右，出了行宫。大郎低声道："兄弟们，我们到会盟台下，要一拥而上，杀死天庆梁王、抓住韩昌，以雪国耻。""哥哥，我们听你的。"车辇离会盟台不远了。大郎延平一看，天庆梁王正站在台上，手扶栏杆往下张望，他连忙拿弓抽箭，认扣添弦，一箭射向天庆梁王！

大郎的箭法堪称一绝，百发百中。天庆梁王做梦也没想到来的是假皇上，正高兴，忽然飕地一箭，正中他咽喉，天庆梁王“啊”一声，摔倒在受降台下，一命呜呼。韩昌受惊不小，见梁王已死，心中悲痛，急忙让兵士将尸首收了起来。这时候，大郎也亮出了身份，决定与韩昌决一死战。韩昌传令，辽国兵将一窝蜂围上，各摆刀枪，刺杀杨大郎。杨二郎、杨三郎等弟兄连忙各摆大枪，纷纷迎战。

大郎站在车上高喊：“辽兵辽将听着，我乃是杨令公的儿子杨延平，为救万岁，假充天子。你们的天庆梁王已死，尔等快闪开了。”辽兵一听是杨门之后，吓得纷纷后退。韩昌急了，连忙高喊：“众将官，快抓住他！哪个后退，定杀不饶！”说完，上马擎叉，直奔龙辇。

杨七郎冲大郎高声喊：“哥哥！快下车辇，我给你带马！”说完，正要带战马，只见番将耶律休、耶律托一起朝杨大郎奔来。六郎一看不好，一摆蟠龙金枪，只身迎战二猛将。车辇上的大郎见七郎把马牵过来，刚想弃车上马，没想到旁边冲出一匹战马，马上的大将手中举刀，急奔大郎砍来。杨大郎一看，正是番将兀环奴。正在招架时，番将胡达突然跨马来到杨大郎身后，一摆长枪，“噗！”奔大郎后心就是一枪。大郎没穿铠甲，一下被扎了个透心凉。杨二郎见大哥倒在车辇旁鲜血直流，急忙奔过来喊道：

“番贼，看枪！”说着朝胡达就是一枪，将胡达挑死在马下。二郎一圈战马，回到车辇前。此时，杨七郎早抱起大郎，可大郎已面无血色，紧闭双眼，鲜血透过战袍，染红了一片沙滩。“哥哥，哥哥！”大郎微睁二目道：“兄弟，我不行了，你们快冲出去！”说完，头一歪，闭了眼。

七郎紧抱大郎，痛哭不止。杨二郎心中也十分悲痛，可是情况紧急，如果再不走，他们兄弟就都遭殃了，便道：“七弟，快走吧。”七郎把倒在地上的一面旗覆盖在大哥脸上，然后飞身上马，和几个哥哥一起向外冲。

离城门不太远了，只听城上军兵高喊：“韩元帅下令，快落千斤闸。”说话间，只见几个番兵开始摇辘轳把。哥几个眼看着千斤闸板由上至下往下落，真是心如火焚！二郎急中生智，高喊：“兄弟们，快闪道！”然后他两脚踹镫，带马猛往前跑，转眼来到城门洞下。说时迟，那时快，他跑到闸门边时，千斤闸已落到了头顶。只见二郎把大枪一挂，伸双手“啪”地擎住闸板，双膀发力，身子高提，人借马力，马借人威，往上一举，硬把千斤闸托起二尺多高，六郎一看，忙说：“兄弟们，快走呀！”哥几个打马往外蹿。

等兄弟们都蹿出城门，二郎也已经没有力气了，这时候韩昌正从后面追来，很远就看到有人把千斤闸给托住了，立刻取弓拿箭，奔二郎就是一箭，这一箭正射在二郎的右膀子上。他膀子发软，千斤闸落下，二郎躲闪不及，为国捐躯，替八王死在了金沙滩。

八郎是最后一个逃出城门的，看到二哥战死，他悲痛不已。外面的敌兵见他逃出来，一拥而上。正在危急关头，三郎骑马冲了过来解救他。

三郎和八郎刚想走，却被辽兵里三层外三层地围了个水泄不通。三郎拼命杀开一条道路，对八郎说："兄弟快走！"八郎急拍马逃出。三郎被围在当中，东来东杀，西来西战，一连挑落辽国七员大将。番兵急得弓箭四射，三郎寡不敌众，连中十一箭，鲜血透过铠甲，不幸战死。

六郎见三哥战死，像中了疯魔一般，催马提枪在番兵后边兜上来了。这时候韩昌也追到了跟前，只听他大声喊道："不要放走这几员宋将！"这哥几个刚离开虎口，没想到又身落险地。杨六郎紧咬牙关，高声喊道："四哥、五哥、七弟，只要咱杨家将还有一人一马在，就不容辽寇牧马中原。往上冲！"说罢杨六郎一摆蟠龙金枪，准备去会会韩昌。

害杨家潘洪施计 老令公带伤迎敌

杨六郎领着兄弟几人一拥而上，又是一场苦战。杨六郎和杨七郎拼力冲出重围，二人都受了伤，七郎比六郎伤得还重。二人见四郎、五郎和八郎还没冲出来，便决定重新杀回去。就在这时候，远处尘土飞扬，来了一队人马，高挑大宋旗帜，走近一看，前边将领正是金刀令公杨继业。

前一晚，大郎和二郎假扮太宗和八王去投降后，杨继业便悄悄领太宗和八王从宫墙豁口出来。之前因太宗传出消息说要投降，所以两道城门全没关。杨继业乘虚而出，顺利保护太宗和八王杀出土城，离开金沙滩，回到幽州城。

进了城内，太宗连吓带冻，当时就一病不起了。杨继业不放心儿子，有心再回金沙滩，又怕没人保护太宗和八王。潘仁美又不在，所以他不敢离开。后来，跟铁鞭王呼延赞商量，由呼延赞守城池，他自己点齐两万兵将，去接儿子。到这儿，正碰上六郎、七郎两个人同番兵番将厮杀。

六郎和七郎一见老父亲，双双下马跪倒在地痛哭起来，七郎本就重伤在身，哭了两声便昏了过去。杨继业忙问六郎缘由，这才得知大郎、二郎和三郎都已经为国捐躯，杨继业心中悲痛，“哎呀”一声背过气去。过了老半天，杨继业才清醒过来，他欲哭无泪，只是两眼发直。六郎只得护送父亲回城。

回城后，八王、呼延赞和随御驾前来的石王、郑王、高君保都来看望杨继业。随后，潘仁美领两个儿子和两个侄子也回来了。回来之前，潘仁美已经跟韩昌勾结成伙了。韩昌中了杨继业的偷梁换柱之计，白忙活了一场，心中气闷。忽然他想起来投降的潘仁美，于是就和他定下了一条毒计：让潘仁美回来杀了太宗，帮助大辽夺下关城，得了天下，必定不会亏待他。潘仁美应允，然后就领着儿子和侄子们回来了。

回来之前，潘仁美故意弄得狼狈不堪。八王问他去哪里了，他哭丧着脸说：“臣出外迎敌，韩昌手下都督十分厉害，十几名将官把为臣困在当中，我身负重伤。不是我两个儿子解围，老夫命早没了！”八王对他的话半信半疑，可他是国丈，也不好直说。

半个月工夫，六郎和七郎的伤养好了，可是太宗的病却越来越严重。八王和太宗商量了一番后，决定先护送太宗回朝，太宗同意了。临走前，八王担心潘仁美会耍奸计，和太宗商量后决定下一道旨意，任命呼延赞为监军，还赐给他一把尚方宝剑，监督潘、杨两家。哪个犯法，可以先斩后奏。

太宗和八王回京后，只剩下潘仁美、杨继业和呼延赞，表面上三个人看起来倒也和气，不过潘仁美心中却非常着急。这一天，他把手下大将黄龙召了进来，黄龙是他的心腹。

潘仁美道："金沙滩一仗，脸全让老杨家露了，我却丢了人、现了眼。杀子之仇没报，这口气我咽不下去呀！"

黄龙道："元帅！杨家露脸能怎样？还不是死了三个儿子，您虽然没功，可也没过！至于报仇的事，咱们还是有机会的。"

潘仁美道："他们父子三个人在一起，这事不好办啊，而且我知道呼延赞心里是偏袒他们杨家的。"

黄龙笑道："元帅，呼延赞就是个草包，想办法把他支走就可以了。支走了他，再支走杨家那几个儿子，到时候，杨继业还不任您宰割。"

潘仁美道："此计甚妙，事成之后定然不会亏了你。"

第二天，韩昌来叫阵，潘仁美命军卒挂出免战牌，而且一连挂了三天。呼延赞沉不住气了，问潘仁美为何不出兵，潘仁美说军中粮草不足，不敢出战。呼延赞便说自己去催，正中潘仁美下怀。

呼延赞走后，潘仁美开始下毒手了。

第二天升帐。潘仁美抽出大令："杨延昭、杨延嗣听令！命你二人镇守卢沟河，即日起程，无将令不许回幽州。"六郎、七郎虽心中不情愿，但将令已出，没办法违抗，只得领令出帐。

临行前，六郎让父亲多留个心眼，小心潘仁美的陷害。父子互相嘱咐一番知心的话，哥儿俩动身走了。

老贼潘仁美一看，事遂人愿，不由得一阵冷笑："杨继业！这回你算落到我的手里了！"

支走了呼延赞和六郎、七郎，潘仁美绞尽脑汁想出一条毒计。他把黄龙找来，对他暗暗吩咐了一番。

再说杨继业这些天一直精神恍惚。金沙滩一战，三个儿子战死，六郎和七郎又被派去镇守卢沟河，若再有闪失，怎么向夫人交代呢？这天夜里，他半宿没合眼，直到天快亮的时候，才迷迷糊糊地睡着了。刚睡着，突然被鼓声惊醒，他急忙问军卒怎么没到时辰就升帐，军卒说不知道。杨继业想："不好，要是误了卯，可有杀头之罪呀。"于是急忙顶盔挂甲，抓缰上马，直奔帅帐。

可是到了帅帐门口，抬头一看误卯牌已经挂了出来，还挂了两道。这是军中的规矩：头卯不到，重打四十；二卯不到，重打八十，三卯不到，枭首示众。如今自己连误二卯，这可如何是好？他急忙入帐，潘仁美二话不说就命两旁士兵将他绑起来，拖出去重打八十军棍。杨继业急喊冤枉，说自己确实不知提前升帐。可是潘仁美不听他解释，让人直接把他拉了出去。

杨继业年岁已高，怎么能禁得起如此暴打。刚打到三十几下，杨继业腿就开花了。众将实在忍不住啦，“哗”地跪倒一片替他求情，潘仁美不想惹众怒，不得已下令军士住手。此时的杨继业已经站不起来了。

潘仁美一阵冷笑道：“杨继业，打得你委屈不委屈？！”杨令公心中明白，即使屈也不能喊，只得道：“不屈。”潘仁美又道：“好！看来你懂得军规。不过罪过免了，还要罚，本帅命你带五百军兵，赶奔前敌会战韩昌。抓住韩昌，罪责可免，抓不到，杀你个二罪归一。”说完，抽出令箭，扔到他眼前。

杨继业虽不想去，但军令已出，无法违抗，只得接令。杨继业脚步踉跄地来到军政司，黄龙已经替他点齐了军兵，他抬眼一看，全是老弱病残。事已至此，也没有办法了，只得骑马挎刀，准备出战。外边三声炮响，城门开放，吊桥一落，杨继业一提马的缰绳，过了吊桥。

带队行到两军阵前，杨继业命军兵叫阵。军兵阵前一喊，时辰不大，就听番营里“咚咚咚”炮响，一行队伍冲到两军阵前，三千人摆开阵形，压住阵脚，大旗闪在两旁，正中是一杆大旗，旗下正是扫南灭宋大元帅韩昌。

韩昌这一段日子也不好过。金沙滩一战，杨家死了不少人，但辽国损失更惨，天庆梁王被射死，萧太后自然没有善罢甘休，将他一通大骂，并命他一定要夺回三关，将杨家人斩尽杀绝，并抓住宋朝昏君，否则要他的脑袋。

韩昌没办法，只好硬着头皮二次出兵，在此扎下营盘。几次派人叫阵，见潘仁美按兵不动，知道他不愿意和大辽开战。没承想今天杨继业居然来叫阵。

杨继业强咬牙关，金刀在手中一横，道：“韩昌！你可认识我杨继业！”

韩昌道：“原来是令公千岁。虽然金沙滩你我相见，但未曾叙谈，今日重逢，三生有幸。听说你当初是保河东王的，后来保了大宋，对大宋朝真是呕心沥血，金沙滩一战，几个儿子全搭上啦！”

老令公一听这话，心中刺痛！但是，天大的委屈，怎么能对番将说？他只好强咬牙关：“韩昌！你少说这些，我杨家祖辈忠良，死而无怨。别的不多说，看刀！”说着便挥动大刀劈了过去，二人战马盘旋战在一起。

两个人打了足有五十回合，杨继业有些支撑不住了。军十们一看他的架势，万分着急。大家想上阵，可是对面是精兵数千，这边是五百老弱病残，上去也是送死啊。

正在这紧急时刻，突然间一阵銮铃声，“哗啦啦”由远而近，奔来两匹战马。马上两员大将，手中各持兵刃，一个是蟠龙金枪，另一个是虎头乌金枪，正是杨六郎和杨七郎。

哥儿俩奉了潘仁美之命，到卢沟河镇守咽喉要道。人虽在卢沟河，心却在幽州城，挂念老父亲。二人商议一番决定悄悄返回幽州查探情况，没想到正遇到老父亲迎战韩昌。

眼看父亲就要跌下马，兄弟二人急忙拍马奔过去，大声喊：“爹爹，孩儿们来了！”老令公一听喊声，急忙虚晃一刀，一带战马，跃出圈外。见是六郎、七郎来了，便问他们因何而来，二人说了缘由，杨继业又问可有元帅将令，二人说没有。杨继业着急道：“没有将令，私离汛地可是死罪呀！”七郎道：“别听那套了，什么死罪活罪的，杀了韩昌不是能将功折罪吗？哥哥，走，咱们抖擞精神，壮壮胆子，把韩昌宰了算啦！”

第十回 两狼山父子被困 闯重围七郎搬兵

仇人见面，分外眼红。

杨七郎一抖金枪，大声喝道：“韩昌，今天抓住你，定要千刀万剐，给我哥哥、兄弟报仇！”说完，大枪奔韩昌前心刺去。杨六郎也提战马冲到韩昌身后，蟠龙金枪奔后心就扎。

哥儿俩双战韩昌，两条枪，一条像金蛇出洞，一条像怪蟒翻身。韩昌一条叉，上封下迎，左搪右挡，勉强交战，只一会儿就有些招架不住了。他边战边败，决定按着昨天商量的办法，把杨家兄弟从虎口峪引进两狼山的陈家谷，然后一网打尽。

杨家两兄弟见韩昌败逃，自然不会放过，急忙打马追赶。杨继业见两个儿子追了上去，担心韩昌有诈，也从后面追赶上去。就这样，韩昌在前，杨家两兄弟在中间，老令公在后。你追我赶，韩昌就将杨家父子引到了两狼山。

杨继业边催战马，边往两旁看，看到此山地形，不由得倒吸一口凉气，知道必有变故。于是杨继业急忙叫军兵停下，守住谷口，他自己单枪匹马进了陈家谷，一路边走边呼喊两个儿子。

这时候，杨七郎已经快要追上韩昌了，正高兴呢，韩昌却三拐两拐没影了。后面六郎和杨继业也先后追了上来，突然间山谷中炮声连天，伏兵四起，辽国军卒高举兵刃冲下山坡高喊："杀呀！活擒杨继业，替天庆梁王报仇！"

杨继业见此情景一着急，一口鲜血吐了出来，随后摔在马下。杨家两兄弟急忙把老令公又扶到马上，护送着他往外冲。一行人冲出陈家谷，直奔到队伍跟前，双方混战在一起。正在这时，突然有人高喊："杨继业，我们元帅请你答话！"令公顺声音往上看，只见韩昌正策马立于前面不远处的一座小山头。

韩昌是来劝降的，说杨家将只要归顺辽国，必高官厚禄，杨继业自然不会吃他这一套，厉声拒绝，并说为国捐躯，死得其所。韩昌见劝降不成，恼羞成怒，立刻下令放火烧山。军卒刚要动手，忽然传旨官到："韩元帅，太后有旨，要活捉杨继业，好给天庆梁王祭奠亡灵。"韩昌听完，暗暗地埋怨太后：要死的容易，要活的怎么捉？不过，既然太后旨意下来，他却不能违抗。

自从天庆梁王被射死以后，太子继了位，因太子年幼，他的母后萧太后开始垂帘听政。萧太后虽是个女流之辈，可是文韬武略一点儿也不输男子。天庆梁王活着的时候，她就帮着出谋划策，文武群臣都非常敬佩她。韩昌接了旨意，立刻下令把两边山口堵死，想困住他们。

杨家父子带兵退到荒山坡下，五百老弱残兵只剩下了七八十人。天黑时分，他们在半山找到了一个叫狼牙寨的地方，那里有十来间破房子，一行人在此暂时歇脚。

安顿好之后，杨继业看到那几十个老弱残兵累得东倒西歪，心中很难过。他走到近前道："我乃主将，为国捐躯，死而无怨，可你们上有老下有小，却被我连累，我于心不忍。咱们就在此散了吧，趁天黑你们赶快逃走，日后还有立功之日，我做主，不算临阵脱逃。"说到这，他泪如雨下。军卒们却坚持要留下来跟他们同生共死。

一晃三天过去了，粮食眼看就要吃完了。军兵肚内无食，身上无衣，西北风一吹，冻得直哆嗦，只好靠在一起互相取暖。杨继业领着两个儿子站在山顶上瞭望。这时，打迎面山口那儿出现一盏红灯，由远而近。等来人走到近前，只见他头戴荷叶形圈金毡帽，身穿黄衣，胸前狐狸尾，脑后雄鸡翎，腰围玉带，左手提一个金漆食盒，右手挑着一盏红灯。仔细一看，正是八郎杨延顺。

原来，金沙滩一战，众家弟兄杀出城门，逃走的时候杨八郎被辽兵抓了。被押回辽国皇城时，正遇到萧太后的二公主玉镜。玉镜公主见他长得眉清目秀，一脸傲气，喜欢上了他。玉镜公主把他带回自己的帐篷，问他姓甚名谁，家住何处。八郎心中盘算，定不能将自己的真实身份泄露出去，给杨家人丢人。于是不但不回话，还破口大骂。谁料想他越骂，三公主越喜欢他这身骨气。

玉镜公主命人给他收拾了一番，然后就带他去见萧太后。萧太后一看，也觉得他长得很讨人喜欢，心想女儿如果真喜欢他，招他做了驸马也不是件坏事。如果驸马是中原人，将来进兵中原，也会多一个好帮手。

于是萧太后没有因八郎不敬而治他的罪，反而好言相劝，让他归顺辽国，并说会把玉镜公主许配给他，如果他不同意就杀了他。八郎心中思忖再三，如果自己死了就再也见不到父母亲人了，于是他决定先假意应下亲事，然后再找机会逃回大宋。想到这儿，他点头应允了。

萧太后见他应允十分高兴，便问他姓名，八郎说自己叫王顺。就这样，八郎在辽国娶了玉镜公主。成亲之后，萧太后命他领一哨人马，镇守在两狼山第三道山口。

老令公父子三个人被围的时候，杨八郎也听到了信，可是他不敢前去：刚刚投降，本来就有嫌疑，如果没有将

令就私自出去，不但救不了亲人，自己的命也难保了。正在着急之时，这天韩昌突然来找他，想让他去劝降杨家三父子。八郎一听，机会来了，立即应允。见到父兄，八郎跪倒在地，热泪直流，然后把辽国招亲的事说了一遍。

杨继业听说他归顺了辽国，还娶了辽国的公主，气得浑身发抖，一巴掌就打了过去，然后又抽出宝剑，按在他脖子上。八郎抱住杨继业的手哭道：“爹，您杀吧，孩儿现在生不如死，您若杀了孩儿，孩儿死而无怨。”说完把眼一闭。这时候，六郎、七郎都跪在一旁为八郎求情。无奈之下，杨继业只得放下了剑，叹道：“唉，没想到出了你这么个不忠不孝的逆子，论理我真想杀了你，可你不是我亲生儿子，我答应过你父亲要照顾你。你走吧，我不想再看见你。”

八郎听了杨继业的话，一下子愣在了当场，原来他一直不知道自己的身世。杨继业便跟他讲了实情：他父亲姓王，是自己的结义兄弟，他刚出生时，家中惨遭灭门之灾，家里的一位老人把他偷偷救出来送给了杨家。

虽然知道了身世，但八郎还是不肯走，杨继业真的生气了，再次亮出宝剑喝道：“再不走就杀了你！”八郎也是个倔脾气，竟然把脖子一伸：“爹！父兄为国尽忠，难道就我贪生怕死？您杀吧！”杨继业火往上撞，就想动手，杨六郎急忙上前把宝剑夺下来：“爹爹且慢！”转身又对八郎道：“兄弟，别这么说。如果你死了，我们也死了，将来送信的人都没有。眼下，你要设法把这里的事情告诉娘，让她老人家在皇上面前状告潘仁美，以后你再帮咱们灭外患，这也算在爹爹面前尽孝了。”

说完六郎把八郎的战马牵过来，嘱咐八郎以后宋军闯寨的时候，他要多多帮忙。八郎点头应允：“哥哥，你就放心吧，只要从我的地方走，一定想法把你们送出去。”说完上马回营。回去之后八郎跟韩昌说未能劝降杨家父子，韩昌也只得作罢。从此，杨八郎就在辽军中时刻盼着爹和两个哥哥早日冲出重围。八郎走后，父子三人商量一番，决定让七郎回去搬救兵。临行前，老令公嘱咐七郎，看到潘仁美要说好话，而且还告诫他千万不能喝酒。七郎应允后飞身上马，前去搬兵求救。

第十一回

杨继业两狼碰碑 ◉ 杜金娥巧救延嗣

七郎拼尽全力，终于冲出了重围。粮草已断，老令公饿得发晕，身上的伤没有药调治，也越来越重。三天过去了，七郎音信全无。杨继业开始后悔派七郎回去，因为潘豹乃七郎所杀，潘仁美那个小人定不会饶了七郎，说不定现在七郎已经被他害了。

杨继业不禁越想越心忧，病情也越来越重。他把六郎叫到跟前，交代他一定要找回七郎，同时也交代他不要忘记国仇家恨，要忠君报国。六郎含泪一一应允。

正这时，外边炮声轰鸣，韩昌又攻狼牙寨。宋兵一共还剩六十多人，刚才每个人喝了两碗草根汤，有了点精神，拿弓带箭来到杨继业马前。杨继业道："弟兄们，辽军攻山了！敌众我寡，难以取胜。如有贪妻恋子者，快找逃路；如有跟我杨继业的，就要死守山头。”六十多军卒都举起刀枪，高喊：“令公！我们跟您走，请您传令。”“好！大家堆石头作屏障，和他们决一死战。”“是！”

杨继业他们占的地势好，居高临下，可以守一阵。可是不一会儿，箭就用完了。这时候有人高喊：“弟兄们，没有箭怕什么？山上有石头，拿来砸他们。”于是军士们都开始往下扔石头，“噼里啪啦”打得辽兵连滚带爬，滚下山坡。又守了一个时辰，石头也没了。辽兵冲上山顶，两方军卒混战在一起。杨家兵肚内无食，人人都饿得虚弱无力。一混战，不大工夫就死了一半。六郎趁乱护着杨继业往深山退，后边辽国兵将死追不放。

杨继业拨马交锋，一口气刀伤八员辽将，自己的战马受了几处伤，身上又多了两道刀口，一下子摔下了马。六郎急忙下马，扶起老父。歇了一会儿，杨继业决定先去探探路，让六郎在这里守着。他独自顺小路往前走，走出不远，眼前闪出一座年久失修的古庙，坍塌倒坏，门前有匾，上写着“苏武庙”三个大字。他信步进庙，见苏武的神像虽然还在那儿站着，但泥金却掉了大半。杨继业冲神像点点头，心里赞叹：苏武不愧为一代英雄！

苏武乃西汉大臣，奉命出使匈奴被扣。匈奴贵族多方威胁诱降，苏武坚贞不屈。他牧羊在北海边，渴了饮雪，饿了吞毡。名标史册，为后人共仰。

杨继业看罢出庙，猛抬头，见有座残碑，五尺多高。开始没注意，后来，上面写着的“李陵碑”三个大字把他吸引住。杨继业用袍袖掸去浮土，仔细看看碑文。上面记载着李陵与匈奴作战，最后投降了。杨继业皱眉：此等败类，怎么还给他树碑呢？此时，远处金鼓震天，号角长鸣，番兵番将又往里冲。杨继业望望苏武庙，瞧瞧李陵碑，仰天大笑道：“宁为玉碎，不为瓦全，要学苏武，莫仿李陵。”说罢，老英雄往后倒退数步，紧跑几步，一头碰死在李陵碑前。庙是苏武庙，碑是李陵碑。令公身丧此，何日裹尸归？一代英雄，死于他乡异地！

六郎见父亲一去不归，急忙跑来寻找，来到苏武庙前，看见父亲尸体，鲜血染红了山坡。杨六郎吓得手脚冰凉，一头扑到老人身上，昏过去了。过了一会儿，六郎被战马的嘶鸣惊醒，呆坐在父亲旁边。他想拔剑自刎，可刚一扶剑柄，看见龙泉剑，便想起了父亲之前对他的交代。六郎擦掉眼泪，给父亲磕了三个头，站起来，道：“爹，儿要走了！现在不能将您带走，等儿日后回来，再到此搬请您的尸骨还乡。”说完掩埋了老令公尸首，然后便一步一回头地走了。

可是没走多远，六郎就被辽兵包围了。六郎拼尽力气，连闯了两道山口，到了第三道山口，遇到了玉镜公主和她旗下的二百女兵。玉镜公主怒喝道："什么人胆大包天，敢闯我的山口？"六郎没有说出自己的真实身份，只说自己是老令公手下的一个传令官。

玉镜公主想起八郎曾在她面前求了回人情，决定帮他一次。于是便假意举刀向六郎砍去，然后又故意"哎呀"一声："哟！好厉害！军兵呀，给我撤！"就这样，六郎很轻松地就闯过了第三道山口。共是五道山口，六郎拼命厮杀，终于冲出来了。

冲到山口外，六郎长出了口气，道："真是两世为人哪！"他把马牵到僻静地方，让马啃点荒草，自己也找山泉小溪，趴在地上喝了几口水。然后重整雕鞍，飞身上马，急驰在通往幽州的大道上。

他正往前跑，突然从树林中蹿出二人，到马前抓住缰绳："杨郡马，我们奉了潘元帅之命，在这儿等你两三天了。快跟我们走吧！"六郎低头一看，原来是边关十二名大将之内的将官，这两人是把兄弟，一个叫岑林，一个叫柴干。

六郎又惊又喜："二位将军，怎知道我到这里？"

两个人慌慌张张道："六爷你胆子太大了，敢大摇大摆地从这儿走，快进树林吧！"六郎不解其中之意，连忙下马。

三个人来到树林深处。岑林说："六爷，你这是从哪儿来，上哪儿去？"杨六郎便把自己被困两狼山、父亲碰碑而死的事细说了一遍，又说自己要去幽州找七郎，同时去搬兵。岑林一听他提起七郎，泪如雨下："六爷，你至今还蒙在鼓里。七郎他、他……""他怎么了？"

此时，岑林已泣不成声，说不出话来了。杨七郎到底哪去了呢？

原来，七郎奉杨继业之命闯山搬兵求救。一连闯了四道山口，到第五道山口时遇到了韩昌。七郎边战边退，韩昌在后边死追不放，一前一后，在山里转了二三十里地。韩昌终于追到近前，他钢叉一举，冲着七郎就扎。七郎一闪身，劲使猛了点儿，只觉头重脚轻，摔到马下。危急时刻，从半山坡飞来一支雕翎箭，正射在韩昌手背上，韩昌一看不好，急忙圈马而逃。

射箭的是位女将，韩昌逃走后，她来到七郎近前，见七郎已经昏了过去，便命女兵把他抬回了山寨。到了山寨，待七郎醒了之后，双方一通姓名，七郎才知道救自己的正是自己的未婚妻杜金娥。这到底是怎么回事呢？

原来，杜金娥的父亲杜国显与杨继业都曾是河东名将，二人是结拜兄弟，后来又一起归顺了宋朝。杨七郎三岁那年，佘太君过生日，刘夫人进府拜寿。佘太君知道刘夫人身怀六甲，便跟她商量要七郎与她肚中的孩子结个亲，如果她生的是男孩就让二人结为兄弟，如果生的是女孩就结为夫妻。刘夫人当然愿意。不久，刘夫人生下千金，便给杨家送信，佘太君也很高兴，还给孩子取了名字叫金娥。杜金娥刚满月，两家就给孩子换了庚帖。

不料，杜金娥三岁时，杜令公因得罪了太祖而丢了官。杜国显带着家眷离京城回临凤阁时，杨继业前来送行，杜国显说等到女儿长到十六岁就把她送到京城。一晃十几年过去了，佘太君也曾给杜家送过信，想定下迎娶的日期，可是却一直没收到杜家的回信。佘太君原想叫七郎去迎娶杜金娥，不承想七郎打擂劈死潘豹，杨家丢官，被贬雄州，不幸的事一件接一件，这事就撂下了。

不过，即使七郎前去迎娶，也是找不到杜金娥的。原来，杜令公回临凤阁的第四年，在正月十五花灯会上把杜金娥给丢了，四下派人去找，却始终没找到，所以夫妻俩一直没敢给杨家送信。过了十二年，杜金娥突然回来了，出落得十分漂亮，而且学了一身武艺。

杜金娥跟父母讲，当年她是被一个道姑带走了。这道姑是大宋军师苗光义的表姐，人称“圣手道姑”。苗光义被贬之后见到表姐，说明朝中之事，无意中还说到杜令公有一个女儿许给了杨七郎。说者无心，听者有意。圣手道姑一想，自己一辈子练武，没儿没女，连个徒弟都没有。既然杜令公有个姑娘，就去看看怎么样？如果好就收她为徒。于是十五这天，找到金娥，见她聪明伶俐，就把她给带走了。带到山里后，圣手道姑每日教她练枪练刀、骑马射箭。眨眼之间十二年过去了，杜金娥已经练得十八般兵刃样样精通。

武艺学成后，圣手道姑便打发金娥回家了。老两口见女儿失而复得，又学成一身武艺，自然非常高兴。不想一年后，杜令公病故，母女俩只得变卖家产准备去京城投奔杨家。谁料走到半路听闻杨家将奔幽州打仗去了，杜金娥便跟母亲商量暂不去京城，先去幽州，找机会立点战功，再进天波府。于是一家人又改道奔幽州。路过这座金鸡岭，降服了一群强盗，便留在此处，准备找机会立些战功。最近杜金娥听说宋辽两国连日交战，便天天下山打探。今日正巧遇上韩昌追七郎，便把七郎救到山上。

杜夫人见七郎前来，悲喜交加，决定即刻让二人完婚。七郎不肯，执意要去搬兵。杜夫人再三苦劝，让他过了今晚，拜过堂之后再去搬兵也不迟。然后又吩咐家人赶快准备天地桌，杀猪、宰羊，为二人完婚。家人开始张罗起来，到了黄昏时分，一切准备停当，也不容七郎多说，便将他十字披红，与金娥拜堂成了亲。

第二天，天刚亮，杨七郎便要离开。杜金娥知道拦不住他，便送了一程又一程。临别前，金娥道："今日分手，不知何日见面。将来见到婆婆，我说是杨家媳妇，谁认得呀？你给我留点表记做凭证。"七郎想了想，便把头上金簪拿下来，上边有他名字，交给了金娥。

金娥接过后，又道："七郎，你我虽是一夜夫妻，如留后代，也是祖上有德。你可得给起个名字！"

七郎便道："如果生个丫头，你起名字，要是小子，就叫杨宗英。"金娥连连点头，夫妻洒泪相别。

第十二回

中奸计七郎倾生 ◉ 五台山弟兄相会

杨七郎告别了杜金娥，赶奔幽州城。一路上心急似箭，来到幽州城下，高喊开城门，守城人见他归来，忙往里面送信。这时候，潘仁美正坐在暖炉旁喝酒，听说杨七郎回来了，心想他可真命大。一转念，又生出一条毒计，忙对黄龙耳语了一番。

潘仁美亲自到城门迎接七郎，而且态度十分热络。进城之后回到帅府，潘仁美下令即刻摆宴为他洗尘，然后又把黄龙、潘龙、潘虎都安排到桌前，把七郎团团围住，左一杯右一杯地劝酒。从杜家寨出来，杨七郎一路上没吃没喝，空肚子喝酒，不一会儿便醉了，只觉得天旋地转，头晕眼花，最后直接趴在桌案上一动不动了。这时候潘仁美露出凶相，恶狠狠地道："杨老七呀，杨老七！阳关有路你不走，地狱无门自来投。来呀！把他捆起来！"左右军士立刻上前把七郎捆了个结结实实。

这时七郎微微醒转，见自己被绑忙问缘由，潘仁美怒道："杨七郎，你可知罪？"杨七郎疑惑，道："元帅，我奉父之命，闯出两狼山，回来搬兵求救，何罪之有？"

潘仁美道："胡说八道！我派你和六郎去镇守卢沟河，哪个叫你上两狼山？分明是你私离汛地，串通辽国，今天又前来诓兵。来呀！把他给我绑在桩橛之上，乱箭穿身。"

杨七郎喊道："元帅，我冤枉啊！"

潘仁美哪容他喊冤，立刻吩咐军士将他绑到了桩橛之上。然后潘仁美一摆手，周围的军兵撤出老远，只剩下他的几个心腹了。潘仁美拿过弓箭，认扣添弦，把弓拉满了："杨七郎！今天老夫要你的性命。"说完，一松手，飕的一声，一支雕翎箭射在七郎身上。

七郎疼得一哆嗦，破口大骂："潘仁美，你这个老贼！什么串通辽国？什么前来诓兵？分明是你官报私仇！我杨延嗣今生今世不能报仇，死后变成厉鬼，也会来要你老贼的狗命！"

潘仁美紧咬牙关："杨七郎，你还敢辱骂本帅？弓箭手伺候，给我射！"就这样，一代忠良杨延嗣死在了潘仁美的乱箭之下。

杀了杨七郎，潘仁美可算解了心头恨，可是他知道，杨家人听到这个消息一定不会饶了自己，必须先想好一个万全之策才行。

潘仁美来到大帐，伸手抽出一支大令："岑林、柴干听令！命你二人带五百兵马，埋伏在两狼山外松林之内，等候杨六郎和杨继业冲出山口，就地格杀。""末将遵令。"岑、柴二人答道。

潘仁美又拿起第二支大令："郎千、郎万听令！你们二人把杨七郎的尸体捆上巨石沉入黑水河，然后暗暗守在河边。如果看见杨六郎和杨继业，一定要把他们抓住！""得令！"随后，潘仁美拿起第三支大令，交给黄龙、黄虎："在黑水河的对岸，把住沿路的河道、码头和通往京城的各条咽喉要道，看见杨家父子，一定要抓住。"然后又派他的两个儿子潘龙、潘虎在通往京城的路上严加盘查。大计安排已定，受令将官火速分头前往。

岑林和柴干虽听令于潘仁美，但二人却都是忠义之士，对潘仁美所行之事也十分痛恨。所以他们二人商定，如果遇到杨家父子就放行。两天后，杨六郎果然闯下两狼山，打此路过。哥儿俩把他拉到树林里，把杨七郎被害之事从头到尾对他细说了一遍。杨六郎听完痛哭失声，哥儿俩安慰了他一通。止住哭声，六郎对他们万分感谢，并要与他们义结金兰。就这样，三人结拜为兄弟，并约定好日后一同捉拿老贼潘仁美。叙过话之后，六郎告别了二人，登程赶路。

杨六郎心急火燎，恨不能一步迈回京城。正要往前走，被前边一条大河拦住去路。正在着急，猛然间，见对岸划过来一只小船，船头上有两个渔翁。六郎便将小船唤了过来，让渔翁载他过河，船家同意了。六郎把马慢慢牵到船上，放到船头，自己也上了船。小船驶到河心突然停住了，六郎问为何不走了，两个渔翁突然摘下帽子，从衣服里“唰”地抽出宝剑，往手中一擎，大喝道：“杨景，拿命来！”

杨六郎闻言一惊，待仔细一看，认出来了，原来这两个渔翁正是郎家兄弟郎千和郎万。六郎看了看郎家兄弟，道：“二位将军，我杨家与你们有何仇何恨？为什么下此毒手？”

郎千、郎万将兵刃撤回：“唉！六爷，我们是上支下派，不得不如此。”

六郎见他们如此说话，心中便明白了，于是道：“二位将军，我不恨你们，只恨老贼潘仁美官报私仇，害死我杨家满门哪！”

郎家兄弟点点头，同声道：“六爷，请受我们一拜！”

原来，这郎家兄弟也如岑林、柴干一样是忠义之人。他们并没有将七郎的尸身沉入黑水河，而是偷偷弄了个大柜，把尸身和雕翎都给装起来了，埋在河神庙前的大柳树下。六郎听罢，忙磕头谢恩，并请求他们带自己去七郎的坟前祭奠。

祭奠过七郎，六郎又与郎家兄弟义结金兰，然后拜别而去。本来奔京城应该往正南去，但六郎绕路奔正西了。因为没走正道，只好穿树林、爬山岭、蹚小溪、过大河，一路艰辛。

这一天，正往前走，见前面山连山、岭接岭，山峦起伏、古树参天。六郎正在想这是什么地方，突然远处来了一个头陀带发的僧人。待他走到近前，六郎突然觉得十分眼熟，仔细一看，不禁惊道："大师父，你怎么像我五哥？""哎呀六弟！我正是你五哥杨延德呀！"六郎一听，一下子跪倒在地，抱住五郎的大腿，失声痛哭。

金沙滩一别，兄弟二人复又得见，自然又惊又喜。哭罢之后，五郎向六郎详说了自己当日冲出金沙滩之后的事情。当日，五郎杀出重围，跑到一座山下，呼兄不言，叫弟不语，悲愤难挨之际便想自寻短见，就在这时碰到一位名叫了风的禅师，在他的点化之下到五台山剃度出了家，想从此不问世事，了此残生。六郎听罢五郎的讲述，痛哭着道："哥哥！你只顾自己自在逍遥了，可知家中情形吗？七弟被潘仁美乱箭射死，爹碰死在李陵碑前！"听了这话，五郎“啊”了一声便摔倒在地昏了过去。

过了好一会儿，五郎才醒转过来。兄弟二人又哭着叙了一会儿话，最后商定，六郎回京告御状，五郎继续在五台山学艺，等他日报仇之时，再下山助阵。

告别五郎后，六郎星夜兼程，直奔东京汴梁。这一天傍晚，来到一个离京城不远的小镇，只见大街上繁华热闹。六郎正往前走，见道旁围了一伙人，原来是个算卦的。只见这位算卦先生白面黑须，头戴青帽，穿着一身青衣服，三十多岁，两眼有神。他一扭脸，正看见六郎路过，于是立时收拾了，跟在六郎身后。

天色已晚，六郎就近找了一家客店，要了一个单间。那个算卦先生也跟着六郎进了这家客店，并要了一间与六郎对门的单间。因为太累了，六郎也没吹灭油灯，就睡着了。算卦先生心里有事，半夜起来，捅破六郎住房的窗户纸，偷眼观看，心中暗想：“这次奉了萧太后之命，来到中原，正愁无处栖身落脚，今天巧遇杨六郎，待我略施小计。”想罢，转身回屋也睡了。

第二天，杨六郎起床吃完饭去结账，结果伙计说他的店钱已经被人付过了，六郎问是谁，伙计说就是住他对面的算卦先生。六郎心中疑惑，但也没有多想，出了客店，奔京城而去。走出十几里地，见前边一片树林。六郎刚走进去，便遇到了昨天那位算卦先生。这位算卦先生非要给六郎算一卦，但六郎不想途中生事，不同意。但那算卦的却软磨硬泡不罢手，六郎最终只得同意。

算卦先生看了看六郎的面相道：“老弟，相面可有讲究，主要看五官，你的五官中有两官非常好。第一，眉毛好！眉喜长来又喜弯，二眉锦绣富可攀。昔日关公卧蚕眉，曾在荆州掌兵权。你的眉毛就是又长又弯，眉清目秀。第二，嘴长得好！口喜大来又喜方，张大合小是贵郎，三十六齿口中排，能于国家做栋梁。昔日黄忠四方口，八十三岁美名扬。看你非是花郎汉，定是郡马杨六郎！”六郎听罢，一下子惊呆了。

第十三回

告御状六郎进京 赵光义杨府祝寿

杨六郎听他叫出了自己的名字，心中一惊，算卦先生看出了六郎的怀疑，便解释说自己名叫王钦，大同人，以前来京城的时候在大街上见过六郎，所以认得他，说罢便给六郎磕起头来。六郎见这人说话实在，谈吐不俗，便道：“你我既然见面，就是前世有缘。唉！再不要叫郡马了。”

王钦听了这话，忙把六郎拉到树林深处，找个干净地方坐了下来，细问缘由。六郎便跟他说起了家中遭潘仁美陷害一事。王钦听完，破口大骂潘仁美，听说六郎要进京告御状，便自告奋勇为六郎写御状。六郎一想，难得遇上这么个热心肠的人，便同意了。就这样，六郎说，王钦写，“唰唰唰”，转眼之间，状纸就写好了。六郎拿过来一看，御状不仅写得言辞绝伦，而且字也写得俊秀无比。六郎忙连声道谢，并要与王钦结拜为兄弟。就这样，二人撮土为炉、插草为香，王钦为兄、六郎为弟，结为金兰。

这王钦到底是何人？原来他是辽国的龙虎双状元，名叫贺黑律。他得了文武双状元之后，萧太后亲自把他找去，让他打入宋朝的朝廷之内，来个里应外合，为夺取大宋江山出力。就这样，贺黑律扮成宋朝的文人墨客，混进了中原。正愁没有进见之功，正巧遇到了杨六郎。那他又如何认识杨六郎呢？原来辽、宋交兵，贺黑律随军，所以与杨六郎见过面。

杨六郎自然不知王钦是大辽人，只当自己又遇到了一位有识高人。六郎和王钦商定好，天黑之后六郎进城，王钦随后再入城。入夜后，杨六郎进了城，然后便直奔南清宫，去找八王，可是却被八王府前的皇门官当成叫花子拦在了宫门外。六郎担心闹出大动静被潘仁美的人发现，便只得先离开，再想良策。

杨六郎离开南清宫，刚走不远，就听前边马铃响，一队人马来到近前，马上坐着的正是八王赵德芳。六郎急忙冲开人群，“扑通”跪倒在地，心想喊冤，却突然觉得火往上撞，气堵咽喉，当场昏倒在地。赵德芳一看，地上之人十分熟悉，突然想到了什么，便急忙吩咐左右：“来呀，把这个叫花子给我绑上，带回南清宫。”

八王来到养心宫，命人将六郎带了上来。八王走到

宋

近前，仔细辨认："你……""八王千岁，您怎么不认识我了？我是死而复生的杨景杨延昭啊！""啊，你是杨六郎！""是我！"

八王大声道："哎呀，我的御妹丈啊！"说完，拉起六郎，大放悲声。哭过之后八王又问道："御妹丈，你怎么到这来了？"

六郎道："王家千岁，难道前敌之事您一点儿都不晓得吗？"

八王道："我听到一点儿风声，说潘仁美在皇上面前把你们告了！"

六郎道："啊，他还告我们？"

八王道："是啊，告你父子三人私通辽国、倒卖幽州，皇上还没有发落。"

六郎道："王家千岁，潘仁美把他自己的罪加在我们杨家身上。这有状纸，请您过目。"说完，六郎拿出状纸，赵德芳接过来仔仔细细看了一遍，气得脸色大变，"好哇，潘仁美！竟敢如此陷害老杨家。御妹丈，不要着急，待我夜入皇宫，状告潘仁美！"

八王看完御状要即刻进宫，六郎劝他要从长计议，西宫潘妃是潘仁美的女儿，如果这时候进宫告状，她一定会得到消息告诉潘仁美，到时候潘仁美很可能狗急跳墙，带兵将投降辽国。八王觉得六郎说得有理，便与他细细商量，最后二人商定待明日请驾太宗到天波府，到时再告状。随后，八王又派人请来了柴郡主，让他们夫妻见面。送走六郎夫妻后，八王开始琢磨该如何把太宗弄到天波府，想来想去，想到了一条妙计。

第二天早朝，太宗升殿，八王跪倒奏说今日是天波府佘太君的生辰，希望圣驾能够驾临天波府为佘太君祝寿。太宗听了这话有些生气，觉得八王过分了，虽说杨家有功，但自己毕竟是一国之君，怎可去给一个老太太祝寿。但他又不好明说，便道："皇侄，常言说得好，龙不离滩，虎不离山，凤不离阁，帅不离位。何况孤乃一国之君呢！"

八王见太宗拒绝，心中有些不痛快，便压着火继续奏道："万岁，往年和今年大不相同。杨家人死了十之七八，您过府拜寿，方能显出万岁爱贤才，有慰人心。您去金沙滩赴双龙会，若不是大郎替死，哪有今日？那时您怎么不说这些呢？"太宗听了这话，只得无奈地答应了。

皇上出朝，文武要跟着，多有不便。八王便又请旨与太宗先一步前去，其他文武大臣等下半晌再去。太宗点头，然后传旨，准备车辇，奔天波杨府而去。车辇在杨府门前停下，八王也下了逍遥马，有人急忙往里送信。太宗往门前一看，冷冷清清的，门上没挂灯笼，也没贴寿字，大门都没开，心中有些不痛快。

话说自从杨继业父子被贬雄州之后，天波府里只剩下了满府女将。杨继业走后，佘太君就盼着丈夫和儿子早些回来。圣旨到后，得知杨继业免去罪过，调到前敌去退辽兵，从那时起，她更担心了。后来，万岁和几家王爷还朝，佘太君才知道金沙滩一战，杨家七郎八虎只剩下六郎、七郎，当时佘太君差点痛死。皇上再三安慰，又拨银两，叫杨家办丧事，超度亡魂。佘太君带领众媳妇及八姐、九妹共同办了丧事，然后就一心盼着老令公领着六儿、七儿回来。这些天佘太君精神恍惚，全仗八姐、九妹和儿媳妇围前围后，给她解闷。

这日听说皇上要过府“拜寿”，佘太君并无任何喜意，但还是按礼接待了太宗。分宾主坐下后，八王道：“佘太君，难得万岁亲自祝寿，有什么好吃的，还不快摆上来！”佘太君叹道：“唉！我天波府一向清贫，比不了皇宫内院，多有慢待了，来人哪，快把寿桃献上！”说完，有人托出两盘寿桃。这些寿桃是用面做的，红是红、绿是绿，做得十分新鲜。一盘献给万岁，另一盘献给八王。八王道：“万岁，快趁热尝尝杨府大师傅的高超手艺。”太宗拿起寿桃，掰开一看，里边露出一样东西：“啊？！”只吓得他目瞪口呆！

怎么了？原来寿桃中有一只箭头。太宗急忙递给八王，八王见状佯怒道："大胆佘赛花！万岁好心来拜寿，你为何寿桃里藏利刃？难道要刺王杀驾？"佘太君不慌不忙，跪倒磕头，然后便将金沙滩之后，潘仁美毒打令公、杨继业李陵碑丧命、七郎乱箭穿身、潘洪派人堵截六郎、自己假借寿诞之机将太宗请到府上听她冤屈之事一一细说了一番。

太宗听完这番话，心中虽然惊讶，但还是有些不信，便对佘太君说，潘仁美也反告了杨家父子，说他们私离汛地，如今更是已经遁逃辽国。八王一听，火往上冲："陛下，有道是兼听则明，偏听则暗。杨家世代忠良，为大宋立下多少汗马功劳？远的别提，就说金沙滩一战，大郎替你死，二郎为我亡，三郎马踏如泥，四郎、五郎、八郎至今下落不明。他们全家人忠心耿耿，扶保社稷，怎会私通辽国？”太宗听了，虽觉得言之有理，但仍是猜疑未除。停了一会儿，便派人去将六郎带了进来。

杨六郎来到了银安殿，“扑通”跪倒，高声喊冤，然后又呈上了状纸。太宗看过状纸之后倒吸一口凉气。状词写得字字千钧哪！

太宗不禁心中暗道：“国丈啊，要真是这样，我也救不了你啦！”正在这时，宫外有人奏报：“呼王爷在殿外要求觐见。”

呼延赞上殿后，也是“扑通”一声跪倒在地。太宗怒道：“呼延赞，朕命你两军阵前监军，你却私自离开阵前，你可知罪吗？”

呼延赞道：“老臣有罪。都怪我，害得老令公身死，七郎被害，六郎也完了。”

太宗道：“呼延赞，这些天你上哪去了？”

呼延赞便向太宗细说了他离营之后的遭遇。原来，当日在押运粮草回程的半路，他先是被一群伪装过的山贼劫了粮草车，然后返回幽州的半路又遇到郎千、郎万兄弟俩，他俩劝他不要回幽州，说潘仁美已经得知他丢了粮草，正在派人追杀他。然后，郎家兄弟又告诉他杨七郎已经被潘仁美杀害，杨六郎活不见人、死不见尸，劝他赶快逃回京城，否则也会遭殃。

听了呼延赞的讲述，太宗有些动摇，八王灵机一动，把佘太君和六郎支走，对太宗说道："万岁，此事须谨慎而行。第一，您不能去西宫；第二，在朝廷内，不要议论他们两家的事；第三，马上派人下边关，捉拿潘仁美。"太宗便给了呼延赞一道旨意，让他三天后下边关捉拿潘仁美。

呼延赞手捧圣旨可傻了，心中暗道："完了！本来潘仁美就曾派潘昭、潘祥要杀我，我才偷着跑回京城，这回再回边关，岂不是飞蛾扑火？唉！可是皇上的旨意下了，没别的办法，先告诉我的老伴和儿子去。"想到这里，他急忙回家去了。

回到家中之后，呼延赞把朝中事跟夫人细说了一遍。夫人一听，也觉得此事不可行，会有性命之忧，劝他想办法找个借口推掉。这时，站在一旁的呼延丕显却主动要求代父亲去捉潘仁美。别看这呼延丕显才十二岁，但自小学武，本领高强，而且很有智谋。

呼延丕显要讨旨捉拿潘仁美，呼延赞和夫人马太君都拿这当笑话，但呼延丕显却信誓旦旦，软磨硬泡，非要爹爹答应他。呼延赞被他磨得烦了，就随口答应了会带他一起去捉拿潘仁美。其实呼延赞这只是在糊弄他，心想着起身那天自己早走一些便是了。

马太君其实心中不愿丈夫去下边关，暗地思忖再三，便与呼延赞商议，弃官而去。可是呼延赞却说自己已经接了圣旨，如果不去便是抗旨，那是要杀头的。最后呼延赞决定第二天再去找太宗商议一番。当晚呼延丕显就睡在父母身边，听了父母的话之后他心中暗想："我爹爹多为难呀！就冲这，我也得去！"

第二天，呼延赞刚要去早朝，呼延丕显也要跟着去，呼延赞不同意，呼延丕显道："爹，我是为您分忧解愁呀！您领我见皇上，就凭我两行利齿，保管能说服了他。如领了圣旨下边关，算在您面前尽了孝，为国抓贼，算为皇上尽了忠，为杨家报仇，也算讲了义气。"呼延赞见他纠缠不休，只好同意了。

呼延赞没有贸然把儿子带到金殿，而是先让他待在殿外，自己进了殿。进殿之后，太宗问他何时下边关，呼延赞回答得有些含糊，太宗看出了他在打退堂鼓。正在这时，忽听门外一声高喊："臣子呼延丕显，参见吾皇万岁万万岁！"

呼延赞在一旁忙向太宗解释，说这是自家小儿。太宗见呼延丕显长得可爱，胆子也大，十分喜欢，便问起他师从何人，可否学过武艺。呼延丕显一一作答：文从老宰相王延龄，武从天波府杨六郎。太宗问他上殿何事，呼延丕显正色道："万岁，听说万岁降下旨意命我父到边关捉拿潘仁美，这可万万使不得呀！万岁请想，我父在边关的时候，潘仁美就恨之入骨，借押粮运草之机，派潘昭、潘祥半道劫杀，多亏郎千、郎万，我爹才得救。如再派他到边关，岂不是飞蛾扑火？望万岁给我一道旨意，我愿替爹爹奉命！"

太宗听了这话，便问："娃娃，你太小了，能行吗？"

呼延丕显道："有志不在年高，无志空活百岁，甘罗十二拜相、周瑜十三带兵、孔融四岁让梨，我今年也都十二了！"这番话把太宗和八王千岁说愣了，全都站起来仔细看这孩子。

八王问道："孩子，你可知潘仁美是什么人吗？"

呼延丕显道："怎么不知？他是当朝国丈、掌朝太师、兵马大元帅！"

八王又问："你是个小孩子，头上没有功名啊！难道你就不怕潘仁美的兵权？"

呼延丕显道："虽然我不是官，可有万岁的旨意呀！万岁不比潘仁美大？"

八王再问："你下边关，有什么办法能抓住潘仁美呢？"

呼延丕显道："八王千岁，我还没到边关，哪知道用什么办法？我得见机行事！再者，还有边关众将相帮，定能生擒潘仁美。”

八王一听，连连点头：“好！万岁，臣愿保举呼延丕显下边关！”

太宗听了，心中暗想：“派个孩子去也好，他虽聪明伶俐，但怎么能斗得过老太师？到那时，皇侄你再也怪不着我了，因为是你保举他去的。”想到这儿，他便给呼延丕显下了一道捉拿潘仁美的旨意。

谁知呼延丕显打开一看，却让太宗改写一道旨意，上面写上他是奉旨钦差，前去犒赏三军，这样才能不让潘仁美起疑心，自己也好行事。八王也觉得呼延丕显此言有理，太宗只好照此另拟了一道旨意。最后，足智多谋的呼延丕显又从太宗那里讨来了一个“靠山王”的王位，不过，得了这个王位，他却还是没有谢恩领旨。

八王在一旁着急了道："怎么，封你靠山王，为何不谢恩？你还想要两个王位吗？"呼延丕显多聪明啊，一听两个王位，忙道："谢主隆恩。"八王一见，愣住了，"陛下，您看怎么办呢？"呼延赞在一边心里乐开了花：我儿子是比我强，要封两个王位呢！

太宗眼珠一转，道："呼延丕显，朕可以再封你一个王位，不过得把潘仁美抓住才行，若抓不住潘仁美，可就不封了。"呼延丕显一乐："那是当然，抓不住潘仁美，我也就死在边关了，还要什么王位呢！""好！既然如此，孤封你为靠山王、敬山王，双王之职。""谢主隆恩。"

随后太宗当着满朝文武官员传旨意，说："潘元帅镇守边关，劳苦功高，特派钦差呼延丕显去犒赏三军。"

儿子一下子争取来两个王位，呼延赞十分高兴，回到家后把这事跟夫人马太君说了，结果却把马太君气哭了："老不死的，你怎么越老越糊涂？下边关你当是好事呢？这是要孩子的命呀！丕显要有个好歹，什么双王单王的，有什么用？"呼延赞急忙劝马太君，呼延丕显也在一旁保证不会出事，还说自己为此事早就筹谋了一番，定然会马到功成。听了这话，马太君这才稍稍安了心。

临行前，呼延丕显到杨府辞行，六郎嘱咐他一定要小心潘仁美的诡计，遇事不要慌张。另外，六郎还派了好几名杨府的骁勇家将随行保护他。

三天后，五百名军兵点齐了，呼延丕显要出朝了。佘太君、马太君、王延龄、赵普、吕蒙正等人都来到十里长亭相送。就这样，呼延丕显领着五百军兵，带上白银、粮食、彩缎、布匹，还有送给潘仁美的奇珍异宝，一路向边关而去。这一日，离边关城还有十里路，他命队伍停下，然后让中军官去给潘仁美送信，让他来迎接自己这个钦差大臣。

老贼潘仁美自从害死老令公杨继业和杨七郎之后日夜不安，杀子之仇是报了，但他也觉得天理难容，担心要是被太宗知道了自己会性命不保。思来想去，他想出一计，即刻修书一封，派密使送给韩昌。韩昌收到信一看，原来是潘仁美要投叛大辽，同时献出幽州。此举正合韩昌心意，于是他回信给潘仁美，让他不要公开投降，最好人在大宋，暗保大辽，等到大辽兵马打到东京，再公开不迟。为了暂时逃避罪责，潘仁美又想出一计，他决定把丢城之罪加在杨继业身上，于是写了一份奏折，说杨继业私通辽国，倒卖幽州，然后派心腹密送京都。

后来，潘仁美听说京城要来奉旨钦差一下子着了慌，急忙派人打探，可是没打探到半点消息。这一天，他正在房中闷坐，中军忽然来报说钦差大人要他去迎接。不知道钦差是谁，潘仁美真是担心极了，于是马上叫来了黄龙、潘龙、潘虎、潘昭、潘祥，跟他们商议对策。最后他们商定如果钦差是奉命捉拿他们的，那么一不做，二不休，他们就反过来拿住钦差。商量好之后，潘仁美急忙顶盔挂甲，点齐了一千军兵，挑着旗，打着鼓，敲着锣，离开边关城，直奔钦差大队而来。

等越来越近了，潘仁美带住坐骑，闪目往对面观看，只见对面车水马龙，队伍排得老远。再看御林军，虽然号衣整齐，但老的老，小的小，高的高，低的低，活像残兵败将。看到这，潘仁美乐了，心中暗道："这等阵势不像抓我的，就是不知是哪位奉旨前来。"于是他急忙走到钦差的座驾前高声问候，这时候，有人把车帘子一下子撩开了。潘仁美往里一看，只见一个十二三岁的小孩端坐在里面。只见他头戴风帽，身披斗篷，上绣团花朵朵，大红中衣，薄底官靴，小脸长得又白又嫩。潘仁美见是个小孩子，一时间有些疑惑，便问道："对面可是钦差大人吗？"呼延丕显看见老贼，真是气炸心肝肺，咬碎口中牙，但脸上却丝毫没有表露出来，而是反问道："对面老者是什么人？""本帅潘洪潘仁美。""潘仁美，我是奉旨钦差，见了本大人，为何不下马来拜？"潘仁美见状，只得翻身下马，躬身行礼："钦差大人在上，老夫这两天腰受风了，腰杆发硬，没能下马，望钦差多多原谅。""罢了，看你偌大年纪，不拜就不拜吧。哎！潘元帅，一路上把我累得够呛，快扶我下车。"潘仁美虽心中不快，但也只得扶着呼延丕显下了车。一行人随后便往关城而去。

潘仁美陪着呼延丕显到帅府之后，进了白虎堂。潘仁美吩咐摆香案，宣读诏书。呼延丕显连客气话都没讲，到帅案后面，往虎皮金交椅上一坐，潘仁美只好在旁边垂手站立。这时候，呼延丕显看了看众人，"唰"的一声，打开了诏书。

潘仁美急忙跪倒磕头："臣接旨，吾皇万岁万万岁！"呼延丕显嗓门清脆，吐字清晰，念道："三关大帅，镇守边关，风餐露宿，劳苦功高。本应召进京城，金殿加封。

怎奈边关不可一日无帅，特派钦差呼延丕显前去犒赏三军。带去粮食两千石、牛五百头、羊一千只、肥猪八百头、酒一千坛、绸缎五百匹，还有黄金、白银、玉器若干，望旨谢恩。”“臣谢主隆恩。”

这时候，潘仁美疑心全无，心里乐开了花。呼延丕显道：“潘老伯父，您别看我刚才装模作样，因为我是代天巡守，身不由己。如今诏书宣读完了，请您上坐吧。”潘仁美更乐了，便问呼延丕显是哪家之后，呼延丕显随即报出了自己的姓名。

一听说钦差大人竟然是呼延赞之子，潘仁美脸色立变，不过转眼他就镇定下来，心中暗想一定要好好盘问一番。于是潘仁美便假意与呼延丕显攀谈起来，呼延丕显谎称自己之所以来当这个钦差，一是想来边关见见世面，学一学潘元帅怎样带兵打仗；二是因为想念父亲，想与父亲团聚。所以才当街拦住了八王的坐轿，一番软磨硬泡才求来的。潘仁美一听呼延赞没回东京，心中一乐，于是继续假意敷衍呼延丕显，说自己立刻调他父亲回来，叫他们团聚。接着，呼延丕显又假意打听杨家人的情况，潘仁美说杨家人造反投敌了，呼延丕显装作不信，潘仁美信誓旦旦，呼延丕显便像好骗的孩子一样装作相信了。而且，呼延丕显还说自己的爹老糊涂了，以前跟杨家那么好，是被杨家蒙蔽了。

潘仁美见呼延丕显三两句话就被自己骗了，心中十分得意，然后便命人准备酒菜。酒席摆好后，一众人便吃喝起来。席间呼延丕显发现黄龙一双贼眼一直紧盯着自己，心中暗道："姓黄的，你等着，我非得设法把你先除掉。"

呼延丕显手把酒壶，左一杯、右一盏来敬潘仁美，一直喝到掌灯时分。潘仁美有点喝多了："贤侄呀！我太喜欢你了。若有你这么个孩子，祖坟都冒青烟了。"呼延丕显一听，乐了，道："老伯父，您是兵马大元帅，谁要有您这么个爹，那可真抖起来啦！伯父，您若不嫌弃，我就认您做个干爹！""好哇！""我给您磕头了。"说完，呼延丕显跪在地上就磕头。潘仁美乐坏了，忙传令叫各位战将来见见少帅。

时间不长，边关众将都来了，大家一看，钦差认上了干爹，都气得转身出去了。

当晚，呼延丕显非要与潘仁美睡在一起，潘仁美被他忽悠得已经找不到北，也便同意了。夜半时分，潘仁美已经睡熟。呼延丕显心中暗道："临来时，六哥跟我说，边关有几个好朋友，我得找他们去。"想到这儿，他悄悄下了床，离开屋子，将门带好，出了后院，直奔前厅。

第十六回

靠山王智斩黄龙 ■ 刘天祥审案受贿

呼延丕显把老贼灌醉后，偷偷来到前院，听见郎千、郎万正在骂他认贼作父，呼延丕显急忙进屋跟他们说明了一切，并把六郎交代他的话告诉了他们。

郎家兄弟这才恍然大悟，然后他们给呼延丕显出主意说，要想捉住潘仁美，得先除掉黄龙。三个人秘密商议了一番，便决定分头行事。

天刚放亮，呼延丕显便传令，在小校场升帐，犒赏三军。小校场离城七里，在一座大山前面，又平坦、又安静，周围插着各色小旗。校场中央是点将台，坐北朝南，军兵早在下边排队站好了。

潘仁美坐在点将台上高喊："中军官，击鼓升帐！"一声令下，中军官不敢怠慢，手擎兵旗令箭，冲下面高声喝喊："元帅升帐喽——"就听着"咚咚咚"炮响三声，鼓响三遍，顿时三军儿郎归位列队。

这时，潘仁美上了点将台开始点卯，旁人都到了，可是在点到黄龙时却没人答应。潘仁美一愣，心想："黄龙啊黄龙，这不是给我上眼药吗？今天钦差在此，你怎么偏偏误卯呢？"

这时候呼延丕显在一旁乐了："爹，今天我才明白，你们军中也像我们念书一样啊，谁愿来就来，不愿来就不来。"

他这句话一说出口，潘仁美可受不了啦："这和念书可不一样。误了卯要重打四十军棍。来呀！把头道误卯牌挂出去！""是！"接着，潘仁美点第二卯，结果黄龙仍然未到，又点第三卯，黄龙还是没到。

潘仁美"啪"一拍桌子："黄龙连误三卯，实乃可恨。来呀，把他抓来见我。"

呼延丕显火上添油，往前凑了凑："爹呀，误了三卯，该怎么办？""杀！"就在这时，黄龙来了，跑得浑身是汗，气喘吁吁。

那么黄龙为什么会误卯了呢？原来这正是呼延丕显和郎家两兄弟定的计谋，他们在黄龙来时的路途中给他设了绊子，让他连人带马摔进了沟里，结果马腿摔断了。黄龙摔得鼻青脸肿，好不容易从沟里爬出来。他怕误了卯，便让身边的军士回城去再牵一匹马来，可等把马牵来交给

他，他骑马再到校场，已经误三卯了。

黄龙抬头看见三道误卯牌，吓得直哆嗦，但转念一想，自己是元帅的心腹，他定会网开一面。结果没想到，潘仁美一见他便怒喝道："黄龙，你为何连误三卯？你目无军规，小瞧本帅。来人哪，把他推出去砍了！"还没等黄龙开口，捆绑手便冲过来将他头盔打掉，就地捆上了。直到此时，黄龙还没有十分害怕，他知道，潘仁美这是故意装正经，无非是叫呼延丕显看看他军规森严，一会儿有人求情，一定就会饶了自己，顶多受打二十军棍。

呼延丕显见黄龙被捆走了，立刻大赞潘仁美铁面无私、军规森严。这时候，黄龙的叔伯兄弟黄虎上前给黄龙求情，潘仁美刚想就坡下驴，没想到呼延丕显在一旁又说话了："哎！父帅，他是谁呀？""他叫黄虎，和黄龙是叔伯兄弟。""啊，我说呢！爹呀，这回可不好办啦，这军规我看怕是无法遵守了。"

潘仁美一皱眉，怒道："黄虎，不许求情，闪开！"这时，就听外面"咚"一声追魂炮响了。

过了一会儿，追魂炮响了第二声，潘龙、潘虎、潘昭、潘祥也害怕了，急忙跪下磕头道："元帅，看在他往日功劳的分上，饶他这一回吧！"

潘仁美刚一愣神，呼延丕显又说话了："父帅，我哥哥们都给求情了！他又会给您出主意，好多事您不都是听他的吗？您就放了他吧。”

潘仁美一听，更急了道：“都给我闪开！哪个再求情，与他同罪！”“咚咚咚”三声追魂炮响了。刀斧手手起刀落，黄龙被斩。杀了黄龙只是呼延丕显计划的第一步，接下来，他还要一步步让潘仁美步入圈套。

呼延丕显见黄龙被杀，高兴道：“父帅，您办事真利索。爹爹，我还得看看您怎样操练人马！”潘仁美只好拿起令旗、令箭，站起身子，开始操练兵马。只见他把红旗一摆，军兵“呼”一下子向正南跑去；又把白旗一举，军兵“哗啦”一声，又向西跑去；再把黄旗在空中摇了摇，军兵“嗡”一下便从四面八方都聚到了校场的中央。

呼延丕显连拍手带蹦高，道：“您带兵有方，真是名不虚传。”“儿呀，兵将再多，他也得听帅旗的指引。旗倒兵散，旗举兵聚，此乃练兵之法。”“得了吧，您净糊弄我！明明是您老人家年岁大、德高望重，这些兵才听您的，换了我呀，把旗摆碎也不顶用。”“儿呀，自古以来，军中是认令不认人，谁拿令旗都顶用。”“那我拿令旗顶不顶用？”“别说你是奉旨的钦差，就是普通军卒，拿旗发令也顶用。”“爹，您让我试试行不？”这一下潘仁美为难了，可是架不住呼延丕显软磨硬泡，便同意了。

呼延丕显接过令旗、令箭，心中暗乐："老贼，今天我就要置你于死地！"

想罢，他操起头支令箭，道："岑林、柴干听令！""末将在。""命你二人和我大哥潘龙、二哥潘虎带领五百人奔正东，不得有误。""末将遵令！"

接着呼延丕显操起第二支令箭："郎千、郎万，命你二人和潘昭、潘祥带领五百军兵奔正西，不得有误。"

把潘仁美的这四人都支走了，呼延丕显看了看潘仁美，一伸手又操起一支令箭："潘仁美何在？"潘仁美愣了一下，呼延丕显又喊了一句，"潘仁美何在？"潘仁美心中疑惑，呼延丕显再喊，"潘仁美连误二卯，重打八十，来人哪，把潘仁美给我拉下去，绑上！""是！"战将石青、吴凯过来一下子将潘仁美的帽子摘下，胳膊往后一拧，绑上了。

此时，潘仁美还没明白，以为呼延丕显在跟他玩闹，便急忙喊道："儿呀！你闹得也太过分了。快收回将令，放开老夫。"呼延丕显把小脸一绷，"住口！谁是你的儿子？我乃奉旨钦差，到此特来抓你。"潘仁美听了，心中一惊。

正这时，岑林、柴干带军交令："禀钦差大人，潘龙、潘虎抓来归案。"说完，把他二人往当中一扔。接着，郎千、郎万押着潘昭、潘祥也来交令。呼延丕显十分高兴，“众位将军辛苦了！等小王回朝，将此事转奏圣上，必有重赏。”

这一刻，潘仁美才醒悟过来，但他立刻稳住了心神，道：“钦差大人，我们父子法犯何律、罪在哪条，为何被绑？”呼延丕显眼睛一瞪，攥双拳喝道：“老贼！你私通辽国、倒卖幽州、陷害忠良，杨郡马呈御状将你告下。我替父下边关，特来抓你进京归案。”潘仁美听完，如高楼失脚一步蹬空，只觉得天旋地转，但他强作镇静，道：“你乃黄口孺子，敢欺侮老夫？抓我有何为凭？”“现有万岁的诏书。”说着，呼延丕显取出圣旨，众将跪倒接旨。“奉天承运，皇帝诏曰：今有郡马杨景，状告太师潘仁美陷害杨家将。特命靠山王呼延丕显到边关捉拿潘洪。望见诏归案，不得有误。望旨谢恩！”呼延丕显读完圣旨，对众将道：“此案与大家无关，望各位为国尽忠，镇守边关。”“谢钦差大人。”

随后，呼延丕显命人将潘家爷几个人全部装入木笼囚车，即刻押回东京受审。然后，他又命岑林、柴干二人临时为边关大帅，自己则带人押着叛贼返京了。这一天，离京城不远了，呼延丕显派人给八王送信。八王得信，十分高兴，亲自率文武群臣奔十里长亭相迎。

随后，八王和呼延丕显便去金殿面君，呼延丕显把拿获潘仁美归案之事向上启奏。太宗心中虽然不悦，但也不好说什么，当面赞赏了呼延丕显，并履行承诺，封他靠山王、敬山王双王之职，又另赐黄金、白银等各种财物若干。呼延丕显谢恩后下殿回府。

第二天，太宗升殿，御审潘、杨之案。潘仁美与杨六郎都被带上殿。杨六郎状告潘仁美私通辽国、陷害忠良、按兵不动、逼死老令公、射死杨七郎。潘仁美则反咬一口，诬告杨氏父子投降辽国、倒卖幽州。双方各执一词，谁也不甘示弱。杨六郎称自己有人证，鞭王呼延赞可为杨家做证。潘仁美却说，呼延赞丢了粮草、畏罪潜逃，没被杀掉算他捡条命，所以他没有立场做证。

太宗听了半天，心中还是有些偏向潘仁美，便决定敷衍了事，将此案交给三法司审理。可是三法司却无人愿领此案：一方是皇上的老丈人，一方是八王的御妹丈，两方都得罪不起啊。就在这时，殿下有人答言："臣愿讨旨。"太宗一看，是吏部天官刘天祥，心中暗乐："这个人最合适不过了。"

原来，刘天祥和潘仁美是同乡，两个人平时很要好，刘天祥的官还是潘仁美保举的。所以此次刘天祥决定帮助潘仁美。太宗立即准奏。

刘天祥回到天官府，正在琢磨着该如何为潘仁美脱罪，下人来报潘妃娘娘派人来到。原来潘妃从太宗处得知，此案交给了刘天祥，便立刻让心腹太监刘霸前去给刘天祥送礼，刘霸送来的都是奇珍异宝，看得刘天祥眼花缭乱，他心领神会。

次日清晨，刘天祥升堂。坐定后他抽出飞签，叫差人去捉潘仁美，又叫人给杨景送信。时辰不大，两个人都到了。潘仁美到后，刘天祥给他行了礼，又给他看了座。杨六郎来到堂下，见潘仁美大模大样地坐着，心里“咯噔”一下。这时候刘天祥“啪”一拍惊堂木，喝道：“杨延昭！你私通辽国，陷害潘太师，又到京城给大辽当内应，简直罪恶滔天，赶快如实招来！”

六郎不慌不忙，与刘天祥行了个礼，道：“大人！我是原告，为何不问老贼，反来问我？”

刘天祥把眼睛一瞪：“官断十条路，你管本官如何审问？”“虽然官断十条路，也不能把原告、被告弄混了。”“胆大杨景，你敢顶撞本官？来人，把他拉下去，重打五十大板，煞煞他的威风。”“是！”差人把杨景按在大堂上，就要动刑。

正这时，堂口一阵大乱，只见从下边闯上来一人，大喝一声：“住手！”

刘天祥闻声一看，见人群中挤出一人，三十来岁，头戴素蓝缎方巾，身穿素蓝缎长衫，月色中衣，脚踏厚底皂靴，手中拿着王命金锏。正是八王赵德芳。

八王气冲牛斗，高喊："狗赃官，气死本王了！"说着便一锏砸死了刘天祥。刘天祥倒地后，从他袖子里飘出一张纸单，正是潘素蓉送的礼单，八王看了不禁咬牙切齿暗骂潘妃。

回身他又奔潘仁美走过去，举锏要打，六郎急忙劝阻道："贤王息怒。潘、杨两家一案尚未审清，您要打死他，死人口里无供招，我杨家就得永世蒙受不白之冤了。"八王想想也对，便差人把潘仁美收监。

八王下堂之后，回南清宫换好朝服，骑马奔午朝门，来到金殿。上殿后，他将用金锏杀了刘天祥并收监了潘仁美之事禀告给太宗，然后又拿出刘天祥受贿的证据——那张礼单。太宗打开礼单一看，暗暗埋怨潘素蓉。八王请旨太宗派人重审此案，太宗问谁愿接旨，可是没人敢讨旨。太宗心中暗乐，但八王却着急了。

正在这时，丞相王延龄出班见驾，他保奏了一个人，正是下邽县县令寇准。王延龄奏说他与潘、杨两家都无瓜葛，而且为官清廉，当了九年下邽县县令，曾断过无数奇案，百姓有口皆碑，都管他叫寇青天。

八王也认为此人最适合，太宗见八王和丞相都保举此人，只得准奏了。随后，太宗便命太监李成拿着金牌去下邽县召寇准进京。

金牌来调，寇准自然不得不从。收拾停当，刚往衙门外走，只听外边“哗”一阵大乱，百姓把县衙围了个里三层、外三层，风雨不透。众人齐声高喊：“寇大人，不能走哇！”“寇大人，您不能进京啊！”原来百姓们是舍不得寇准离开。

寇准到了衙门外一看，城里的父老百姓都云集在此，有的顶着香盘、拿着酒，有的捧着鸡蛋，有的拿着靴子、衣服。“寇老爷，得了您这么个清官，这几年我们没遭罪。您要一走，我们怎么活呀！”

寇准感动道：“各位乡亲，我也舍不得离开下邽县，怎奈万岁有金牌调我，不能抗旨啊！”“寇老爷，您身为父母官，连双好靴子都没穿着，我送您这双新的，您把那双破的给挂在城墙上，让以后的县官看看，叫他像您那样廉洁奉公、爱民如子！”“既是这样，那好！”寇准依从了。随后，又有人要给他更新衣，还有人送给他吃的。寇准应接不暇，连连答谢，忙说：“谢谢众位父老乡亲，如果没有什么事情，我再回来。”

李成一看此情景，眼圈也发红了。心中暗想：“朝中那么多官员，哪个能像寇准这样？我一定在皇上和八王爷面前保举他。”辞别了百姓，寇准随李成一同登程上路。

这一日，来到了京城。李成先叫寇准在朝房等候，他自己前往金殿参见太宗。王延龄替寇准请旨讨了吏部天官的职位，随后太宗便宣寇准觐见。有人传出太宗口旨，寇准一听，脑袋“嗡”地一下子大了：“我成天官了？朝里要没大事，是不封官的。我这样平步青云，越了好几级，看来，这个官肯定不好当。”

寇准沐浴更衣后，来到八宝金殿。进殿之后，寇准跪倒磕头：“臣参见吾皇万岁万万岁。”

太宗道：“寇准，你知道孤家用金牌把你调进京城所因何故吗？”

寇准道：“臣不知。”

太宗道："寇准，现有当朝国丈、掌朝太师、兵马大元帅潘仁美和郡马杨景打起了官司，前任的吏部天官刘天祥因审此案，被八王爷打死在大堂之上。寇准，你须三思而行呀！"

太宗这是有意在吓唬他，希望他能知难而退，谁知寇准丝毫未怯场："回禀万岁，只要您给臣做主，臣就敢审。"

太宗见他不害怕，只得道："既然如此，孤给你一道旨意，到天官府上任，审问潘、杨一案。要你一不向潘、二不向杨，一碗水端平。如审清了，孤家定重重加封。"寇准领旨谢恩后下殿而去。

寇准走出金殿，带着家仆寇安赶奔吏部天官府。差人领寇准、寇安来到后宅。吃完晚饭，天刚交更的时候，寇准把状词拿过来，正一一翻阅，忽然把门的手里拿了张名帖报说有人来拜访，寇准接过名帖一看，吓了一跳，原来是西宫的大太监刘霸来了。寇准让寇安将刘霸请了进来。

刘霸此次前来自然是为了贿赂寇准，一见面他就自报名号，称自己是受西宫娘娘之命来见寇准，听说寇准在下邽县挺苦，特备一份薄礼，略表寸心。说着，就命人把礼盒都打开了，里面全是金银财宝。

寇准看罢，心中自然明白其中含义，但仍装作不懂：

“请问娘娘把这些东西交给我是为了什么？”

刘霸道：“娘娘千岁说了，潘太师乃是她的父亲，让你多多关照。”

寇准道：“这东西我不能要！”

刘霸怒道：“我说猴崽子，给你脸不要脸。今天，你要也得要，不要也得要。”

说完，刘霸领人便走，等到门口时，回头又说了一句：“我说姓寇的，到堂上眼睛要长正，小心你的脑袋。”

寇准听了，心中着急：吃人嘴短，拿人手短。不给人家办事，人家能答应吗？正这时，又有下人来报，说潘太师府中有丫鬟来给他送礼了。寇准一听，额头冷汗更多了。潘府的丫鬟也如刘霸一般，报上名号，嘱咐升堂时要对潘太师高抬贵手，然后放下东西便走了。寇准看着这些东西，在屋里踱来踱去，忽然，眼珠子一转，计上心来。

第十八回 访贤王天官进宫 寇天官审问潘杨

打定了主意，寇准便命人备马，他准备前往南清宫去找八王。八贤王这两天身体不好，再加上因杨六郎的官司，心情也不好。这一日晚上他正在御花园散心，门官报说寇准求见，便命人将寇准带了进来。

寇准见了八王跪倒叩头，八王问他来此有何事。寇准客套了几句，然后便出言请八王帮忙。八王心中疑惑，忙问何故。寇准便将白天刘霸和潘太师府中丫鬟前来送礼一事细细说了一遍，最后又说道："王家千岁，此礼我若不收，他们定会生气；可我若收下，又该往哪里放呢？没有办法，我只好来请您帮助，替我收下吧！"

八王假意试探道："寇准，孤焉能要你的东西？你快带回天官府，置置你的家业吧！"

寇准道："王家千岁，您打听打听我寇准，别说是受贿，就是我的俸禄，也拿给百姓花。如今进京来，多蒙万岁提携，我怎能欺心？王家千岁，我此番前来，就是让您老人家给我拿主意来了。”

八王听到这里，心中暗暗佩服，不过，还是想再试探他一下，道：“寇爱卿，你不受贿赂，廉洁奉公，很好。可别忘了，杨六郎是我的御妹丈啊，你要小心。”

寇准一听这话，伸手把乌纱帽摘了下来，道：“王家千岁，这个交给您吧。”

八王不解，道：“寇准，这是何意？”

寇准道：“西宫娘娘送来礼物，叫我关照她父；您老人家又让我关照您妹丈，这个案子我怎么断？您另请高明吧！”

八王道：“那依你之见，该当如何？”

寇准道：“不管是潘家还是杨家，一碗水要端平。”

八王听了，十分高兴，道：“好！寇准，你真要把潘、杨之案审清了，我就奏明圣上，给你升官。”

寇准道：“您就听候佳音吧！王家千岁，这礼单怎么办？”

八王道：“东西先放在你府，礼单放我这儿，你只管放心审案。寇爱卿，若有危难之事，尽管找我，孤王定为你做主。”

寇准道："谢王家千岁。"又叙了一会儿话，寇准便告辞回了府衙。

寇准回来之后，一宿没睡觉，翻来覆去细看状纸。天刚放亮，寇准便吩咐升堂。寇准戴好方翅乌纱、穿好官服，往大堂当中一坐，见衙门口人山人海，都来看热闹。寇准先命人将杨六郎带到堂上，六郎来到堂上见礼后，寇准为其赐座。随后又命人从监牢把潘仁美带到了堂上，同样也赐了座。

寇准看了看六郎，道："杨延昭，你状告潘仁美，他法犯何律？罪在哪条？"

六郎道："大人，潘仁美心如蛇蝎，勾串辽国，陷害忠良，把我七弟乱箭射死，逼我父碰死在李陵碑下……"随后，把边关之事由头至尾详说了一遍。

寇准点点头，又问潘仁美道："潘仁美，你说他讲的对是不对？"

潘仁美把牙一咬，道："杨景说我害死七郎，那七郎尸身现在何处？又说我勾串辽国，又有何人为证？"

正在这时，就听堂下一阵大乱，有人高喊："寇大人，我们做证！"话音刚落，有两个人走了进来，正是边关大将郎千、郎万。六郎见他们两兄弟挺身而出，十分感动。潘仁美见到二人则心中恼恨："只要老夫不死，定要尔等狗命。”

寇准差人将他们二人带到堂上，二人跪倒磕头：“参见大人！”

寇准道：“你们是干什么的，叫什么名字？到堂上干什么来了？”

郎千道：“大人容禀！我们俩是亲兄弟，我叫郎千，他叫郎万，都在潘仁美帐前听令。今日到这里是为了给杨家做证。”

寇准道：“依实讲来。”

郎家兄弟便将潘仁美如何残害老令公、如何官报私仇杀害杨七郎之事细细讲了一遍。听罢二人所讲，寇准道：“你二人说的可是实话？”二人道：“如有虚言，请大人治罪。”

寇准回头看了看潘仁美：“潘仁美，郎千、郎万前来做证，你还有什么话说？”潘仁美自然不服，道：“郎千、郎万血口喷人。寇大人，您明镜高悬，给我做主！”

郎千道：“老匹夫，铁证如山，还敢狡辩？你趁呼王爷押粮运草，派你侄子潘昭、潘祥劫走粮草车。又命我二人前去追杀呼王爷，有这事没有？”潘仁美道：“没有！”

郎千、郎万着急了，道：“寇大人！我们说的句句是实。”寇准道：“潘仁美，呼延赞的事情以后再说，我来问你，杨七郎哪去啦？”潘仁美道：“逃到辽国了。”寇准又问郎千、郎万：“你们说杨七郎被箭射死，那尸体现在哪里？”郎千道：“我们没把他扔到河里，埋在河神庙大柳树底下。”

正在这时，衙外“腾腾腾”走上来一人，正是呼延赞。来到堂上，呼延赞道：“寇大人，俺乃呼延赞。七郎的尸体已运到天波府的府门外了，大人请当场验尸。”寇准一听，心里高兴，潘仁美听了，胆战心惊。

杨七郎的尸身是怎样运回来的呢？原来，呼延丕显奉旨下边关捉拿潘仁美，登程上路之后，佘太君、呼延赞和杨六郎就商量：将来状告潘仁美，老贼准不招认，只有把七郎尸身弄回，才能堵住他的嘴。就这样，呼延赞领了几个贴心的家人，去黑水河悄悄运回了七郎尸身。

寇准即刻吩咐仵作来验尸。仵作查验一番回禀道：“寇大人，死者虽然五官看不清楚，但经验查，确实是中了一百单三箭，七十二支从前胸透过。”寇准一看，铁证如山，不容抵赖，一瞪眼道：“潘仁美，现在还有什么说的？”

潘仁美还在狡辩：“这人根本不是杨七郎，而是我抓住的一个辽国奸细，只因问不出口供，我才叫郎千、郎万用乱箭射死后，把他埋掉。他二人和杨六郎狼狈为奸，以假充真，陷害老夫。”

见潘仁美不认罪，寇准便吩咐动刑。差人按住潘仁美，举起板子，“啪！啪！啪！”一顿狠打。不一会儿，潘仁美就被打得皮开肉绽，鲜血直流，昏了过去。

寇准命人用凉水将他泼醒，又问道：“潘仁美，你招是不招？”潘仁美继续嘴硬道：“寇准，你偏向杨家，陷害老夫，我要到皇上面前告你！”

寇准见他不招，又命人夹棍侍候。差人给潘仁美上好刑具，“啪！”皮带一吃劲，疼得老贼钻心刺骨，眼珠子好像要瞪出来了。“潘仁美，你招不招？”“不招。”“给他来个四分刑！”用刑刚完，潘仁美就昏死过去了。

潘仁美在堂上受刑，堂下的人都觉得解恨。就在这时，下边“哗”一阵大乱，就听有人喊道：“娘娘千岁到！”就这一声，吓得听堂的跑了一多半，剩下的忙往两旁躲。寇准一摆手，告诉六郎、郎千、郎万、呼延赞都退下，又命人用芦席盖住了潘仁美。

寇准到堂口一看，只见宫娥和太监们，前呼后拥着鸾驾，直奔大堂而来。待潘素蓉走到近前，寇准立刻躬身施礼：“娘娘千岁在上，下官不知千岁到此，有失远迎，请恕罪。”

潘娘娘一见寇准，暗中骂道：“寇准啊寇准，昨天晚上我的礼物都给你送去了，今天却不给我办事，看我如何收拾你！”

落座后，潘娘娘道：“寇爱卿，免礼平身！我今日前来是想看看寇爱卿怎样公断潘、杨之事！”

说完往堂下一看，没见到她爹，便问：“寇爱卿，不知太师哪里去了？”

还没等寇准回话，潘仁美醒过来了，扒开芦席一看，女儿来了。于是潘仁美急忙道：“娘娘千岁，老夫在此！”

潘素蓉吓了一跳，定神一看，见自己的父亲从芦席里爬了出来，浑身是血水。她是又心疼、又气恨：“姓寇的！你为什么给太师动刑？”

寇准道：“回娘娘千岁，潘仁美陷害忠良，射死杨七郎，又害呼王爷，铁证如山，死不招认。为此，为臣给他上刑。”

潘素蓉道：“难道说你就不知道他是我的父亲吗？”

寇准不卑不亢道：“王子犯法，与庶民同罪！”

潘素蓉怒道：“好个‘王子犯法，与庶民同罪’！姓寇的，我看你是吃了熊心、吞了豹胆！来人呀，把寇准给我捆上！”

第十九回

八贤王怒斥潘妃　审潘洪假设阴曹

潘素蓉传旨要捆寇准，小太监一拥而上，扑奔寇准。寇准心中暗道：“潘娘娘，你也太不知自爱了，在我的堂上要刁玩赖，这个亏我可不能吃。你有太监，我有差人。”想到这里他便传堂谕：“当差的，宫中内侍无故搅闹大堂，给我拦着点儿。”

于是衙中差人和宫娥、太监便打到了一处。寇安、刘超、马玉三个人把胳膊抡开了，拳头攥紧了，眼珠子瞪圆了，“噼里啪啦”就是一顿暴打，把小太监、宫娥打得一个个趴倒在地。潘素蓉见状，立刻命刘霸拿出尚方天子剑，想吓唬住寇准。哪知道寇准毫不害怕，伸手把桌上的象牙圭板拿起来当兵器。刘霸举宝剑来砍他，寇准往边上躲，抬手把圭板举起来，照刘霸的胖脸“啪”就是一下子。

潘素蓉撒泼了，只见她捋胳膊、挽袖子，一步三扭，来到桌前，伸手拿起砚台朝寇准扔去，寇准一低头躲了过去。潘素蓉见捉不到他，便一下子坐在地上，伸手把凤冠一摔，把一头青丝抓乱，把凤袄衣襟一撕，又照脸蛋儿轻轻一挠，出了三道血印，然后便放声痛哭："姓寇的，你敢打哀家！待哀家上金殿告你去！"

堂下看热闹的老百姓，又高兴、又替寇准担心。潘娘娘走后，寇准也准备上金殿，他自然不是去告状，而是去请罪。

太宗正在养心宫品茶，忽听钟鼓齐鸣，不知出了何事，急忙升殿。刚一上殿，就听见九龙口下有人哭哭啼啼："万岁，快给臣妾做主。"太宗探身往下一看，只见潘妃青丝散乱、粉面已破、衣履不整，跪在龙案前，掩面痛哭。太宗见状，心疼不已，忙问何故。潘娘娘便向太宗哭诉，说她听说寇准审案，想去开开眼，没想到寇准道貌岸然、衣冠禽兽，见到她便嬉皮笑脸、言语挑逗，自己申斥了他几句，他竟命差人打内侍，自己和他评理，结果却被他打掉凤冠、抓乱青丝。说罢，哭声越来越大。

太宗平素十分宠爱潘妃，如今见她被辱，怎能不气？即刻命人宣寇准上殿，要为爱妃出气。结果没等传令官去宣，寇准自己来了。

太宗一见寇准，气不打一处来，立刻命人将他绑了押到武门外，午时三刻开刀问斩。这时候丞相王延龄和几名武官都开口为寇准求情，希望太宗能将此事交给大理寺审问清楚，但太宗不听，非杀寇准不可。寇准就这样被押到了午门，眼看就要响第三声炮了。忽然，二匹马来到法场外边并有人高喊：“御林军，快闪开，八贤王到！”来的正是汝南王郑印、双王呼延丕显，后边是八贤王赵德芳。

八王是怎么来的呢？原来是郑王、双王给他报的信。八王到后命呼延丕显看着法场，不准任何人动寇准一下，他则和郑王一同进殿面圣去了。

太宗听闻八王来了，不禁头疼。八王进殿后与潘妃一番对峙，潘妃说寇准色胆包天，该当问斩，八王却拿出了潘妃行贿寇准的证据——礼单。这一下，潘妃无话可说了，趁太宗和八王正在说话，她悄悄溜走了。太宗理亏，只得劝八王不要和妇道人家一般见识，并收回了对寇准的杀令。寇准入殿，叩谢了太宗不杀之恩。随后太宗又命寇准继续审理潘、杨一案，但下旨不准动刑。寇准领旨。

太宗走后，八王埋怨寇准道：“寇爱卿，你上当了！潘仁美唇枪舌剑、能言善辩，皇上又不让动刑，此案可该怎么审呀？”

寇准却不以为然：“王家千岁，休要惊慌。别看不让打、不让骂，为臣略施小计，也能撬开他的狗牙。”然后，寇准对八王细细讲述了自己的计策，八王听后连连拍案叫绝。

且说自上次过堂之后，潘仁美被打得皮开肉绽，天天只能趴着。狱中牢头李老好每天伺候他，洗伤换药、送饭送菜。过几天伤见好了，他才有了点精神。一转眼半个月过去了，却一直未再升堂。潘仁美觉得奇怪，便问李老好这是何故，李老好谎称寇准因打他被罢了官，这个案子马上就要审结了。潘仁美听了这话，心中十分高兴。

第二天掌灯时分，李老好提个大食盒进来，陪着潘仁美喝了起来。这一壶酒，李老好只喝了一杯，剩下的全让潘仁美喝了。李老好又续上一壶，潘仁美又都喝了。再看他，脸红脖子粗，舌头根子发硬，眼珠子通红，已经醉了。李老好把他搀扶到床上，让他休息。潘仁美脑袋贴上枕头，便呼呼睡了起来。

不知睡到什么时候，潘仁美渴醒了。他翻身下地找水，可一点儿也没找着，只好倒下又睡，可是却睡不着了，渴得抓心挠肝，十分难受。好不容易熬到楼鼓打三更，忽然耳朵里呼呼直响，像是起风了。他睁眼看看，牢房外漆黑一片，什么也看不见。忽然，蜡烛“啪”一响，闪出个大火花，火苗一下子蹿起了一尺多高。潘仁美只觉得头皮发麻，脊梁沟冒凉风，心中暗想：“今天这蜡烛犯什么病呢？人说冒蓝火苗闹鬼，不过，老夫不信这一套。”正思忖间又听见“嘎巴”一声，牢房的大铁门慢慢开了。凉风从外边吹进来，风声中好像有人在哭。潘仁美心想：“坏了，难道我阳寿已尽，活见鬼了。”

就在这时，外边进来青面猿牙的大小二鬼。大鬼手拿勾魂牌，小鬼手拿狼牙棒，几步蹿到潘洪床前：“好呀潘仁美，找你不到、寻你不着，原来你藏在这儿呢！阴间有人把你告下了，跟我们走一趟吧。”说完，上前抓住潘仁美的衣领子，往地下一扔。

潘仁美一下子被摔得眼冒金星。虽到了这般光景，但他心中还是有些不信鬼：“真有鬼吗？不能！别是那寇准糊弄我。人都说要是死了，脱下肉体才能走。我得看看，我的肉体在不在床上！”于是他赶紧回头往床上看去，这一看吓得他“啊”了一声。原来床上趴着一个人，衣服、头发和自己一般无二。这一次潘仁美相信自己是真死了。

两个小鬼过来押起他就往外跑，潘仁美眼前什么也看不清。也不知走出多远，前面看见一座城池：灰色的城墙，城门关着，隐约看见城门顶上有字，上写“酆都城”。刚到门口，里边出来一个焦面鬼，问：“干什么的？”“我们奉阎君之命，带潘仁美归案。”焦面鬼闪道，城门自动开了。潘仁美心想：“到酆都城了，这回真完了。”

进了酆都城，只见天灰蒙蒙的，街道两旁，有做小买卖的，还有来往的行人。突然，传来铜锣开道之声，迎面来了一乘八抬大轿，轿帘掀着，里面坐着一位老人，头戴软相巾，面似古月，一缕银须。潘仁美见到此人一愣，只觉得十分眼熟，便问两个小鬼此人是谁，二人告诉他是金刀令公杨继业，因他在阳世三间尽办好事，所以死后升了天堂。潘仁美听了，倒吸一口凉气。

又走不远，前边是一片高大房屋，刚到门口，他又听到院里哭爹喊娘，凄凄惨惨，嚷成一团。往里边一看，这是七十二司，无数小鬼正给犯人动刑，割舌头、剜眼睛、上刀山、下油锅。潘仁美吓得双目紧闭，不敢再看了。过了七十二司，前边是座大殿。

潘仁美被带到殿下，只见殿上坐着五殿阎罗，身穿五龙皂罗袍，后面坐着酆都大帝，怀抱玉圭，就好像石头雕刻的一样，纹丝不动。阎罗身边是判官，怀里抱着生死簿。牛头、马面站立两厢。无数小鬼排班站立，手举水火棍。又见殿角放着油锅，小鬼正往锅底下添柴火，油烧开了，油花翻滚。正在这时，阎君高喊："带潘仁美！"大小二鬼急忙把潘仁美架了上来，往地下一扔。

阎君问罪，可潘仁美却还是不认罪，阎君怒道："哼！潘洪，阳间容你抵赖，阴间焉容你狡辩？你看那是谁？"潘仁美回头一看，门外走进一人，像半截黑塔一

般，身高过丈，头上高挽发髻，浑身像刺猬一样，钉满雕翎箭，血迹斑斑。这人正是杨七郎，他看见潘仁美，高喊："老贼，还我命来！"潘仁美吓傻了。

阎君命杨七郎住了手，并让人将他带了下去，然后又问潘仁美是否认罪，潘仁美却依然不认。阎君气极，要动用油炸之刑。这时候判官走到阎罗跟前，用手指着生死簿道："下官查看生死簿，潘仁美阳寿未尽，他还有二十年的洪福。"虽然他说的声音不大，但潘仁美却听了个真切。

判官转身对潘仁美道："你还有二十年帝王之位。现在要是死了，太可惜啦！若能招供，送你还阳，若不招供，惹恼了阎君，你可就回不去了。"

潘仁美眼珠一转，忙对阎君道："我招，我招。"说罢便把如何害死杨家父子、追杀杨延昭的事，从头至尾如实地说了一遍。

他说完了，判官也写完了，牛头、马面将供状递给潘仁美让他画押。潘仁美画了押，牛头、马面把供词接过去，交给判官。判官看了看，问道："潘仁美，这是你的供词？""正是。""那好。来人呀，掌灯！""唰"一下，灯光大亮。

潘仁美抬头一看，顿时吓得呆若木鸡！

第二十回
潘素蓉金殿撒泼
寇平仲星夜遇刺

掌灯之后，整座罗殿灯火通明。阎君、判官、牛头、马面和大鬼、小鬼，全都摘帽子、脱衣服，露出了真相。扮判官的怒喝一声："潘仁美，你看我是谁？"潘仁美一看，竟是寇准，一下傻眼了。

原来这正是寇准想出的计策——假设阴曹、夜审潘洪。之所以想出这个计策，是因为如果明审，一来太宗不让动刑，二来潘妃又在一旁搅乱，三来潘仁美一定会拒不招认。所以寇准认为此案只能巧断，不能硬断，便着手操办了这件事——阴曹夜审，终于套出了潘仁美的口供。

五更天，众人上朝。寇准上殿见驾："启禀我主万岁！潘、杨一案已经审清。潘仁美陷害杨家是实，现有供词一份，请龙目一阅。"说完，将供词往上一呈，太宗接过来一看，心中不禁犯难，但转念一想又觉得潘仁美不会这么轻易就招供，于是宣他上殿当面对证。

潘仁美上殿之后，连声喊冤枉，说寇准和杨家串通一气陷害他。太宗拿出供词让他看，没想到潘仁美一下把供词抢过来塞进嘴里吞了下去。太宗见状，心中暗喜："没了供词，空口无凭呀！"八王见潘仁美耍无赖，举起金锏就要打。

寇准在一旁道："千岁不要着急，我早预料到他会来这一招，他吃的那张是假的，真的在我这里呢。"说着，从袖筒里拿出一张供词，"这张有潘仁美的签字和画押，那个上面没有。"潘仁美闻听此言一下子跌坐在地上。

正在这时，佘太君和杨六郎母子二人走上殿来："万岁，听说潘、杨一案已经问清，老令公和我七儿死得太惨，请万岁给我杨家报仇雪恨！"事已至此，太宗也想明白了，向情向不了理。赃证俱在，本人招供，没法保了。于是他假惺惺地一拍龙书案，怒喝道："大胆潘洪！你欺君罔上，勾串辽国，陷害忠良，犯了十恶不赦之罪，把他推出午门斩首！"

就这样，潘仁美被架出金殿，推至午门。追魂炮响，即刻就要问斩。正在这时，只听传来一个女人的喊叫声："万岁，刀下留人！"来人正是西宫娘娘潘素蓉。

原来，潘素蓉听说父亲被绑赴法场，便像疯了一样闯入金殿，又哭又闹跪求太宗饶他父亲一命，并以死相逼。太宗偷偷给她使了个眼色，潘素蓉会意，立刻转身去求八王。八王自然也不会答应她，但她却撩衣跪在了八王跟前，把两手往八王膝盖上一放，然后连声求饶。这一下八王可有点不好意思了，毕竟这是他的皇婶娘，他低头看着潘素蓉，正要说话。谁料想这一低头不要紧，叫潘素蓉找了个借口："摇头不算点头算。万岁，皇侄点头了，他答应了！"

太宗明白这是赖招，不过有个借口便好说，于是急忙道："既然皇侄应允，孤准奏，来人，带上潘仁美！"

潘素蓉怕别人前去法场会耽搁时辰，便自己亲自前往，接回了潘仁美。太宗道："潘洪，你作恶多端，理应斩首，看在皇侄面上，将你发配温州充军。潘龙、潘虎、潘昭、潘祥与你同罪，明日离京。"

潘仁美心中大喜，道："谢主隆恩。"然后便随着女儿急忙下殿去了。

佘太君一看此情景，磕头碰地，再三申辩，要求杀了潘仁美。太宗也觉理亏，但又舍不得杀潘仁美，便想收买佘太君，封她为一品诰命夫人，还赐给她一根龙头拐杖，许她上殿不参君、下殿不辞王。佘太君见太宗有意徇私，气得一下子昏了过去。太宗急忙退朝，慌忙回后宫去了。

文武官员搀起太君，扶着六郎下了殿。八王心中像刀扎一样，觉得对不起杨家人。回府之后，寇准来见，他是来辞官的。八王问何故，他说担心潘仁美找他报仇，所以他想离开京城，保条老命。二人正说话间，呼延丕显也来了，来了之后他把王帽一摘，说这双王自己也不要了，因为这是下边关捉拿潘仁美有功才封的，如今潘仁美不死，过后一定会算计自己。这时候，杨六郎也来了，只见他双眼通红，说现在他家中全剩下寡妇了，整日哭声一片，佘太君也一病不起，他堂堂的男子汉大丈夫却不能报杀父之仇，活着也是无用，所以想要自刎。

八王见此情景，心中对潘仁美更是恼恨，他问寇准："寇爱卿，难道就没有什么办法补救了吗？"寇准道："有倒是有，可是出了差错，谁来担责？"八王一狠心道："你说吧，天塌下来我顶着。"寇准道："好，一言为定！"

其实，六郎是故意用抹脖子来吓唬八王的，这也是寇准的主意。八王见寇准有主意，忙问该怎么办。寇准道："万岁能放，我们就能抓。明天，潘仁美发配温州，必走黑松林。六郎事先带人在那里埋伏，等囚车一到，杀了那老贼便可。"六郎觉得此计甚好。可是八王却觉得不妥，杀了潘仁美，皇上怪罪又该如何呢？

寇准嘿嘿一笑道："王爷，刚才您不是说了吗，天塌下来您顶着。”八王见事已至此，也只能答应了。

六郎回到天波杨府，把寇准之计与八姐、九妹说了，然后三个人便立刻准备好马匹、兵刃，悄悄离府，出城奔黑松林而去。

日上三竿了，兄妹三人果然等到了押送潘仁美的囚车，可是等他们上去劫了囚车才发现，囚车中的人并不是潘仁美，而是潘府找来顶替潘仁美的人。兄妹三人立刻往城里赶。回府之后，待到天黑，佘太君去找寇准商议。佘太君坐轿，杨排风跟着，来到了天官府。只见天官府门前张灯结彩，好像庆贺喜事，太君心里纳闷，让家人往里送信，她和杨排风在门口等着。

原来今日早朝，八王替寇准要来了双天官的职位，所以府中正在为此庆贺。这一日不仅寇准升了官，八王还保举了另一个人入了翰林院，他就是六郎的结拜兄长王钦，当初六郎的状纸正是他所写。可是众人不知，王钦其实是辽国的龙虎双状元贺黑律，他此次到中原就是为了当卧底，后来他还当上了宋真宗的老师，大宋江山险些丧在他手。这是后话，暂且不表。

佘太君和杨排风在门口等了好一会儿，也不见人出来回应，杨排风便道：“您等着，我进去瞧瞧。”说着上台阶就往里走。别看这杨排风是烧火丫头，可佘太君拿她当宝贝。她从小失去父母，是个苦孩子，后来到了杨府。杨府里一个老杨洪，一个小排风，那可是太君的眼珠子。那些少令公、少夫人，哪个也不敢小瞧他们。

天官府家人看这位大姑娘，长得大手大脚，手中烧火大棍有茶杯口粗，一看就知道不好惹，于是赶忙往里请。天官府家人告诉杨排风，老爷寇准正在书房。杨排风走到书房门前，一撩门帘就进去了。

杨排风进屋一看，见寇准正在灯下看书，便自报家门，说明了来意，寇准一听急忙差人把佘太君请了进来。佘太君跟寇准说了潘仁美之事，寇准安慰她不要着急，自己一定会另想办法。

寇准送走佘太君，转身回书房，开始合计，明天先去找八王，找到潘仁美的下落再做定夺。三更天了，寇准看书看困了，趴在桌案上睡着了。就在这时，从房上跳下一个人，手里拿着明晃晃的钢刀，蹑足潜踪，来到门前，一看内外无人，推门进屋，来到桌前。见寇准睡得正香，此人心中暗道："寇准啊寇准，你死了别怪我，咱俩无仇无恨，我是为潘太师出气报仇。"只见他举起钢刀，照寇准的脑袋砍了下去。

第二十一回

捉老贼兵围帅府　黑松林杨景雪恨

就在钢刀将要砍下来的危急时刻，从桌子底下猛然钻出一人，只见此人手拿大棍往上一挡，“当！”把刀崩起老高。接着，那人反手一棍，奔刺客的脑袋打去，刺客的脑瓜立刻被打得鲜血直流。使棍子的人举起大棍还要打，寇准突然高喊：“慢！要活的，千万别打死。”

使棍子的是谁呀？正是烧火丫头杨排风。原来，之前佘太君和寇准说话时杨排风听见了瓦响，佘太君也发觉了。因为担心打草惊蛇，她并没有声张。等寇准送她出府走到府门口时，佘太君才把此事告诉寇准，并安排了杨排风躲在暗处。果然，夜深人静刺客来袭，杨排风虽留了他的性命，却打断了他的左腿。这家伙也是个硬汉子，腿断了，疼得冷汗直流，却是一声不吭。

寇准喊来差人把刺客带到二堂审问，可是那刺客却始终一言不发。寇准心里知道这人一定是潘仁美派来的，他觉得自己不能这样坐以待毙，应该想个主意去探探潘府的口风。眼珠一转，计上心来，寇准决定微服私访，到潘府周围打听打听，也许能得到些音信。

天刚蒙蒙亮，寇准化装成一个算命先生出了府。走到离潘府不远的一家小院门前，从院里就走出一个五十多岁的老太太请他算一卦。老太太说她儿子叫韩永年，在潘太师府里喂马，昨天被潘府找去了，可是一夜未归，她想让寇准算一算，她儿子什么时候能回来。

寇准听了这话，心中顿觉蹊跷。于是他便开始细问老太太，她儿子是昨晚何时离开的，老太太说是子时。寇准又问她儿子临走时跟她说了什么，老太太说儿子对她说，潘太师和杨家打官司打输了，被充军发配，可不知为什么潘太师和几个儿子、侄子还在府中，并没有去充军。还说，他儿子听到潘太师跟两个人商议说不想去充军，担心半路被寇准和八王杀了，那两个人说会帮他杀掉寇准。这些话是她儿子半夜起来去厕所不小心听到的，结果被潘太师发现了，不过当时潘太师也没说什么，就让他走了。

听完这些，寇准几乎可以认定，老太太的儿子十有八九已经被潘仁美杀人灭口了。可他不能跟老太太说，便安慰了她几句，然后急忙回府了。

回府后，寇准换上官服，升坐大堂，差人带来刺客，可他还是一言不发。寇准诈他说他的同伙都招了，此人一听，便也招了。原来他名叫耶律文，在辽国萧太后手下称臣，这一次是萧太后命他和敏希木进京找潘仁美，叫潘仁美和他们合兵，共取东京汴梁城。到了太师府，潘仁美让他们给自己报仇杀了寇准，他们便来了，没想到却被抓了。寇准让他在供词上画了押，然后将他收入监牢。

随后，寇准便来到南清宫见八王，又差人把呼延丕显和杨六郎也叫了过来。寇准跟他们详细讲了抓到刺客并拿到供词的经过，几个人商议后决定，由八王调动五百御林军先去抓住潘仁美，然后再去向太宗启奏。出了南清宫，寇准嘱咐杨六郎："杨郡马，报仇的机会到了。御林军围潘府，潘仁美必然要逃。呼延丕显堵前门，他肯定从后门跑，你在后门一定能堵到他。到时候该怎么办，就不用我教你了吧。"六郎聪明，一点就破。急忙上马回府，带上兵刃，然后又与杨排风密语了几句，便急奔潘府而去。

正如寇准所料，呼延丕显带领御林军在前门攻进潘府后，潘仁美忙叫上潘龙、潘虎备马，又叫上潘昭、潘祥和敏希木三人，六个人急奔到后花园角门，从后门逃出府来。没想到，杨六郎早在此处等候多时，见潘仁美逃出，立刻大喊一声："潘仁美，哪里跑！"说罢挺枪便刺了过来，几个回合下来，潘龙、潘虎都被六郎斩于马下。

潘仁美见两个儿子都被杀了，吓得拍马便逃，潘昭、潘祥紧随其后，六郎催马在三个人后面一路追赶。追出城门，又追出三十多里，前边来到一片黑松林，刚到林子边，里边便蹿出一个人道："潘仁美，哪里走！你姑奶奶在此！"

原来，杨排风早候在这里多时了。后有追兵，前有拦路，潘仁美一下子腹背受敌，不知该如何是好了。杨排风带着四名家丁冲杀上前，潘昭、潘祥举刀迎战。潘仁美瞅准机会要逃，六郎正好赶到："老贼！你逼死我父、害死我弟，今天我要替亲人报仇！"说罢勒马往前一冲，千仇万恨凝在枪上，一抖腕子，一枪就结果了老贼的性命。与此同时，潘昭、潘祥、敏希木也被杨排风杀落马下。

大仇得报，杨六郎准备回京上金殿请罪。返回城内，天已大亮，六郎直奔午朝门。来到金殿他跪下磕头请罪，太宗问何故，六郎便讲了潘仁美欺君罔上，根本没去温州充军而是找人冒名顶替，自己已经替父亲和七弟报了仇，杀了潘仁美、潘龙、潘虎、潘昭、潘祥。太宗不信，派人一看，果然不假，还多了一具敏希木的尸体。

太宗这下火大了，心中暗想："为救丈人我费了多大心血，如今我该如何向潘美人交代呀！"想到这儿他大声喝道："杨景，你好大的胆子。朕已经免去太师死罪，你竟敢抗旨不遵，杀死潘家好几口，你这是要反呀！来人，把杨景推出午门之外，不用等午时三刻，现在就杀！"

八王因不知前情，一时之间也不知该怎么办了。寇准一看八王没说话，便抢着说道："万岁，刀下留人！"

太宗看是他更是气不打一处来，心想都是他坏的事儿。"不准给杨景说情，否则同罪并处。"

寇准道："臣不是给杨景说情，臣只想问一件事，陛下你下旨让潘仁美前往温州充军，他却始终藏在府内，这算不算抗旨不遵、欺君罔上？"

太宗道："你说太师并未去充军，有何证据？"

寇准道："潘仁美在死囚牢花钱买了五个犯人，替他充军发配。回府后他又勾串辽国，有意造反。耶律文、敏希木两个奸细奉辽国萧太后之命，叫他们找潘仁美策划合兵取边关、攻汴梁，还赠给太师两匹好马。这还不算，太师又派耶律文到我天官府行刺。要不是杨排风搭救，我早死了。因耶律文被获遭擒，没回潘府，潘仁美知此事已露马脚，才带他儿子畏罪潜逃，意欲投奔辽国。多亏六郎在黑松林劫杀了老贼，大宋黎民百姓才少受一场刀兵之苦。依臣之见，杨六郎不但没罪，还有功呢！"

寇准这番话把众人都说愣了。说罢寇准又从袖筒里取出耶律文的供词呈了上去。太宗看完还不信，便派人把耶律文带上金殿。龙楼御审，耶律文和寇准说的一模一样。太宗又叫耶律文到黑松林认敏希木的尸体，证明潘仁美确实勾串辽国。寇准还找来大管家刘霸对证了买死囚犯、替太师充军的事。赃证俱在，不容抵赖，太宗这才无话可说。

不过，他还是想给潘妃一个交代，于是下旨道："杨景，你杀了潘仁美，情有可原，可不该把潘龙、潘虎、潘昭、潘祥都杀了。朕若叫你抵偿对命，又对不起死去的老令公。今便将你充军发配温州，去服苦役，十年役满，方可回京，立即动身吧！"六郎领旨谢恩。随后，六郎下金殿，换上罪衣，由两名解差押解出京。临行前，六郎求解差从家门前路过，与佘太君、八姐、九妹叙了一席衷肠，然后便含泪出京了。

杨六郎充军发配刚走没几天，边关的岑林、柴干回京禀报，说辽国发兵，进犯中原，请速派援军，不然恐怕边关难保。太宗在殿上问何人愿带兵前往？殿下没人答话。这时候，佘太君进殿启奏说杨六郎发配途中得了重病，危在旦夕，请太宗开恩放六郎回京养病，等病好再去充军。太宗未准，但同意六郎在当地就医诊治。又过了半月，佘太君再次上殿启奏说，有人来报信说六郎已病死，希望太宗能准许将他的灵柩运回京城。太宗准奏。佘太君下殿后便回府打发人去运灵柩了。

可是过了三天，六郎灵柩还没运回来，城外却已烽火连天，战事向东京逼近。辽国韩昌的兵马，已打进中原。领兵带队的，是韩昌手下的先锋官马涂温。他带领十万大军，长驱直入，直捣东京汴梁，离城十里，安营扎寨。

三天后，马涂温讨敌要阵，太宗忙叫镇京大帅派兵出马迎敌。结果，只一天工夫，马涂温就打败宋朝的十员大将。老王爷呼延赞出马，也被打得抱鞍吐血。长胜王石延超出马，上去只三个回合，便战败而回。宋兵无奈，只好高悬免战牌。马涂温叫手下士兵天天骂阵，骂急了就朝着城上宋兵乱射雕翎。

三天来，太宗始终没有回后宫，一直在金殿与群臣商议退敌之事。寇准启奏说，可以派杨府女将出兵制敌。太宗担心因六郎之事杨府女将不会出征，寇准便让太宗亲自去请。就这样，太宗带着几个大臣和寇准一同来到天波杨府。

太宗前来，八姐、九妹搀着佘太君亲自接驾。进了府，佘太君参拜已毕，献上香茶。太宗先是客套了几句，然后便提到了让佘太君挂帅出征之事。佘太君却说，府中如今只剩下一些寡妇，打起仗来，多有不便。寇准在一旁叹气道：“唉！大宋朝没人了，万岁，拿降书顺表吧！”

寇准话音刚落，就听银安殿门口有人说话：“饭桶年年有，没有今年多。连小小的辽国先锋都打不过，死了得啦！”说话人嗓门挺大，太宗抬头一看，门口站着一个丫鬟，红袄、红裤，大脚片、皮肤微黑，手擎一根茶杯口粗的烧火大棍。佘太君禀告太宗说，这是府中的烧火丫头杨排风。寇准听了杨排风的话觉得她肯定很有能耐，便将她叫了进来。寇准问她是否能退敌，杨排风说只要老太君同意，她就能，然后她又说，她一个人不敢去，如果老太君挂帅，她就去。

太宗瞅准机会说道：“老爱卿，既然排风说了，你就挂帅吧！你年高体弱，可以不出马临敌，给杨排风站脚助威就行了。太君，大敌当前，国事为重，朕一定感恩报德。”

寇准在一旁添油加醋道：“万岁，放心吧，老太君深明大义，哪能不挂帅退敌呢？”

佘太君一看皇上和寇准净说好话，情面难却，只得同意了。

第二十二回

佘太君出征挂帅　杜金娥智杀韩虎

太宗见佘太君应允，十分高兴，道："佘老爱卿，朕拨给你精兵五万，马上传令，到校军场点兵。"佘太君送走皇上一行，忙吩咐杨洪："擂鼓聚将！"杨家少夫人除了柴郡主不会武，其余个个武艺高强。此时，大郎之妻张金定、二郎之妻马翠平、三郎之妻花谢玉、四郎之妻云翠英、五郎之妻罗氏女、八姐延琪、九妹延瑛、烧火丫头杨排风，八员女将全部到齐。别看这些是女将，当她们顶盔挂甲、罩袍束带，脸一绷、杏眼一瞪，往银安殿上一站，也是百步威风、千丈杀气，个个是巾帼英雄、女中豪杰。

太君一看人都到齐了，大声说道："众将官！眼下兵临城下，军情急迫。金沙滩一战，虽然杨家男儿都阵亡沙场，可咱杨府女将岂能坐视不管？"说完佘太君又命杨排风为先锋，然后点兵出城。

到了城下，城门开放。随着三声炮响，杨排风第一个奔出城，只见她拿着烧火大棍，拍马跑到两军阵前，前去叫阵。马涂温见大宋派来个女将应战，心中不屑。杨排风最见不得别人看不起女将，没说几句举棍便打。马涂温原本没把她放在眼里，没想到几个回合下来，发现杨排风果然有点功夫。不过，马涂温也不是省油的灯。杨排风就要把一套棍法全打完了，却还是没把他打下马，杨排风急了。忽然她想起来自己的烧火棍能冒火，于是她把烧火棍端起来，对准马涂温，稍微一动崩簧，从棍里"啪啪"打出五粒硫黄焰硝球，见风就着，"扑"打在马涂温脸上，把他的胡子眉毛全烧光了。马涂温喊声"好厉害"后拨马就跑，排风撒马就追。辽国兵将一看主将被火烧，顿时乱了营。

佘太君见杨排风胜了，便决定乘胜追击。军兵们一拥而上，直奔敌阵。佘太君带五万大军，一直向前推进。把马涂温赶出边关后马不停蹄，直捣幽州。这一天探马蓝旗来报："禀元帅，前边有韩昌的大营挡住道路，败兵进老营了。"佘太君问此地是何处，探马报说离此处向东二十里是黄土坡。

佘太君到了队前往远处看，只见辽军的连营营挨营、帐挨帐。于是她传令安营扎寨。然后又下令挖了战壕，埋好鹿角丫杈，还整修好了土城，又派出岗哨巡逻，加强防范。

歇兵二日后，第四天清早，忽听两军阵鼓声阵阵，军卒报："辽国大将韩虎讨敌要阵。"佘太君派大儿媳张金定领二郎妻、三郎妻、四郎妻、五郎妻出马迎战。出去有一顿饭工夫，几个媳妇全部战败而归。又派八姐、九妹前去迎战，结果两姐妹也败了回来。于是又派杨排风出马迎敌。

不巧的是，此时杨排风却发热病倒了。无奈之下，佘太君只好传令挂上了免战牌。一连数日，宋营外挂了七道免战牌，佘太君急得如火上房。

过了几天，杨排风的病情见好，佘太君正打算让她出阵迎敌，突然军兵来报说营外来了一位小姐要见元帅。佘太君带着将官和八姐、九妹出了帐，上了土城。只见城下有匹桃红战马，得胜钩上挂着刀，旁边站着一位小姐，二十来岁，长一张瓜子脸，面似桃花，两道弯眉，一对大眼，头上青丝高绾，身穿淡青色衫子，肋下佩带宝剑，虽然模样娇滴滴，却透着杀气。

这时候，城下的姑娘一抬头，看见了佘太君众人，只听她开口问道："不知城上站着的可是佘老太君？"

佘太君道："老身正是佘赛花。敢问姑娘你从哪里来？

到前敌有什么事？”

姑娘听了，又惊又喜道：“婆婆在上，不孝儿媳给您磕头。”

佘太君一愣道：“你是哪一位，为何这样称呼老身？”

姑娘道：“婆婆，我是杜金娥，我是来找七将军的。”

原来，七郎走后一个月，杜金娥发现自己有了身孕，可是却一直没有七郎的消息。如今已经身怀六甲九个月了，便决定前来寻他。又听说杨家和辽国正在开仗，便骑马下山，来到这里。道出身份之后，杜金娥又把她爹如何被贬原籍，母女如何上山，以及巧救七郎的前前后后讲述了一遍。因为害羞，所以并没有说已同七郎成亲之事。然后她又拿出七郎临走时给她留下的金簪子。佘太君一看此簪，果然是七郎之物。见物同见人，物在人不在，杨府众女将触景生情，顿时哭声一片。

杜金娥不知何故，佘太君便跟她讲了七郎被潘仁美所害之事。杜金娥听后心如刀绞，差一点儿昏过去，半天才稳住心神，不觉泪如雨下，悲痛万分。心中暗想，不能同生，但求同死。想到这儿，便要拔剑自刎，忽然，腹内一动，金娥大惊，自己不能死，如果死了，肚子里的孩子也保不住了，这可是七郎的骨肉呀。想到这儿，金娥磕头碰地，道：“婆婆，我远路到此，没想到七将军不在了。如今，我已经不能再回家了，活是杨家人，死是杨家鬼。我要为他守节，替七将军尽孝。”佘太君不知金娥已和七郎成亲，也没看出她身怀六甲，自然不能同意她一个姑娘到杨家来守寡。可是杜金娥铁了心，连声哭求，八姐、九妹也为她求情，佘太君还是有些犹豫。正在婆媳举棋不定之时，突然金娥身后一阵鼓响，辽国军队又来讨敌要阵了。

韩虎远远看见有个女将跪在城下，领兵就杀了过来。城上佘太君忙叫城上军卒准备弓箭，保护金娥。杨排风急忙冲城下喊道：“七奶奶，后边来了敌兵，没法开城了，一开城，敌兵准要乘虚而入。我看你不如出马临敌，若退了敌兵，太君准能收你。”

杜金娥心中暗想：“老杨家不收我，这孩子又要降生，我还能回到娘家吗？不如拼了，若死在疆场，就和七郎一块儿去。”想到这儿，杜金娥奔辽兵冲去。佘太君见状，立刻命八姐、九妹、排风火速点兵，给杜金娥压阵。

杜金娥来到阵前报了名号，韩虎见她年轻貌美，哈哈大笑道：“好一个大美人，我真是不忍下手呀，要不你跟我走吧，给我当个二房夫人。”杜金娥听罢，气得浑身发抖，抡刀就砍。韩虎没使劲，用兵刃一架，震得金娥在马

楊

上晃了几晃，手中刀差点出手。

这一震不要紧，她霎时腹内疼痛难忍，糟糕，孩子要降生了，这可如何是好？杜金娥急中生智，对韩虎道：“将军，我本不想出战，是佘太君逼我上阵。我愿意以身相许，你让我几招，你前边败走，我佯胜而追，然后我就直接跟你走，怎么样？”韩虎一听乐坏了，急忙答应。

第二十三回

杨排风回朝搬兵◎访六郎寇准背靴

韩虎看中了杜金娥，假意战败，没想到这是杜金娥的退兵之计，正当他全无防备之时，杜金娥催马抡刀，一刀就砍掉了他的脑袋。

杜金娥劈了韩虎，立时只觉腹内疼痛难忍，孩子马上要降生了。她急忙紧催战马，跑到十几里外的一片树林跟前。进了树林，下了战马，脱下斗篷，铺在地上，一会儿工夫，生下个男孩。

杜金娥咬断脐带，用斗篷把孩子包上。抱起孩子不禁失声痛哭："儿子啊，你怎么偏偏在这个时候出生？你未生父亲已死，老太君不忍我守节，百般不收留。如今我若抱你进营，众寡妇嫂子、小姑子如果说句闲话，叫我这脸往哪搁？如今我这身子，抱着你恐怕也难回到金鸡岭。不如把你扔在这儿，如被好心人捡去，一样能长大成人。"想到这儿，她亲了亲孩子的小脸蛋，然后撕下一块衣服里子，用手指蘸血往上写字：此子名叫杨宗英，父亲杨希字延嗣，母亲杜金娥，有人抱去抚养长大，感激大恩大德。然后把血书放在了孩子心口，又把孩子用斗篷盖好放在大道旁。

随后，杜金娥便躲进林子里，只等人把孩子捡走。心想着只要孩子有个着落，自己也好了却生命随七郎而去。大约过了一个时辰，没想到杨排风带着几个士兵追了上来。杨排风说是佘太君叫她来接杜金娥回营的，杜金娥忙返回树林去找孩子，结果孩子不见了，这一惊非同小可，她再也支持不住了，头一昏，倒在地上。

杨排风连忙把她扶上马，牵马回营盘。到营后，杜金娥才慢慢醒转过来，她心中悲痛，却不敢跟佘太君说出孩子之事，佘太君以为她因为头回杀敌吓病了，也没多想。

且说杜金娥杀了韩虎，怒恼了韩昌，他连夜调兵遣将，把土城团团围住。杨排风病刚好，身体虚弱，无法迎敌，宋营只好又挂出了免战牌。

军情危急，佘太君决定派杨排风回朝搬兵。杨排风领命后收拾妥当，提着烧火大棍出了土城。辽国兵将见杨排风闯营，急忙拦阻。杨排风举起大棍“突突”往外喷火，番兵一下乱套了，她趁乱冲出重围，直奔京城而去。

这日到了京城，恰巧碰上了寇准的官轿，杨排风急忙叫人通传。寇准这是刚下朝回府，这几天他正因未得到佘太君打仗的消息而着急，听说杨排风来了，赶忙命人落轿。寇准问她回来是何故，前线战事如何了。杨排风拿出一封信说太君都写在上面，让她交给太宗。于是寇准便带着杨排风重返午门，撞了景阳钟，请天子升殿。

太宗升殿后，杨排风交上书信。太宗和八王等文武官员商量半天，也派不出二路元帅。太宗这些日子身体不适，支撑不住退朝了。八王和寇准回到南清宫继续商议。

八王问寇准京都还有何人能挂帅，寇准说自己可以让杨六郎复活，这样就可以让他挂帅了。八王听了大惊，忙问寇准此话何意。正在这时，呼延丕显也来了。寇准便跟他们说出了自己的计策。

三个人商议了一番后，一同来到天波府，柴郡主领着两个儿子出来迎接。郡主头戴麻冠，身穿孝袍，腰系麻绳。宗保、宗勉两个小孩也是重孝，小靴子全用白布蒙着。八王见此情景，心中暗想："六郎若是没死，能让孩子穿孝吗？这个寇准是成心折腾我。"

郡主看见这三个人同时而来，吃了一惊，心里猜疑："难道六郎的事被发现了？"心中有疑，却未表现出来道："王兄，朝中公事繁多，有劳你来府祭奠。"

八王道："家中还有什么事，只管吱声，可叫天官大人帮忙。”

寇准在一旁也道：“对了，有办不了的事找我。”

柴郡主道：“谢谢你们关心。只是你们来府，有些慢待了，请原谅。”

寇准道：“自家人别客气！我们主要是来看郡马，劳烦领我们见他一面。”

郡主道：“王兄，郡马是你的妹夫，你为大，他为小，我看不用吊祭了。”寇准见郡主不愿他们去看六郎，就证明这里面肯定有问题，于是没待八王再说话，他便哭着往灵棚里走，八王抱起宗勉跟在后边。

灵棚搭在二道院，当中是花头的柏木棺材。棺材前摆着供桌，供桌上有灵牌，地上的烧纸盆里厚厚一层纸灰。八王一见六郎灵牌，鼻子一酸，哭了。

杨洪拿来香烛纸马，八王点香拜了几拜，把香插上后便哭拜起来。八王哭得肝肠寸断，铁石人也闻之伤心。呼延丕显在一旁也是大放悲声：“六哥呀……”

杨洪见八王悲痛，便过来劝慰：“王家千岁，人已经死了，哭也不能活，保重贵体要紧！”八王稍稍止了哭声，抬头看看寇准，寇准轻轻摇了摇头，八王明白，他还得继续哭。

这时候郡主也来劝八王不要再悲伤了，快回府休息。

可是八王不走，道：“御妹，我舍不得离开我妹夫，守一会儿灵再走。”

这时寇准也点了一炷香，冲棺材作揖，道：“杨郡马，寇准给你吊孝来了。郡马啊，你知道不知道，佘太君和各位少夫人前敌被围，里无粮草，外无救兵，朝里又没人出征，你老娘危在旦夕！眼看宋朝江山破碎、国家灭亡，难道你就忍心不管？常言说，家贫知孝子，国难显忠臣。现在可是看你的时候了，你在里边躺得住吗？那里边多憋屈呀！我说你快出来得了！”

说着，寇准上前拍打拍打棺材，伸手就要揭棺材盖。这可把郡主吓坏了，忙来阻止，道：“寇大人，你这是干什么？”“我要把郡马劝活，打开棺材叫他出来。”“寇大人，我家遭此横祸，怎么还开玩笑？人死哪有复活之理？”“别人活不了，杨郡马与众不同，一会儿就出来了。”

又过了一个时辰，八王几个人还是不走，而且还说要留下来给六郎守灵三天。郡主无奈，只好叫家人在灵棚摆上酒菜。寇准刚端起酒杯，又哭了起来：“杨郡马啊，你死得太早了。”他这一哭，八王和呼延丕显自然也没法喝了，开始掉眼泪。这顿晚饭谁也没吃好，酒菜撤下后，就天黑掌灯了。

寇准让杨府家人去休息，说他们三个来给六郎守灵。

家人走后，八王忙问寇准六郎到底是真死还是假死，寇准道：“六郎死没死不用问我，问问棺材就行了。”说着他站起来，用手拍了棺材板两下又道，“这叫拍棺问木。里边‘啪啪’的，说明有人，要是‘咚咚’的，说明没人。你们听这声音发空，六郎肯定没在里边。”八王又问六郎到底在哪儿，寇准让他不要着急，他还在慢慢找。八王有些气了，说如果天亮前找不到，就要了寇准的脑袋。

到了二更天，八王和呼延丕显都支持不住趴在桌上睡了。寇准睡不着，趴在桌子上闭眼正合计呢，突然听到一阵脚步声，不一会儿又走远了。

寇准悄悄离开灵棚，眼见一个人影奔向后宅，只见这人穿着一身白色孝服，胳膊上挎个篮子。寇准紧紧跟在这人身后，走了几步，前边那人回头往后扫视，寇准连忙蹲在墙根下。那个人见无动静，脚步加快，穿宅过院，一直往后走。寇准怕追丢了，也加快了脚步，他穿的厚底官靴，走起来“橐橐”响，被前边人听见了。那人慌忙站住，问了一声：“谁？”寇准听出了这是柴郡主的声音，他没言语。见无人应答，郡主扭头继续往前走。寇准怕再惊动她，就脱了官靴，用靴子带一系挂在肩上。就这样，他跟着柴郡主一直来到后花园的一间花房前，只见柴郡主到花房门口站住，往四下看看，然后用钥匙打开头道门，走了下去。

进去是台阶，里边黑咕隆咚的，下边是二道门，就听郡主喊："郡马开门！""你怎么才来，把我饿坏了。"寇准在外面一听，说话的正是杨六郎。寇准继续在外面听，只听郡主跟六郎说了八王三个人给他来守灵的事，还说寇准可能知道了他还没死，又说佘太君来信了。说到这儿，柴郡主才发现信没拿，便说回去给他取信。

柴郡主出来，门带上没锁。寇准忙跑回灵棚，叫醒了八王，说带他去见活着的六郎。于是两个人一路小跑来到后花园，寇准进了第一道门，然后走到第二道门前敲门，门里六郎问："谁？"

寇准学着柴郡主的声音答道："我。"二道门一开，寇准大喊："八王千岁快来呀，六郎活啦！"

第二十四回　八贤王挂帅解围　杨延昭会战孟良

见到了活着的杨六郎，八王真是打心眼儿里佩服寇准。那么杨六郎为什么要诈死埋名呢？原来，因为金沙滩一战，杨家七郎八虎死的死、出家的出家，只剩下六郎自己了，还被充军发配。出京城没走多远，六郎就病了，危在旦夕。佘太君上殿请旨想接六郎回京诊治，但太宗不允。为了保住杨家这最后一点儿血脉，佘太君便想出了让六郎诈死回朝的计策。

那么寇准怎么会知道杨六郎没死？原来听闻六郎死讯之后他急忙赶到杨家来探望，可是细心的他却发现，虽然太君哭儿子、郡主哭丈夫，但有声少泪，不像真死人那么痛心。于是他马上察觉到这里有事儿。几天前，六郎的棺材运进京城，寇准马上过府吊孝，趁大人不在跟前，偷着问宗勉他爹现在在哪儿，宗勉摇摇头说：“我娘说了，不许对外人讲。”寇准一下子明白了。若不是国家有难，寇准也不想再搅扰六郎，但如今形势所迫，也只好出此下策。

六郎见八王前来，连忙跪下磕头，道：“臣有欺君之罪，罪该万死。”八王忙把他扶了起来。三个人刚出地窖，正好柴郡主迎面走来，见状心中不免怪自己不加小心。可事已至此，柴郡主也别无他法，只好领众人回到了书房。八王问寇准怎样才能免去六郎欺君之罪，寇准说，先派别人挂帅，六郎在半路等待，人马出京后六郎再随营出战。等退了敌兵，有了战功，再奏明圣上。八王觉得此计甚好，又问该派何人做二路元帅，寇准说自己心中已有人选，待明日早朝就奏报太宗。

八王没想到，寇准要举荐的二路远帅竟然是他。所以，当第二日上朝寇准向太宗奏明了此事时，八王也愣住了。太宗觉得不妥，但寇准却说八王文武全才，一定能胜任。八王心中虽有疑惑，但因事先已经答应寇准一切听他安排，所以只好同意，不过他点名让寇准来做先锋，还说寇准也是文武兼能，没想到寇准爽快地答应了。最后押粮官定了呼延赞。太宗拨给精兵十万，次日起兵。

第二天，八王到校场，呼延赞点齐了十万精兵。这时候，文武官员都来到十里长亭相送，而且众人心中都十分疑惑：这样的元帅、先锋，能打仗吗？大军出征，第二日，行到一片密林跟前。密林中有一座高山，山上有寨墙，插着大旗，旗下有喽啰兵把守。八王下令过山。

队伍刚到山下，只听一阵锣声乱响，从山上下来数百喽啰兵，手拿双手带、斩马刀，拦住去路。当中是两位寨主，左边一人长着一张大红脸，右边一人长着一张大花脸，既像哼哈二将，又如金刚再现。

红脸寨主高喊："爷爷生来在高山，不怕王法不怕天，行人要打此处过，必须留下买路钱。"

八王立即派呼延赞出战。呼延赞到队前大喝一声："胆大山贼！光天化日，乾坤朗朗，敢劫官兵，你们长几个脑袋？""劫的就是官兵，快把东西放下！"呼延赞又报出了八王的名号，可是两位寨主仍不依不饶，呼延赞一看话不多说，挺枪便杀了过去。可是他却不是两位寨主的对手，几个回合便被打落马下，被喽啰兵捆了起来。

八王又让寇准去迎战，寇准只得硬着头皮上了，可几个回合下来就被活捉了。八王领兵往下败逃，官兵顿时大乱。红脸寨主赶到近前，高声喝道："赃官，哪里逃！"

最终，八王也被擒住，三个人被押上了山。龙无头不走，鸟无头不飞。元帅和先锋没了，将官们带着士兵便逃走了。逃出一段路之后见后面没有追兵，他们便停了下来，可是却不知下一步该怎么办了：攻山吧，担心山贼把八王杀了；回京吧，又没法跟皇上交代。

正在进退两难之时，突然，远处跑来一匹战马，等到临近时，一个军士突然大喊一声："这，这，这不是杨六郎吗？"众人仔细一看，果然是杨六郎。

见众人如见了鬼一般的模样，六郎急忙下马解释道："不要害怕，我没有死，不是鬼。"众将士这才安下心来，六郎来了，他们觉得有了主心骨，便跟他讲了八王等人被山贼捉去了，让他赶快想办法去解救。

六郎找来向导问明了此地名叫八角寨，山上有两位寨主。虽然常常拦路抢劫，但专劫贪官污吏，从不劫掠普通百姓。了解到这些之后，六郎心里有底了。他点了五百军士来到山寨前，在山下喊话说他来平山了。

不一会儿，红脸的寨主出来了，原来他是山寨的二当家。他来到寨前，问道："小白脸，你在我的山下叫唤什么？"

六郎道："我是朝廷的人，是来救八王的。"二寨主道："你有什么本事救人？"

六郎道："没什么本事，但要劝你改恶从善。"

二寨主哈哈一笑，道："先吃几招爷的板斧再说。"说罢抡斧便杀了过来。这山贼哪能是六郎的对手，几个回合下来，便被六郎打落马下。

六郎让他放人，可他却不服气，还要再战，六郎决定打他个心服口服。于是二人再战，结果二寨主又败下阵来。连输两次，他只得答应放人。他让六郎在山下等，自己上山去带八王等人下来。

其实二寨主并不是真心想放人，他使的这一招是缓兵之计。回寨和三寨主商议后，二寨主带着三百名喽啰准备下山偷营劫寨。临走前他对三寨主道："你先把那三个人捆在车上等着，我杀完人，咱们放火烧山，投奔大哥去。我要是死了，你把那三个人宰了快走。"

二寨主领着喽啰偷偷下山，直奔宋营。宋军营盘扎在离这儿不远的树林里，二寨主领人趴在地上往树林里观看，见里边有几处帐篷亮着灯光，官兵东倒西歪地全睡了。他一摆手，喽啰"噌噌"地蹿进树林。

二寨主进了营，走到一座帐篷前，见有灯光便扒缝往里一看，帐篷里放着一张桌子，桌上点着灯，灯前坐着一个人，正是白天与自己交战那个人。二寨主心中暗道："这回你可别活了，明着打不过你，咱来个暗下手。"

第二十五回

救八王杨景上山■ 八乍山刀枪相会

八角寨的二寨主，闯进帐内，奔六郎“唰”就是一刀。说时迟、那时快，就在他劈来的同时，六郎用脚一蹬桌子，身子退出好几尺，二寨主脚底下一软，身子掉进陷马坑。原来，六郎猜到他会来夜袭，早就埋伏好等着他呢。

二寨主见自己又被捉了，心想这一次怕是难逃活命了。谁知六郎却并没有杀他，而且还答应只要他放了八王，就会饶过他。直到此时，二寨主才真正地心服口服了。当他得知捉他的人是杨六郎时，急忙恭敬地跪地叩头。

六郎忙把他扶起，二人开始叙话。原来，此人名叫孟良，字从善，山上的三寨主姓焦名赞字克明。他二人从小便是孤儿，六七岁时就开始跟着打把式的跑江湖。过了几年，他俩觉得没意思，便偷跑了出来，后来遇到他们的大哥帮助，占了这座山寨。只不过，他们只劫有钱人、当官的，从来不劫百姓。孟良说，今日遇到六郎是他的福分，他想跟着六郎一起为国杀敌，六郎欣然应允。

孟良辞别杨六郎回到山寨，没想到三寨主焦赞以为他回不来了，已经带着八王等三个人一起去投奔他们的大哥了。孟良十分懊恼，第一次为六郎办事，便办砸了，于是急忙下山向六郎请罪。

六郎知道原委后便问孟良他的大哥在何处，孟良说在离此处三十多里地的八乍山。孟良还说，山上有两位寨主，大寨主就是他和焦赞的盟兄，姓岳名胜字景龙，名号花刀太岁。二寨主名叫杨兴，外号打虎太保，排行老四。

六郎和孟良商议了一番，决定带兵前往八乍山。到了山脚下，孟良决定先上山去看看，能否把人要回来。

此时八乍山的聚义厅内，岳胜和杨兴听焦赞说孟良被官兵杀了，正在伤心，突然看见孟良竟然活生生地回来了，一下子都愣住了。岳胜忙问他是如何脱险的，孟良说自己福大命大死不了。接着孟良又问八王等三个人杀了没有，岳胜说还没有，孟良便让他们把人放了，岳胜三个人问何故。孟良这个人平时爱开玩笑，他心中暗想："岳大哥和杨六郎都是武艺高强之人，我何不用个激将法，让他们打一仗，我也好开开眼界。"

想到这儿，他撒谎道："杨六郎来救八王，他要抄山灭寨。多亏我中间说合，要不然，他一定会上山来杀个鸡犬不留。"孟良几句话，气得岳胜哇哇大叫，立刻传令放炮，准备下山迎战。

孟良激怒了这一头，随即下山去激杨六郎。下了山，他对杨六郎说，岳胜同意放人，但要跟六郎打一场，还要把六郎打得趴在地上管他叫大爷。六郎一听火也上来了："我就在此处等着，看他怎么把我打趴下！"

杨六郎和岳胜都上了孟良激将法的当，两个人见面，话不投机，各摆兵刃，就开始交手。只见岳胜举起青龙偃月刀，一个大鹏展翅，奔六郎斜肩砍下来。六郎不敢大意，用枪尖一拨大刀，顺劲往里进招，岳胜招架相迎。二马一错镫，跑出好远，转回来再战。杨六郎枪疾马快，招数精奇，干净利索。岳胜马往前冲，手举大刀，奔六郎拦腰一斩，六郎摆枪相迎。二人在半山坡上，打在一起。两匹马，一白一红，搅在一块，打了三十回合，不分胜败。

此时岳胜暗中佩服："好一位杨郡马，真是名不虚传，原先以为我的刀天下无敌，今天遇上他，自愧不如。"

杨六郎也从心里爱惜岳胜："他有这么大能耐，却占山为王，真是埋没了人才，此番我去前敌打仗，正缺良将，要是把他收降，可是我的左膀右臂，不过，这样的人倔强，胜不了他，他不会服，我得想法赢他。”

六郎枪法是杨家祖传，杨继业年轻时不是使刀，而是使枪，博采众长，把各家枪法之精华学过来，练出一套杨家枪，又叫梅花枪，出招不是一下，而是几下，真像梅花朵朵，神出鬼没，变化无穷。岳胜刀法虽好，可时间一长不行了，招架不住，渐渐不敌。

焦赞、孟良、杨兴都看明白了，岳胜要输。孟良高兴，可是杨兴却不想岳胜输，于是他忙摘弓搭箭，认扣添弦，把弓拉满，想要暗算六郎。这时候，二人已经分出胜负，岳胜不敌杨六郎。就在这时，杨兴一松手，狼牙箭射出来了，直奔六郎眼睛。

孟良看见了，忙喊：“六哥，看箭！”六郎听到喊声忙抽枪倒在马背上，箭走空了。

六郎道：“岳寨主，你败了。”

岳胜脸臊得通红：“对不起，恕我家规不严。”

回队问明是杨兴射的箭，便将杨兴绑了来到六郎跟前，交给他任意处置。没想到六郎下马，把杨兴的绑绳松了。岳、杨二人也都对六郎心服口服了。一众人一起上山到了聚义厅。

第二十六回

岳景龙闯营送信 ◉ 闯连营韩昌亮队

众人叙谈一会儿后，六郎便请岳胜快将八王等三个人放了，并答应他们会向八王求情，免他们的罪过。此时八王和呼延赞正埋怨寇准，忽见六郎前来，又惊又喜。六郎急忙给三个人松绑，然后又细说了八角寨和八乍山之事，求八王恕罪。

大家回到前厅，给八王他们沐浴更衣。然后，又重入大厅，请八王等落座。岳胜、孟良、焦赞、杨兴磕头请罪，六郎又和四员战将结成盟兄弟。杨景为大、岳胜为二、孟良为三、焦赞为四，数杨兴小，为老五。因为平常叫顺嘴了，大家还管杨景叫六哥。

八王一看，又得了几员战将，心中高兴，便将帅印一并交给了六郎，寇准也把先锋官交给了岳胜，呼延赞则把押粮官交给了孟良、焦赞。剩下杨兴，六郎命他保护八王。

六郎挂帅，岳胜为开路先锋，宋军人马浩浩荡荡奔向边关。几日后来到边关，前面二十里便是韩昌营盘。六郎选好地形，扎下营盘。升帐后众人一起商议破敌之策。六郎认为，要想获胜，必须先差人去给佘太君送信，到时候来个里应外合。孟良自告奋勇去闯营送信。六郎把书信交给了孟良，信中写道："诈死埋名之事，已叫寇准识破，儿被八王请出，挂了二路元帅。一路之上，又收了四员猛将，今日特率兵前来解围。最后我欲于明日半夜三更天，以火光为号，里应外合，共破辽兵。"孟良把信揣好，穿上盔甲，辞别众人，直奔敌营。

孟良来到敌营前也不停下，一直往前奔。这时，辽国大将韩昌的弟弟韩豹前来迎战。二人战了二三十个回合，孟良有些不敌，危急时刻，岳胜前来助战。岳胜让孟良把书信交给他，由他来闯关。

揣好书信，岳胜提马横刀，见了韩豹互通姓名，举起大刀，搂头就剁。韩豹根本不是岳胜的对手，几个回合下来便被岳胜砍落马下。韩豹一死，敌兵乱了，都往营里跑。岳胜让孟良先回营，免得六郎挂念。然后大刀一举，杀奔敌营。他杀了一阵，天交三更，冲过敌营，甩下番兵，到了一片杨树林前，住马歇息。

片刻之后，岳胜借北斗之光观瞧，远处黑压压一片，心想那里定是佘太君的营盘。于是他收拾好衣服，二次上马，急往前冲。岳胜来到土城下，见城头有马灯，便高声喊道："我是二路元帅派来的送信人，快请太君城头答话。"城上士兵一听说救兵到了，急忙回里面传信。

佘太君听说有人闯营报信，忙同八姐、九妹、张金定、李翠平等人起身登城。来到城上，佘太君往下一看，来的这个人不认识，便问道："本帅佘赛花，你是哪一位？"

岳胜道："我和六哥是磕头兄弟，名叫岳胜。我奉了二路元帅之命，闯营报号。现有书信一封，请盟娘过目。"说完将信绑在箭上射到城头。佘太君一看信，才知道六郎暴露了。于是她命人开城请岳胜进来歇息，岳胜则说兵情紧急，他要立刻回去。

辞别了佘太君，岳胜返身往回走。一路上竟无人阻拦，正纳闷时，突然，战鼓紧催，有人高喊："岳胜，哪里走？我家元帅到了！"

岳胜急忙带住战马，闪目往对面观看，只见刀枪林立，旗幡招展，旗下一员大将，正是韩昌。韩昌催动胯下狮子雪，来到岳胜近前，道："宋将，胆大包天，敢闯俺的连营，还不报上名来，下马伏绑。"

岳胜道："俺乃前部正印先锋、花刀太岁岳胜！"

韩昌劝岳胜投降，岳胜岂肯从命，挥刀劈来。韩昌举叉迎战。岳胜今天豁出去了，能赢更好，赢不了，大不了战死。二人大战了二十几个回合，一直战到天亮，仍没分出胜负。岳胜的武艺虽不输韩昌，但是他从闯营送信到现在已经连续打了半天一夜，如今人没吃、马没喂，有些体力不支了。正在危急之时，忽然，“咚咚咚”三声炮响惊天动地，紧接着杀声震耳。原来是六郎带着大队人马赶来了。岳胜心头奇怪：我临出营，定的是今夜三更天才里应外合救太君，怎么现在就来了呢？

原来，杨六郎派岳胜去接应孟良，不一会儿孟良回营了。六郎命他夜里不要睡，留心听敌营里的动静，如果听到杀声，那就是岳胜回来了，并让他速来报告。夜里，孟良守上半夜，焦赞守下半夜，天亮前焦赞听敌营里传来杀声，于是便去报告六郎。六郎担心岳胜杀了一夜支撑不住，于是决定提前出兵。杨六郎出征，左有孟良，右有焦赞，杨兴督后队，除留下五万兵由呼王爷保护赵德芳和寇准外，余者全冲向敌营。

一路上，杨六郎威风凛凛，一马当先。到韩昌队前，正是岳胜要败之时。岳胜一看六哥带着兵将来了，乐得眼泪掉了下来。这时，只见六郎大枪一举，再传将令，军兵列好队伍：“弟兄们，今天要一鼓作气，打败韩昌，救出被围的兵马，待本帅会斗韩昌。”说完六郎便催马到疆场：“有请韩元帅！”

韩昌冲六郎一抱拳，道：“杨郡马，别来无恙。自两狼山你我分手，传言你不在了，不想今日又重逢，可喜可贺。”

六郎道：“韩元帅，你我既为邻邦，就应该兄弟相处，却不该三番五次犯我中原，占我城池，又围住我杨门女将。听我良言，速速退兵，两厢和好，互相往来，岂不为美？”

韩昌道：“杨郡马，中原景物宜人，地大物博，土地肥沃，你们国君无能治理江山，我们萧太后来帮助治理，有何不好？”

六郎把脸一沉，道：“我们国土岂容你们侵占！我劝你速速退兵。”

韩昌道：“杨郡马，叫我退兵可以，咱们两个今天战上一场，我这钢叉会会你那金枪。”

六郎道：“我正要领教领教辽国大帅的武艺。”

韩昌道：“此地太狭窄。东边那地方叫黄土坡，咱们到那儿决一雌雄！”

六郎道：“奉陪到底！”

第二十七回

黄土坡大战延寿 杨六郎回京探母

两边军卒士气正旺：盔层层，明光耀眼；甲层层，龙鳞片片；刀闪闪，光华夺目；枪杆杆，令人胆寒。

韩昌在队前等着六郎，六郎刚想过去，孟良却请战头阵。来到阵前，韩昌见六郎未出阵，不屑与孟良交战，手下二都督土金秀请求应战。土金秀催马抡刀到了孟良跟前，二人互通姓名，土金秀举刀就砍，孟良见刀来了，不躲不闪，马往前冲。土金秀刚一怔，孟良冷不防抡起斧子，一马四招："劈脑门儿！""扎眼仁儿！""剔排骨！""砍肉锤儿！""咔嚓"把土金秀砍落马下。大都督土金牛见兄弟惨死，立刻催马抡锤奔孟良冲过来。

第一阵得胜，宋兵一片欢呼声，六郎也很高兴，立刻吩咐军士为他擂鼓助威。听到鼓声孟良更得意了，结果没想到土金牛却比他兄弟武艺高强，孟良常用的那几招对他不管用了。孟良见情势不妙，打马便往回跑。土金牛哪里会放过他，紧追而来。六郎见状急忙让焦赞前去接应，焦赞立刻一摆玄铁皂缨枪来到阵前截住土金牛，道："小子，别追了，看枪！"土金牛用大锤一磕，高喊："什么人？""三爷焦赞！"土金牛红眼了，左手锤一磕，右手锤来个单峰贯耳，奔焦赞的太阳穴。焦赞缩颈藏头，闪过大锤，二马一错镫，土金牛反背一锤，奔焦赞的后胸。焦赞听见脑后寒风一响，急中生智，把大枪往身后一背，"当"的一声，大锤正砸在大枪杆上。若没有枪挡着，焦赞这一下非得被砸死不可。

六郎看得真切，忙告诉众将官："快上去救焦贤弟。"

土金牛连败两人，士气大增道："哪个不怕死的过来！"话音刚落，一匹青鬃马到了眼前，马上一员宋将乌泊盔、乌油甲，手拿齐眉棍，二十来岁，只长得豹头环眼、虎头燕额。"我乃杨元帅帐前听令、打虎太保杨兴是也！今来取你狗命！"

杨兴能耐可比孟、焦二人大多了。他从小跟父亲学武艺，力气又大，认识岳胜之后，哥儿俩在一起整天琢磨怎么增强武艺。这一身武艺今天总算用上了，只见他齐眉棍奔土金牛使了个泰山压顶，搂头便打。二人大战三十回合，杨兴一个"倒打太行山"的招数，"啪！"把土金牛打落在地，辽兵把尸体拖回番营。

韩昌见连伤了两员大将，正要自己出马，这时候手下战将仇郎却直接冲向阵前，一条画杆戟直奔杨兴前心扎来。杨兴怀中抱月，“啪”一磕大戟，往里进招。然后他棍疾马快，一个“秋风扫落叶”，正砸在仇朗太阳穴上，仇朗当场毙命。

杨兴连赢两阵，六郎高兴道：“不愧人称打虎太保，果然本领高强！”韩昌此刻心中冒火，提马来到队前，要战杨兴。六郎不想让杨兴吃亏，于是忙叫军兵鸣金。锣声一响，杨兴打马回到队前。六郎道：“贤弟先歇息，待我会会韩昌。”

六郎摘下蟠龙金枪到了队前，韩昌大叉一举，奔六郎劈下来。六郎把大枪一横，“当！”崩开了韩昌的大叉，震得韩昌战马倒退五六步。六郎马往前进，奔韩昌就是三枪，韩昌用叉一磕枪，然后，顺水推舟，奔六郎腰间来。六郎斜身用枪一搪，战马冲过去了，二人圈马再战。两人四条臂膀空中舞，八个马蹄蹬起尘土，只杀得天昏地暗、红日无光，打了七十回合，直到红日西坠，仍不分胜败。

最后韩昌提议休整一番，吃饱喝足再战，六郎点头。二人再战，又打了一日，还是未分出胜负。佘太君本想冲出土城，但未与六郎人马接上头，只好按兵不动。

就这样，六郎和韩昌打了三天三夜，仍未分出胜负。

且说正在杨、韩二人酣战之时，黄土坡顶上突然出现一员大将，边往下冲边高喊：“韩昌，还我性命。俺杨七郎到了。”说完，战马冲下山坡。大辽兵将最怕杨七郎，今见七郎“鬼魂”，胆都要吓破了，所以还没等看清来将什么模样，便都转身逃跑了。

山上喊话之人当然不是杨七郎，而是焦赞。他之所以冒名杨七郎，是得了一位老和尚的指点。这一招还真管用，不仅吓破了大辽众兵将的胆，也让韩昌愣了一下。六郎趁此机会，一枪使出，韩昌一闪身，摔倒马下。

韩昌以为自己这次会没命了，不承想六郎并未下毒手，而是让他起来再战。韩昌起身道：“我既摔下马，速求一死。”

六郎道：“韩昌，我爱惜你这身能耐，佩服你够英雄。你睁眼看看，自你入侵大宋，多少军兵死于刀枪之下？多少生灵惨遭涂炭？你杀我、我杀你，何日罢休？为何不能两厢歇兵、化干戈为玉帛？”

韩昌被六郎的话打动了，心中暗道：“我已成败将，杨景饶我性命，这样大仁大义，我再不知道进退，枉为人也。”

韩昌想到这里，道：“杨元帅，我错了。本来大宋、大辽是一家。当初，老主封我家狼主耶律尚为天庆梁王，是他贪心不足，要当皇上，这才起兵造反。我助纣为虐，两次进犯边关，真是后悔莫及。你的话使我顿开茅塞，只要有你杨景一杆枪镇守边关，我韩昌绝不造次。我立刻回去说服萧太后，让她交降书、递顺表。不过，幽州我们可不能给，辽、宋两国以三关为界，你看如何？”

六郎道：“只要你不再进兵，可以三关为界。”

韩昌道：“杨元帅，一言为定，我走了，咱们后会有期！”说完深施一礼，传令撤兵。

军令如山，辽兵全部撤回。

六郎见了佘太君，又回营见了八王、寇准、呼延赞。见面之后，大家畅叙离别之情。同时，六郎传令，歇兵三日，犒赏三军。

韩昌这次并没有失言。不日便派人送来降书顺表，表示顺服朝廷，永不造反。三关百姓喜笑颜开。

八王和寇准商议后决定封杨延昭为三关大帅，镇守边关，岳胜为副帅，孟良、焦赞、杨兴、郎千、郎万等边关众将，皆为总兵。两月后，圣旨下到三关。六郎接旨，得知二帝太宗驾崩，三帝真宗赵恒即位。之前诈死埋名之罪皇上不怪，并准了八王奏本，亲封了六郎和边关众将。

过了些日子，圣上旨意又下到边关。说翰林院大学士王钦升为兵部司马。六郎高兴，因为王钦是自己的恩人。当初，呈御状告潘仁美，就是由他写的状纸。他连忙备厚礼，派人进京祝贺。

光阴似箭，日月如梭。一晃七八年过去了，杨六郎镇守边关，边民百姓安居乐业，南北两国经商往来，很是和睦。六郎从出征边关以来，一直思念居家老小，但一来怕大辽进兵，二来怕犯擅离职守之罪，所以从没回过家。

这天，六郎正在帅堂与众将料理公事，忽听传杨府家人杨光带信求见。六郎看过母亲书信，方知慈母卧床不起，已病入膏肓，希望他能速回相见。没有圣旨，他不能擅离边关，可是再不回家怕见不到老母最后一面。思忖再三，六郎决定悄悄回京探母。临走时把边关重任交给岳胜，并嘱咐他不要让孟、焦二人知道此事，他一定会速去速回。

六郎准备好东西，换上便衣便帽，打了个小包裹，从后营出来，打马如飞，直奔汴梁。刚走出二十多里，就被孟良、焦赞拦住了。二人怪他有事只知会岳胜却瞒着他们，他们要与六郎一起回京。可是六郎却担心他们遇事压不住火会惹祸，所以劝他们回边关，可是二人却执意要跟随，无奈之下，六郎只得同意。

数日后，三个人来到京城，怕暴露行踪，待到天黑才悄悄打马进城，一路奔天波府而去。来到府前，只见门口冷冷清清，大门关着，砖瓦、石块满地都是，上、下马牌坊全被弄倒，闹龙匾也被砸碎了，一片凄凉景象。六郎心中暗惊，急忙来到后角门，“啪啪”敲门。不一会儿，家人杨明挑着灯笼出来开门，八姐、九妹听说六郎回来了也忙出来迎接。六郎冲她姐俩一摆手，指指孟良、焦赞，意思是告诉八姐、九妹不要当着他们俩说什么。八姐、九妹会意，便上前招呼二人去客厅吃饭。二人走后，六郎急往佘太君的住处奔去。

孟、焦二人酒足饭饱之后，才想起是跟着六哥回来看盟娘的，于是二人便出了客厅往内堂里寻来。杨府挺大，家人却少。银安殿灯光昏暗，二人往后转到二道院子无佞楼。楼上便是佘太君住的屋，二人来到楼下隐约听到哭声。二人高抬脚、轻落步，上了楼。到窗前，用唾沫弄湿窗户纸，捅两个窟窿，一人一个，偷往屋里看。

只见杨府人全在这儿呢。佘太君面朝东卧倒在床上，被盖在胸口，紧闭双眼、脸色苍白，床前跪着六郎，床头站着八姐、九妹，柴郡主站在一旁哭泣。

正在这时，只听六郎问道：“娘这是得的什么病，怎么总是昏昏沉沉不睁眼？”

九妹哭道：“哥！你不在家，叫人家把咱们欺负苦了，牌坊也叫人家给扒了，娘的病是被气出来的。”

六郎道：“谁干的？”

九妹道：“新科状元、兵部司马王钦的姑爷谢金吾。”

然后九妹就细说了当日情形。原来，那一日谢金吾路过杨府门前，不仅不下马步行，而且还吹打三通，放鞭炮，成心找碴儿。老管家杨洪和他辩理，被他用皮鞭打了个半死，而且他还愣说这过往牌坊挡道，并命手下恶奴推倒牌坊、砸碎闹龙匾。佘太君出来与他评理，他却把马往前一冲，故意把她撞倒，佘太君连气带摔，当时就昏过去了。醒后佘太君便上殿面君要求严惩谢金吾，但他是王钦的女婿，王钦又是当今圣上的老师，所以圣上便向着谢金吾，有意从中调和，想要大事化小。佘太君一气之下，得了夹气伤寒。

六郎听了这话，气坏了。九妹说，母亲这是心病，要想治愈，除非灭掉谢金吾的威风。

他们在屋里说话，孟良、焦赞听得真切，也气得够呛，二人随即决定要替老娘出气，把谢金吾的心摘出来，给他点儿颜色看看！

第二十八回

摘人心焦赞闯祸 狄玉陶边关传旨

事不宜迟，二人说干就干。他俩别着腰刀，到后角门，跟家人说去给佘太君抓药，然后便溜了出来。正愁找不到谢金吾家在何处，突然杨府不远处的一座张灯结彩的府院里听到有人高声大骂："谢金吾！你身为命官，做这样伤天害理之事，我与你拼了。"紧接着是一阵"啪啪"的打人声和含混不清的臭骂声。

不一会儿，从院里冲出三四个恶奴，架着一位老人扔到门口，返身关上了大门。二人走过去一看，老人嘴角流血、浑身是伤，忙把老人架到无人处，细问了缘由。原来这个老汉姓田，老伴早死了，留下小女秀儿相依为命。秀儿今年十九岁，因家中太穷，田老汉就叫她和隔壁的王大娘学唱曲。学了两三段之后，田老汉便带着她每天沿街卖唱，好挣钱糊口。谁料今日谢府将父女二人叫到府中唱了一天却一分钱也不给，还强行把秀儿留在府中，他不肯，便遭了一顿毒打被扔了出来。孟、焦二人听后气愤异常，二人商议后决定，由孟良先把田老汉送回家，焦赞则潜入府内救人。

天快四更了，四外一片寂静。焦赞转到后院墙外，挺身上墙，跳到院里。这是后院，房里没灯光，他蹲下身子，正观察动静，忽听前边有皮鞭打人和女子的哭声，便循声来到厅房。厅房里灯光明亮，人影晃动。焦赞把窗户纸捅开个窟窿，往里一看，只见屋里左边坐一个男子，有二十八九岁，地上倒着个姑娘，头发披散，衣服也破了，在她周围站着四个彪形大汉，每人手执一根皮鞭，正在抽打。地上的姑娘就是秀儿，她宁死不从。穿官服的正是新科状元谢金吾。他原来是个游手好闲的花花公子，家里十分有钱。王钦就是看中他家的财势，才把女儿嫁给了他。此时的王钦已经仗着与真宗的师徒关系上位为兵部司马。此次谢金吾之所以去欺负杨家，正是王钦在背后授意。

谢金吾见秀儿宁死不从，便叫恶奴下死手。焦赞在窗外看得真切，怒气上冲，提刀便进了屋。进屋之后二话不说，“唰唰唰唰”一刀一个，四个恶奴当场毙命。谢金吾吓得钻到桌子底下，焦赞扯腿把他拉了出来，一刀下去，将他杀死。正在这时，谢金吾的妻子王月荣推门走了进来，见到满屋是血，吓得扭头就跑。焦赞想：“她要一喊，惊动了家人可就坏了。”说时迟、那时快，他上前一把抓住王月

荣的头发把她扯回来一刀给杀了。随后他让秀儿快逃，然后又回身取出谢金吾的心，然后蘸血在墙上写道：

太阳出来一片火，杀人是我就是我；
如抓凶手去办案，你到边关去找我。

诗刚写完，他又想到两句，接上写道：

怒气冲冲贯斗牛，我与状元结冤仇；
有心配药去治病，孝敬老娘无佞侯。

写完后把灯吹灭，然后跳墙而出。这时，孟良也回来了，二人即刻返回了杨府。六郎还在府中守着佘太君。这一阵佘太君精神好多了，便问他为何回京，原来给六郎去信的是柴郡主，佘太君并不知情。六郎怕母亲担心，便说奉旨回京办事，顺便回家看看。这时候，焦、孟赶了回来，众人听说他俩杀了谢金吾都是一惊。佘太君的病是夹气伤寒，以前是汗没出透，这一下被焦、孟惊出一身汗，病见好了。

佘太君知道六郎没说实话，急忙又问他为何回京，六郎见瞒不住了，便说了实话。佘太君一听，可着了急，因为他们闯下了大祸：一来六郎进京，犯了擅离汛地之罪；

二来焦赞又杀了新科状元谢金吾，那是兵部司马王钦的姑爷，皇上都另眼看待，如果被查出来，王钦岂能善罢甘休？于是佘太君让他们三个人即刻回营，不能耽误，京中的事由家中顶着。六郎见事已至此，只能听从母命。三个人即刻启程。

几日后的晌午，三个人回到了边关大营。六郎问岳胜他走后边关可有事发生，岳胜说无事，六郎这才放心。到了下半晌，岳胜准备了酒菜，可二人刚刚拿起酒杯，军官便匆匆来报说，京城来了奉旨钦差，让六郎接旨。

六郎、岳胜急忙换上官服，擂鼓聚将，前去接旨。钦差带着二十几个御林兵，怀抱皇上圣旨，坐在马上一脸不屑。六郎上前恭恭敬敬、一躬到底道："钦差在上，杨景迎接来迟，望乞恕罪。"钦差一摆手，然后便宣读了圣旨："奉天承运，皇帝诏曰：宣边关大帅杨景回朝，见诏即日动身。特命钦差狄玉陶临时代理三关大帅，望旨谢恩。"六郎一听，心中一惊，知道必定与谢金吾一事有关。但皇命不可违，与众将辞行后，六郎打马返京。

刚走出十几里地，就听后面传来马蹄声，原来是岳胜、杨兴、岑林、柴干等二十几位边关大将来送他了，但却未见孟良、焦赞。哥儿几个难离难舍，又送出五六里地才分手。六郎继续往前走，忽然从前面树林中冲出两个人，正是孟良、焦赞。原来他二人知道六郎回京十有八九是为谢金吾一事，他们要跟他一起回京承担罪责。他们二人杀谢金吾是为了杨家，六郎自然不会让他们受牵连，便用激将法把他俩支走了。

二人走到半路，悟出了六郎是故意气走他俩的。商议之后二人决定先回边关问问新元帅，到底调六郎回京是为哪般。没承想，他们刚回营便看见岳胜被押在临时法场，而且响起了追魂炮。二人忙上前问何故，岳胜苦着脸说，他们去送六哥，晚回了半个时辰，误了三卯，新元帅说他们犯了军纪，其他战将可饶，岳胜是副元帅却不能饶。

孟、焦二人立刻找狄玉陶去求情，但狄玉陶却死咬不放，非杀岳胜不可。到了此时，孟、焦二人已经明白了，此次六哥被调回京一定是与谢金吾一事有关，如果再隐忍下去，恐怕他们都会被狄玉陶找借口杀掉，于是一不做，二不休，孟良亮出板斧压在狄玉陶脖子上，逼他说出实情，否则就宰了他。狄玉陶吓坏了，慌忙说道："新科状元谢金吾被杀，我那老师王钦说是六郎杨景杀的。皇上传旨急调杨郡马，怕边关众将反了，才叫我来，先把六郎诓入京都，然后再杀。"孟良一听，更火了道："怎么知道是我六哥杀的呢？""因墙上留有诗句。"孟良一听，气得"哇哇"暴叫："弟兄们，六哥进京活不了啦，咱们快去救人！"

说完孟良一板斧结果了狄玉陶。这时岳胜回营忙问细情，孟、焦二人便细说了他们回京为替杨府报仇杀了谢金吾一事。事已至此，岳胜忙召集兄弟几个，商议之后决定一起带兵回京救六郎。离城二十里，岳胜吩咐扎下营盘，先派孟、焦二人入城打听情况 。结果刚一进城他们就听说真宗下旨要杀杨六郎，于是心急火燎急奔午门。

原来，六郎进京后，没回天波府，先去了八宝金殿面君。真宗问是不是他杀了谢金吾，刚开始六郎不认，后来王钦把焦赞留的诗拿给六郎看，六郎不想牵连弟兄，便认了罪。真宗大怒，立刻下旨把他推到午门斩杀。不过，此罪不牵连杨府。寇准见救不下来，急得直搓手，四处找八王，八王却没上殿。寇准请旨到法场祭奠，真宗允了。

孟良、焦赞赶到法场，六郎见二人前来，暗吃一惊道："不要胡闹，赶快走！"寇准见状，便准备带焦赞上殿面君，又怕王钦偷杀六郎，便让孟良先吓走老贼。

寇准和焦赞来到金殿喊冤，真宗命人提回六郎再审。焦赞将自己杀人的经过一五一十地全都讲了出来，又说了谢金吾强霸民女一事，还说自己是怕连累百姓才题了诗句。寇准又派人找到田老汉做证，状告谢金吾欺男霸女。

王钦见状，担心六郎等人脱罪，便又揪出了六郎上次未得圣旨便私自回京之事，说人虽是焦赞杀的，但起因却是六郎私自回京。真宗觉得有理，便将六郎和焦赞都押到了法场，准备行刑。正在这时，有人来报，说岳胜带领人马要进城劫法场。真宗慌了神，寇准让真宗不要着急，也不要先杀人，待他出去劝说。寇准催马擎刀出了城，一见岳胜便跟他说了自己的计策，然后假装败逃回城。

寇准假装逃回城内直奔金殿，见了真宗忙道："万岁呀！花刀太岁岳胜实在厉害，他不听为臣良言相劝，抬手就打。我不是他的对手，大败而归。"真宗和王钦都没了主意，寇准瞅准机会便建议真宗去城头劝岳胜退兵。

真宗来到城门往下一看，只见城下将官人如猛虎、马似蛟龙。当将官者，盔明甲亮、刀枪高举；当兵士者军装整齐、杀气冲天。真宗吓得腿都软了，忙按寇准指点，传旨让岳胜答话。

真宗道："岳胜，你乃边关副帅，为何私离边关、带兵入都？莫非要谋朝篡位？"

岳胜道："万岁，这不是为臣的本意！我们是为杨元帅和焦将军而来。杨郡马是万岁的股肱之臣，不知为何要将他斩首？"

真宗道："杨景身为元帅，擅离职守，倘若韩昌出兵，关城难保。按律应予斩首。"

岳胜道："万岁，杨景久在边关，八九年没回家探母。他为国尽忠，却不能在老母身边尽孝，私离汛地情有可原。况且，谢金吾欺负杨家，砸牌坊、撞太君，佘太君得夹气伤寒，重病卧床，杨景私自回京有罪，祸根却在谢金吾身上。再者，杀杨景事小，保大宋江山事大。当初，辽国韩昌兴师犯境，是杨元帅将他制服。退兵前他声言：'中原有杨郡马一杆枪，辽国永不造反。'今天若屈杀杨景，明日辽国就会发兵。到那时，何人去战韩昌？如若不放杨六郎，我们便造反。"

王钦见真宗貌似被说服，急忙又上前狡辩，但都被寇准一一化解。真宗最后只得命人从法场把杨六郎带上城头，让他出城劝服岳胜退兵，如果他乘机逃跑，就杀他满门。

六郎下得城楼，单人匹马出了城门。众人一见六郎来了，一阵欢呼。真宗在城头看得真切，心中暗想："众将见朕只是一抱拳，可是见了杨六郎却全都跪下了，可见他深得军心。看来真不能将他留在军中，幸好我已派人代理了元帅之位。”此时的真宗还不知狄玉陶被杀之事。

众将给六郎磕头，六郎急忙搀起岳胜等人，并劝他们回边关去。孟良说边关回不去了，因为他们已经杀了狄玉陶。六郎一听新元帅被他们杀了也是一惊。事已至此，六郎便劝他们先退兵到太行山，那里山高林密，好藏锋蓄锐。如果韩昌一旦进兵，再出来杀敌，待得了战功，好将功折罪。岳胜等人听从了六郎的建议，朝着城门高喊一句：“万岁，我们暂且退兵，如不放元帅，我们还会再发兵东京。”然后便领兵奔太行山去了。

岳胜退兵，真宗只得免了六郎死罪，但王钦不依不饶，说死罪可免，活罪不可免，并建议把六郎充军发配到云南。真宗准奏。王钦之所以让六郎充军去云南，是想借云南小梁王之手要了六郎的命。六郎又为焦赞求情，真宗却说焦赞杀了谢家六条人命定要论斩，寇准在旁开始讲情。谢金吾罪行累累，王钦再无法巧辩。真宗传旨免去焦赞的罪，改为充军到长沙府。

六郎被充军到云南，李义、张恩两个解差负责押送。六郎回府跪别太君后便准备上路。柴郡主却提出要与六郎一同前往，六郎和太君怎么劝也劝不住，最后只好随了她。八王这几日被真宗派出京巡视了，待他回京得知六郎和郡主已经去云南了，急忙到杨府去看望佘太君。八王宽慰了佘太君，说过几年一定会求万岁赦六郎回京。

六郎和郡主走了数日，离云南越来越近了，气候也越来越热。这一天，离昭通府就剩二十几里路了。六郎这一路都未穿罪衣，此时决定换上。结果还没等换上，突然迎面来了一队人马，马上人都是官兵打扮。他们问清了六郎姓名，便以六郎未穿罪衣为由将他们一行人带走了。

进了昭通府城，官兵将六郎等人带到一座宅院门前，然后便去回禀小梁王。这时，从府院中走出几位仆人打扮的中年女子，将六郎等人请进了府中。六郎和郡主不解其意。进院入了客厅后，几个女仆便开始端茶送水。六郎心里忐忑，忙问这是何人宅院，但那些女仆却笑而不答。

吃过了饭，小梁王派人叫六郎单独到银安殿见驾。

第三十回　昭通府兄妹重逢　任堂惠舍命全交

六郎被领去见小梁王，小梁王的银安殿在一座山上。来到半山腰，六郎抬头一看，只见山上楼台亭棚、堆金抹粉、画阁雕梁。周围相衬着绿水青山、苍松翠柏，真如同到了仙境一般。

六郎进殿参见了小梁王。小梁王先是刁难了六郎一番，见他是条硬汉，便说出了真实身份，他正是柴郡主的亲哥哥，柴王柴勋。原来，小梁王早就知道六郎被充军之事，也是他派人将他们接到府中的。二人叙了一会儿话，又将柴郡主接来，兄妹见面，抱头痛哭。

亲人见面后，王妃徐氏也出来相见，并在内宫摆席，款待六郎夫妻。六郎安顿好之后，便给佘太君写了一封书信，由差人带回，叫家里放心。

六郎夫妻在宫中住了半个月，便回到了昭通城里小梁王为他们准备的府中，日子过得倒也逍遥。

这一日，有丫鬟通传说外面有个自称他兄弟的人来求见。六郎以为岳胜前来，结果迎出大门一看来人竟是与他长得十分相像的盟弟任炳。

兄弟见面十分开心，任炳跟六郎讲述了这些年的经历。当年从京城逃出后，任炳便回了云南。这些年生意越做越大，积攒了不少钱财，也结交了不少义士好汉。当初六郎曾教过他杨家枪法，虽然他能耐不及六郎，但在这一方也算独占鳌头了，人送外号“银枪将”，连小梁王都知道他，让他做了旗牌官。

这回听说六郎来了云南，他急忙前来相见。六郎见兄弟过得这样好，也替他高兴。第二天一早，任炳早早就来了，还带来了自己的四个好兄弟：红脸的董齐、黑脸的宋亮、白脸的马义和黄脸的志强。兄弟几人也都十分崇敬六郎，都要跟六郎学武艺，六郎自然没有二话。可因南北方语言有些差异，所以刚开始交流有些困难，于是切磋武艺之余，他们还互相学习南北方的语言。六郎学说南方话本是无意，不过后来却有了大用。

任炳性子开朗，叫妻子白氏亲手做了同样的两件花袍、两顶帽子，送给六郎一件，自己穿一件。哥儿俩穿上一样的衣服在街上走，谁看着都像双胞胎，董齐等四个人有时都分不清。有一次柴郡主都差一点儿认错人，于是在六郎的衣服上绣了个“景”字，这才把二人区分开。

这一日，小梁王正在银安殿处理积压的公文。突然中军官来报说东京派来奉旨钦差。小梁王命人出城迎接钦差，自己在殿中等候。

这个钦差不是别人，正是杨六郎的死对头、兵部司马王钦，他此番前来是追杀六郎来了。

前面已经提过，王钦是辽国的奸细贺黑律。杨六郎出京不久，边关代理元帅狄玉陶被杀的音信就传到王钦耳朵里。后来，又听说焦赞在长沙越狱逃走，王钦悄悄给真宗递了个奏折，把一切罪过都扣在杨六郎头上。真宗信以为真，便秘密传旨，派王钦到云南追杀杨六郎，就地斩首，将人头解回京城。此事，八王和寇准等人都不知道。

就这样，王钦带着两百御林军，还有他的徒弟狄玉尧，星夜直奔云南。见小梁王没有亲自到十里长亭迎接自己，王钦十分生气，但却没表现出来。

到了银安殿，小梁王问：“圣旨在何处？”

王钦道：“请王爷将配军杨景带来，下官要当面宣读。”小梁王便派人去调六郎前来。六郎听说王钦带圣旨前来，心中疑惑，急忙穿上罪衣，戴上大耳枷，来到银安殿前。

六郎到殿后，小梁王派人摆出香案，六郎磕头。王钦高声宣读圣旨："犯臣杨景，充军至云南，不思悔悟，反而怨恨朝廷。在云南私养大兵，蓄意谋反。不仅主使反叛岳胜、孟良杀死代理元帅狄玉陶、到太行山自立为王，还到长沙府砸监反狱、救走囚犯焦赞。罪犯杨景，有谋朝篡位之心，已犯十恶不赦之罪。特派钦差王钦，到云南监杀杨景，就地斩决。接旨谢恩。"

六郎听到这儿，好像五雷轰顶。董齐、宋亮在一旁听了，怒发冲冠，抽出腰刀，高声喊喝："这还了得！"王钦的徒弟狄玉尧也拉出兵刃，盯着董齐、宋亮，两厢对峙。

小梁王有心为他开脱，六郎却觉得舍他一人可换来其他兄弟平安也值得，而且他不想再连累小梁王，便一心求死。小梁王却不想舍了他，便又劝他说即便要赴死，也要先辞别郡主。王钦见小梁王求情，便同意暂缓一天行刑。

话说王钦只带了两百御林军来，不怕小梁王和六郎把他杀了吗？他不怕。因为他原本是辽国龙虎双状元，武艺高强。更重要的是，他摸准了六郎的脾气，向来是屈己待人、逆来顺受。再说，佘太君还在京城，六郎不敢造次。

六郎回到府里，郡主问钦差来此何事，六郎怕她悲伤，便未说出实情，只说是来督促小梁王好好看管他。晚饭时任炳来了，临死之前可以见兄弟一面，六郎也很欣慰。

二人喝到了二更，任炳还是不走，六郎有些心急，因为他想留点时间跟郡主话别。郡主熬困了，便去睡了，只剩下了兄弟二人。

快三更了，任炳终于起身告辞，不过他以天黑家远为由让六郎送送他。六郎心想："也好，天一亮我就要死了，送送他吧。"就这样，一直把他送到城外五里任家庄。谁料到了五里庄，任炳又以六郎一人回去太孤单为由把他送回了府。就这样来回一折腾已经快四更天了。

六郎觉得蹊跷，此时任炳也说了实话，原来董齐、宋亮已经跟他说了六郎五更就要被杀之事，任炳说自己要替六郎去死。可不管任炳如何劝说，甚至以死相逼，六郎也始终没有答应。最终，任炳只得作罢，但他求六郎留一样东西给他，以作纪念。

六郎见他回转心意，心中踏实下来，便应承他说就是要百样也行。任炳便要了六郎身上穿的袍子，说以便日后睹物思人。六郎低头看了看，这件征袍还是任炳给做的呢。只是郡主在衣领上绣了个"景"字。不过六郎没有多想，把衣服脱下来就递了过去。任炳也把自己的衣服脱下来，交给六郎。临别前，六郎请任炳在自己死后，亲自扶灵，护送郡主回京，任炳点头答应。兄弟二人就此诀别了。

任炳走后，六郎急忙走进内宅与郡主话别。郡主听了他的话，泪流满面，急忙要去找王兄帮忙。可是六郎没让她去，说不能因自己的事连累王兄，况且圣旨已下，如出差错，一家人都性命难保。牺牲自己一人，可保全家平安，六郎让郡主掂量一番。郡主已哭成泪人，见救不了六郎便决定跟他一起赴死，但六郎劝她还要顾念年幼的宗保、宗勉。

此时，时辰已经快到了，六郎要走，郡主却死死抓住不放。六郎轻轻一推，郡主“噔噔”倒退几步，摔倒在地，一口气没上来，晕了过去。六郎热泪横流，将郡主抱到床上，转身离去。

刚一出门，六郎发现自己没穿袍子，扭头进屋去寻，发现掉在地上。捡起一看，这是任炳的衣服。他脑中突然灵光一闪，急忙朝府外跑去。到了街上，经过金亭驿馆时，见门前有无数御林军，周围还站着好多百姓。只听人们交头接耳，议论纷纷：“真是太可惜了。”“好人不长寿，祸害遗千年啊！”“杨郡马死得太惨了。”

六郎闻听此言，脑中“嗡”的一声，急忙分开人群往里面观看。只见里面站着王钦，身后是王钦的徒弟，地上血泊中倒着一具无头尸体，正是穿“景”字白袍的任炳。

原来与六郎分别后，任炳直接来找王钦，认罪伏法。狄玉尧将人头蘸上石灰，装在匣里。王钦吩咐赶快收拾一下，火速回京。

就在此时，六郎赶到，扑到任炳尸体上。这一下，王钦吓傻了：杀了一下，怎么又来一个？他眼珠一转，心想莫不是杀错了？六郎边哭边想，自己对不起兄弟啊，哪有脸面独生在世，不如跟他一块儿去了。可是六郎转念一想，如果自己死了，岂不是更对不起兄弟？不如诈死埋名，待日后有出头之日，奏明圣上，为任贤弟讨个封赏，修庙宇、塑金身，也不枉自己兄弟替死一回。

于是他装成任炳的口音，抱着尸体边哭边诉：“哎呀！哥哥，你可痛死我了！”王钦问他是谁，旁边的军兵说他是六郎的结义兄弟任炳，外号假杨景。王钦这时也想起了在京城里听说过这个人。但他还是不放心，担心杀错人。这时候，柴郡主来了，她就像疯了一样，闯进人群，一头扑到任炳身上，悲痛欲绝。六郎在一旁干着急，却无法对郡主说明真相。只能假装任炳劝郡主要节哀。

王钦一看郡主趴在尸体身上是真哭，再一听六郎是南方口音，这才消了疑心。他吩咐军兵，带好人头，准备起程回京。

可就在这时，来了一名旗牌官，说小梁王让他到银安殿一趟。王钦只好带着狄玉尧前去了。柴郡主哭了多时，被丫鬟、婆子扶了起来，吩咐家人把六郎的尸身抬回府安置，然后也往银安殿去了。

第三十一回

二猛将路劫灵车 ◉ 验人头双王闹殿

柴王打定主意，一见王钦就杀了他，然后带领兵马杀进京城，要了狗皇帝的小命。但郡主却劝他要成全六郎的忠孝。小梁王气得“哇哇”直叫，却也没有办法。郡主又求小梁王派人护她把六郎的灵柩运回东京杨府，柴王含泪应允。这时，装成任炳的六郎跪求同郡主一起送灵柩回京，柴王同意了。柴王传旨放了王钦和狄玉尧，他们押着任炳的人头，回奔京城了。

柴郡主和“六郎”一路向京城进发，这一日路过黄沙岗，突然迎面冲出一群喽啰兵，为首两个山大王，要拦路打劫。董齐、宋亮前去交涉，两位山大王一听是杨六郎的灵柩，当时就跪在地上痛哭起来，原来他们正是孟良、焦赞。

他们二人怎么到了此处呢？原来当初六郎被发配到云南，岳胜和孟良等人带领人马奔太行山，准备到那里招兵买马，等立功之后好受朝廷招安。可是孟良却不想离六郎太远，于是他想去云南，去之前单人独马赶到长沙，砸监反狱，把焦赞救出来了。二人商量之后便奔往了云南。来到距云南不远的黄沙岗的时候，路遇一群喽啰拦路抢劫，二人便收服了众人，成了大寨主、二寨主，原来的两个头目成了三寨主、四寨主。

二人这一通哭，好半天才歇住。二人跪拜了郡主，说他们要一起进京，然后杀了皇上、娘娘给六郎报仇。柴郡主闻言苦心规劝二人，让他们听从六郎临终前的嘱托，让他们去太行山找岳胜。二人自然也想成全六哥的忠孝之名，便答应了。

送走了孟良、焦赞，一行人继续赶路。这一日，来到了距京城不远的十里长亭。郡主派人到京城送信，问真宗灵车是否可以进京。真宗准奏，灵车破例进京。这时候，城中一阵喧哗，文武百官都出来迎接郡主了。前边是佘太君，相陪有八姐、九妹、杨排风，后边是赵德芳、寇准、郑印、高君保、呼延赞、老贼王钦等人。

怎么都来了呢？原来王钦把人头解到京城，上殿面君，正赶上大朝之日，八王和郑王都在殿上。八王听说杨六郎被斩忙问何故，真宗便说六郎被发配之后不思己过反而怨恨朝廷，而且还在云南招兵买马、图谋造反，另外还让孟良劫牢反狱，救走焦赞，实在是目无王法，十恶不赦，所以自己才命王钦到云南将他处死。

八王一听这话，顿时火冒三丈，说真宗只信小人一面之词，却不相信杨家的忠心耿耿。可是真宗却说赃证俱在，自己没有冤枉六郎，然后又说岳胜杀了钦差狄玉陶也是受六郎指使，还说岳胜把边关众将拉到太行山扯旗为王都是听了六郎的教唆。这些也确实是事实，八王还要争辩，寇准却在旁阻止了他："王家千岁，杨景都死了，你还争辩什么？先去看看亡人再说吧。"

这时候王钦把杨六郎的人头献了上来，真宗验过之后确为六郎。八王过来捧住人头，放声大哭，因心中悲痛，昏了过去，真宗忙命人将他送回府去。

八王被送走后，汝南王郑印、东平王高君保、铁鞭王呼延赞也共同奏本为杨六郎喊冤。真宗见状震怒异常，斥责他们是不是跟六郎同流合污，也想造反？众人见真宗火了，又拿不出什么证据，只得偷偷掉泪。

这时候寇准却不太相信杨六郎真死了。他拿起人头左看右看，这时候他突然想起杨景当年跟他说过，自己头顶有几根红发，于是便仔细翻看了一下人头，却未见红发。此时寇准心中已经明白，六郎这是诈死埋名了。虽然看破了此事，但为避免王钦怀疑，寇准也开始放声悲哭。

就在这时，殿下传来喧哗之声，原来是双王呼延丕显上殿来了。只见他一身孝衣，一边哭一边说六郎死得冤。真宗大怒之下把他贬出了京城。

不一会儿，佘太君上殿了。王钦一进京便派人给杨府送了信，杨门女将听说六郎已死，哭声一片。佘太君更是肝肠寸断，哭昏了好几次。大夫人张金定劝说婆婆，如今办丧事要紧，于是佘太君便来面圣了。佘太君请求真宗允许把六郎的人头拿回去，等尸身返京之后一同入葬，真宗准奏。

三日后，有人送信，灵车已到十里长亭，于是一干人等便前往迎接。

这时候，老贼王钦的疑心还没有彻底消除，他想等任炳进京之后试探他一下，如果是自己杀错了人，他必要再告杨六郎一个欺君之罪。

众人来到十里长亭，看到六郎灵车，顿时哭声一片。众人哭罢之后，杨府众人便护着灵车往城内而去。一路上，宗保、宗勉扶灵车，王钦在后边跟着。到了天波杨府，八王和文武大臣陪着佘太君进府了，灵车也进去了，棺材放在灵棚里，只剩下任炳乘坐的车辆。

这时，宗保、宗勉奉太君之命来接任炳。六郎心想，此时外人应该已经都走了，自己下车应该不会被人发现。

于是他下了车，蹬台阶就往里走。却不知王钦一直在暗中窥探，这时候他看到车里下来一个人，头戴大叶方巾，身穿箭袖，跟六郎一模一样。于是他赶忙往前进身，猛地一下伸手抓住六郎："贤弟呀，你可想死为兄了！"

寇准其实一直在门口没进府，他专门在盯着王钦，就怕别生枝节。见王钦抓住任炳，心知不妙，于是忙小声对宗勉道："孩子，王钦管你任叔叔叫杨景，又给你找个爹，这是存心寒碜你们哥儿们呀！"宗勉一听火了，几步走到近前，照王钦手背"吭哧"咬了一口，然后拉着六郎就往院里走。

王钦想要跟上来，不料宗勉扭回头大骂："老东西，你不是人。我爹叫你给逼死了，你却又给我找个爹。今天非揍你不可！"说罢一下子扑到王钦跟前连踢带打。这时宗保出来了，问清了缘由，也一起上前踢打王钦。王钦被两兄弟按倒在地，一顿狠打。八王听家人来报，说门口出了乱子，出来一看，狠狠斥责了王钦，说他该打。

王钦心中气愤："今日之辱，一定得报。"于是他叫来一个名叫怀忠的心腹，让他趁杨府办丧事的由头，进府窥探一番，看任炳究竟是真是假。

天黑后，各府大人都走了，郡主便把在云南见到哥哥柴勋以及六郎殉难的前前后后说了一遍，然后又说这一路上多亏任炳照料。佘太君便着人去请任炳，想要当面谢谢他。

六郎进府以后，在西跨院找个屋子藏了起来，待到天黑外面静了下来，心里才踏实了一些。他把脸洗干净，这时候正好杨洪来请他去见佘太君。六郎跟着杨洪来到了银安殿，众人一见他都心中暗惊：这不就是六郎吗？六郎为避免节外生枝，决定不与家人相认。

来到堂内，他给佘太君见了礼，寒暄了一阵之后，佘太君让他再住几天再回云南。六郎说自己想在盟娘跟前尽孝，但佘太君却不同意，说他长得跟六郎太像，郡主看见他会触景伤情。可六郎还是不想走，佘太君见他死活不想走，又见他的举止、行动与六郎一般无二，心中也猜疑起来。佘太君心中暗自思忖了一下，然后说道："难得你一片孝心，我来给你梳梳头吧。"这一梳头不要紧，佘太君果然印证了心中所想：这就是自己的六儿。她也一下子明白了，一定是任炳替自己的儿子赴死了。想到这儿，佘太君心中非常难过。替六郎梳好头，她又劝六郎尽早回云南。此时六郎已经知道母亲认出了他，可他不明白为何母亲一定要让他回云南。但家人都在，他一时也不好问起。

六郎出银安殿，来到后院，在屋外转来转去，心中实在不忍离开。这时候，王钦派来的家人怀忠在暗中已经观察六郎好久了，他也认出了六郎，便急忙跑回司马府给王钦送信。

王钦得到消息，立刻备马急奔午门，慌慌张张往宫里奔。正在这时，遇到了寇准。寇准见他慌里慌张，猜他肯定是又在打什么坏主意，便问他一大早来面圣有何事，王钦知道寇准心向杨家，便没告诉他，只说见皇上有事禀告。寇准多精明，三言两语便诈出了王钦的话，于是他假意要跟王钦一起向皇上奏本参杨家，然后再去杨家搜府，定杨家的罪。王钦以为寇准是棵墙头草，便高兴地答应了。寇准趁着王钦不注意，叫来寇安，低声交代了几句话，寇安急忙去了天波府。

来到金殿，王钦便向真宗启奏，说杨六郎诈死，欺君罔上，寇准也在一旁做证。真宗听后震怒，立刻派王钦带兵去搜杨府。王钦点了三千御林军，和寇准一同来到了杨府，并将杨府围了个严严实实。

这时候，怀忠过来禀告说杨六郎正在后院。王钦刚要带兵进府，寇准却说不要这样大张旗鼓，以免打草惊蛇，让他以吊孝为名偷偷进府搜查，如果发现杨六郎，再抓也不迟。王钦觉得有道理，便一个人跟着怀忠进了府。进府之后，杨府家人问他来干什么，他说来祭奠亡灵，还说不用惊动佘太君，他拜一拜就走。家人将他引到灵棚之后便下去了。

王钦让怀忠在此处盯着，自己到后院去一探究竟。王钦往后转，来到角门前，往里一看，果然看见竹林旁边站着一个人，从背影看与六郎十分相似。他急忙喊："贤弟！"谁知那人闻声并没有回头，而是急忙往里走。王钦一看，更确定此人便是六郎，便急忙在后面追。拐过两道弯，前面人没影了。王钦定睛一看，边上有个月亮门，他走过去探头一看，只见院里种着花草，前边是几间小房，修得玲珑剔透。花隔扇门窗，门前挂着鸟笼子。王钦心想，杨六郎肯定藏在里面。于是他上台阶，刚想用手推门，门却"吱溜"从里面打开了，一身孝服的柴郡主走了出来。

王钦一见柴郡主，一下子吓傻了："我怎么跑到柴郡主的院子啦？这可了不得，快走。"

他刚一扭头，却听有人大声喊道："抓贼呀！""哗啦"一下子来了一帮女子，手中拿着大棒。头一个是大郎之妻张金定，后边跟着八姐和九妹。

张金定把袖子一挽，眼睛一瞪，道："好呀！王钦，老不要脸的东西，竟敢跑到我六弟妹的院子里来，真是衣冠禽兽，二位妹妹，给我狠狠地打！”

这一切自然都是寇准的计策。王钦被众女将一顿暴打，等众女将打够了本，寇准才装作刚来的样子问这是何故。张金定便说王钦故意装糊涂，说任炳就是六郎，今天更是以抓六郎的名义私自跑到郡主的院子，意图不轨。寇准便假意为王钦说情，说他是认错了人，绝无冒犯郡主之意。王钦在一旁连连说是，并说杨门女将冤打了他，他要去告御状，并让寇准为他做证。

两个人到宫中来找真宗，王钦哭诉了自己被杨门女将暴打的事，请真宗为他做主。真宗心想：“挨打也不冤！谁让你到寡妇院子里了。”真宗又问寇准是否真的看到了六郎，寇准奏说他看见的人是人称“假六郎”的任炳。王钦这时才知上了寇准的当，可却也是有口难言。

王钦带兵到杨府闹了一通，让佘太君觉得更不能让六郎继续留在府内了。于是她喊来六郎，告诉他自己已经认出他，并劝他赶快回云南，一来可以暂时避免灾祸，二来也可去报答任炳的家人。最后，六郎只好含泪与老母告别。六郎诈死一事，佘太君为避免节外生枝，只告诉了八姐、九妹，连郡主都未告之。

就这样，六郎带着董齐、宋亮返回了云南。见过柴王之后，六郎便回任家庄了。白氏见夫君回来自然十分高兴，但六郎却知道自己不能久居家中，否则白氏一定会发现破绽，于是他便以贩牲口为名，远离家乡。临走前，他跟董齐、宋亮说了任炳替自己赴死的真相，然后托他们日常多照顾一下白氏。二人听了，点头答应。

六郎要去外面贩牲口，白氏心中自是不愿，奈何她一直对夫君百依百顺，最后也只好应允了。六郎把盔甲、马匹、兵刃带在身边，辞别白氏，奔向雁门关。

因为雁门关已经落入辽国手里，六郎只好来到代州。在这里，六郎遇到了把他当作任炳的李家店的李掌柜李有财。李有财告诉他，因眼下大辽和中原打仗，大辽训练马队马匹不够，所以现在不允许贩马了，可以改贩牛，并说可以为他牵线，六郎同意了。

李有财出去两天，买回了五百三十头牛，这些牛不是犍牛，就是牤牛。六郎问为何没有母牛，李有财说母牛人家留着出奶所以不卖，还说贩这些牛可以卖肉，也划算。因牛数量太多，六郎便雇用了李有财等二十来人为他赶牛。

这群牛里带头的是一头叫大老黑的大牤牛，它个头高大，毛色油亮，长着龙门角，无论走到哪儿，都打在头排。

李有财是六郎的好帮手，他建议六郎抓紧把牛贩回中原，否则两国交兵，很容易把他们隔住。于是，六郎带着李有财等一帮伙计赶着一群牛出了代州，往遂州奔去。

遂州是中原管辖地，到了这里之后六郎想歇两天，第二天天亮再动身。哪知刚到这里的第一天半夜，突然听到街上人喊马嘶。天亮之后六郎派人去打听，结果回报说受伤的中原军卒进了遂州，如今四门紧闭，走不了了。这可急坏了六郎，五百多头牛没有草料，可是要饿死的。

这一天，六郎正站在店房门前，忽听见街上十三棒铜锣开道，便问店家这是何处官员，店家说这个官来自京城，还是位王爷。六郎一听忙问细情，这才得知鸣锣开道的正是双王呼延丕显，原来他当初在金殿上装神弄鬼，结果被贬调出京，到遂州当了知州。六郎心中暗喜："这回有救了。"

第三十三回 韩延寿兵围遂州 假任炳城头退兵

六郎急忙赶到府衙，以任炳的名义拜见了呼延丕显。呼延丕显把他迎进府内。进府坐定后，六郎便对呼延丕显说了自己贩牛被困于此之事，希望呼延丕显能借十车粮草给他，呼延丕显同意了。六郎正想打听一下前敌的战情，突然城外传来了隆隆炮声。差人领进一员将官前来禀告："王家千岁！八王千岁和双天官在雄州打了败仗，头路元帅高君保身负重伤。正欲带领残兵败将奔遂州而来，谁知行至离城十里之地，被辽国敌兵追上。寇天官命我冲出重围，与您送信。请速发救兵，去城外营救八王千岁。"呼延丕显听完，忙牵出马匹，点齐队伍去营救八王等人。

辽国之所以再次兴兵来犯，是因为王钦确认六郎已死后立刻给辽国萧太后送去了密信，萧太后即刻命韩昌发兵。韩昌统兵二十万，再进中原。一路之上，打一关得一关，攻一县占一县，势如破竹，凶猛异常。大辽刚刚起兵，边关告急折报入都。君臣商议之后决定由八王挂帅亲征，寇准为军师陪同作战，又派高君保为领兵元帅，呼延赞为先锋官。点齐兵马，赶奔前敌。

此次出征，八王心中无底，但寇准却一点儿不愁，因为他心里有数六郎并没有死，届时定会出现。寇准这个人很有心计，自从六郎离开京城，就不断派人到处打听六郎的下落。此次出征前就有人给他送信，说六郎离开云南去北国贩马了。寇准这才心里有底，保举八王亲征。

大军刚到草桥关，正碰上从雄州、霸州、代州败下来的宋兵。高君保出兵和韩昌人马交战，连连败阵。高君保急忙率众撤奔遂州，韩昌的兵马在后边紧追不放，到离遂州十里之地，韩昌便追了上来。寇准一看军情紧急，急忙派一员副将杀出重围，先奔遂州找呼延丕显求救。呼延丕显领兵前来，把众人接进城。

进了城，呼延丕显忙命军卒四门紧闭，吊桥扯起。城上准备了许多灰瓶、炮子、滚木，防备敌人偷城。这时，八王行宫也准备好了，在城东南的神庙。当夜，八王正和呼延丕显商议军情，忽然听得城外炮声又响，探马来报说，东门、西门、北门都已被大辽兵马包围。八王忙问寇准该如何是好，寇准却说不用着急，吉人自有天相。

夜半时分，呼延丕显离开行宫，去城头观望敌情。等他到城头一瞧，只见辽国兵将挑灯安营，声势浩大。呼延丕显看了心中也开始着急，外城被围，粮草运不进来，几万军马就得等着饿死呀。这时候他突然想起了六郎，心想要是六哥在此哪会遭遇如此困境啊，不由得流下泪来。

三更时分，呼延丕显被人喊醒，说韩昌在城外叫阵，呼延丕显跟八王商议后决定出城迎敌。呼延丕显点了一千军卒从北门出了城，来到疆场。辽军早在此等待，韩昌正跨马立于阵前。

双方互通了姓名，便战在了一起。呼延丕显哪是韩昌对手，十几个回合便败下阵来。观阵的这一千人见主将败下来，都跟着败了下去。韩昌回马高喊："攻城！"辽兵抬云梯往上冲，要抢城池。城上的八王急忙命军兵往下扔灰瓶、炮子，并开弓射箭，总算把攻城的辽兵打退了。韩昌又命人把大炮推了过来，想要用炮轰城。

一会儿工夫，辽国军卒就把三门大炮架在了北城下。韩昌手拿着杏黄旗，冲城上高喊："再不投降，我可要放炮了。"

呼延丕显冲下面高喊："死也不降！"韩昌下令放炮，城墙被打了个豁口。

顿时，城上硝烟弥漫，尘土飞扬。韩昌冲着大辽军兵高喊："往里冲呀，要活擒赵德芳！"

炮声一住，呼延丕显第一个冲上城头，此时军卒都集中到一个地方，他即刻下令分三拨轮流射箭，就这样打退了攻城的辽兵。韩昌下令再攻。

双方从日出三竿打到晌午，辽兵却一直未能攻下城来。不过此时的宋军也快要支撑不住了，城头上灰瓶、炮子不多了，箭也快用光了。这时候寇准对呼延丕显说他有一计可以退兵，呼延丕显忙问是何计，寇准说只要找一个像六郎的人来，让他穿上盔甲往城头一站，定会吓退辽兵。呼延丕显一下子想到了任炳，便和寇准说了此事，于是二人急往客店去寻六郎。

到了客店，二人跟店家说要见任炳。店家进去通报，一会儿又出来说任炳说不见。呼延丕显有些生气，转身要走，但寇准说他自己进去找人。六郎之所以躲着不见，是担心被寇准认出来，没想到寇准硬闯了进来。进来之后，寇准便直接说出了六郎的身份，六郎不承认，只说自己是任炳。

寇准回手把门关上，道："杨六郎，你骗得了别人可骗不了我。当初王钦带假人头进京的时候我就看出来了。你的头上有几根红发，但假人头上却没有。你说你是任炳，那么你打开头发让我看看。"

六郎见状，知道瞒不过去了，只得承认了，并跟寇准简单说了任炳替自己赴死之事。

寇准告诉六郎如今立功赎罪的机会来了，然后跟他说了军情，还说了让他去城头行退兵之计。六郎当即应允，不过却嘱咐寇准此事先不要告知八王和呼延丕显，说完收拾了一番便跟寇准出了客店。

三个人来到城下，六郎以任炳的身份拜见了八王，然后众人便来到了城头。番将往城头一看，心中一惊，暗想："这不是杨景吗？不对，人死哪能复活？是不是眼花了？"

正在这时，六郎在城上高喊："胆大辽兵！你们不该背信弃义、抢我城池，俺杨景在此。"辽兵一听"杨景"两个字吓得掉头就跑。回到扎营的地方，番将赶快报知韩昌。

韩昌一听也愣住了：难道贺黑律的消息不实？正思忖间，军士报说宋军来了一支两三千人的队伍。

韩昌立刻率领马队赶到宋朝军队前拦截，宋军领兵主将是一个十五六岁的孩子，只见他头戴亮银盔，身穿银装甲，胯下骑匹白马，手中一杆亮银梅花枪。来人正是杨宗保。

他是怎么来的呢？原来，因八王被困雄州时，呼延赞回朝搬兵，老贼王钦想要借刀杀人，便在真宗面前保佘太君挂帅。佘太君二话没说，点兵五万，领寡妇女将来前敌解围，宗保、宗勉也跟着来了。出京不远就得知雄州失守，八王被困遂州。因此，二路元帅佘太君直奔遂州。宗保带着士兵，逢山开道，遇水搭桥，为后边大队人马扫平道路。刚到遂州，就遇到了韩昌。

杨宗保挺枪上前，韩昌举叉接招。几个回合下来，宗保败逃，韩昌在后追赶。败回来的军卒报信给佘太君，佘太君担心孙儿，急忙打马上前。

第三十四回 杨六郎凝冰筑城 遂州城智驯牤牛

韩昌见佘太君前来，心中突生一计。他传令众军士闪出一条路。霎时间，大辽军卒自动闪开一条道路。

佘太君心中自然明白韩昌没安好心，他是惧怕宋军里应外合，所以才想把她的人马围在城内。但佘太君也知道，如果在城外扎寨，难保辽兵不会偷袭，所以不如先见八王和寇准，再想退兵之策。打定主意之后，便率众进了城。佘太君进城之后，韩昌也收了兵，准备第二天架炮轰城。

杨门女将进了城，呼延丕显忙腾出跨院，把州衙门倒出来让给她们居住。然后又命人把带来的粮食存入粮仓、库房，又让五万军卒在空旷处搭起帐篷驻扎下来。一切安排妥当，八王命人摆酒宴为太君她们接风。

大家边吃边谈，不觉又谈到当前的战事。八王把任炳之事告诉了佘太君。寇准想借佘太君来劝服六郎出山，便同八王等人一起去休息了，不过却暗地里派人叫来了六郎。六郎见到母亲，跪倒叩头。佘太君埋怨他不该前来，六郎却说如今是自己将功折罪的好机会。她让六郎赶快想办法以解遂州之急，如果此事办成，乃奇功一件，到时再请八王上奏，定能在皇上面前将功折罪。六郎点头称是。

这一日正是腊月初八，天气寒冷，墙上地下到处是冰，六郎见此，灵机一动，想到了退兵之策——浇水筑城。到时候，城墙四周都结上了冰，敌兵是无论如何也爬不上来的。佘太君觉得此计甚好，便忙差人去办。

人多好干活，上万人取水筑冰城，自然很容易。冰溜子越挂越厚，直到天光将亮，一座冰城已经筑成。天一亮，韩昌带队伍到城下一看，大吃一惊。他熟读兵书，知道这叫“凝冰筑城”。不过他还是下令放了两炮，打掉了城墙上的不少冰溜子，但是城中宋军立刻又开始往城墙上泼水。几十桶水倒下，刚才打坏的地方又修好了。韩昌见状，只得收兵，只待冰消雪化再作打算。韩昌攻城未遂，八王十分高兴，给任炳记了一大功。

就这样过了一个月，虽然辽兵未能攻城，但城中粮草却要吃空了。八王有心派人回朝搬兵，怎奈没有良将闯营。

此时六郎也十分着急，眼看就要春暖花开，如果冰消雪融之后再无良策，恐怕就很难再抵挡住辽兵了。这一日他正在店房前来回踱步，忽然迎面走过来一个鹤发童颜、仙风道骨的老道，左手斜挎着一个布兜子。

老道叫住了六郎，与他攀谈了几句，不过始终未透露姓名，不过观六郎相貌后却说他前途不可限量。六郎有心留他，但老道却执意告辞而去。送老道回屋后，六郎发现地上有一张纸和一个蓝布包，六郎捡起来，只见纸上面写着：

贫道出家在终南，
姓任名亮字道安。
今日巧会杨郡马，
你我师徒结道缘。

六郎到此时才知老道就是威名远震、名扬天下的世外高人任道安。

六郎又打开蓝布包，里面是一部《牛阵全书》。他随手一页页翻下去，上边画的全是用牛摆的阵图，包括火牛阵、水牛阵、群牛阵等等。六郎心中暗喜：这是兵书，是万阵图之一。此乃无价之宝！可以帮我破敌退兵。

他忙把书恭恭敬敬地放在桌上，撩衣跪倒，冲书拜了三拜，道："老恩师，多谢赠书之恩。"然后他洗了洗手，坐在灯下，恭敬地打开兵书观看。见中间有一页写的是"燕国伐齐"时，田单巧摆火牛阵的故事。其中写了怎样摆阵，怎样驯牛，非常详细。六郎一看，心中暗喜："正好我有这五百多头牛，何不用它们来退敌兵！"

任道安给了六郎一部兵书《牛阵全书》，六郎如获珍宝。反复琢磨之后，决定摆牤牛阵，以破辽兵。

六郎让由军中拨来的二百名军卒当牛倌驯牛，又让城里最好的铁匠李硬钢打了五百对牛耳尖刀。尖刀下端做个筒形，要能套在牛犄角上。然后又派人在西城找来城内最有名的糊纸活的张巧手，请他扎五百个跟辽国兵将穿戴一样的纸人。

三天过后，李硬钢送来一百对牛耳尖刀，张巧手送来一百个纸人。六郎一见，两个人的活计都非常好，便让他们继续把剩下的做完。

尖刀和纸人来了，驯牤牛也开始了。六郎叫得力的军卒将草人肚子掀开，在里面塞满拌了大豆面的草料，又把外面糊好。然后命人给牛角上戴好尖刀，让牛去拱草人。可是刚开始时这些牛看到纸糊的辽兵辽将却吓得直躲，因为害怕他们手里的刀枪，所以不管赶牛的人再怎么使劲往近前拉，它们也不上前。尤其是头牛大老黑，更是不服管束，只听它“哞”的一声往外跑，其他牛也都跟着它跑了。六郎决定先饿它们两天再说。

到了第三天下午，六郎命人先把头牛大老黑牵来。赶牛人给它安上了尖刀，把它往草人那边赶，可是大老黑却还是不愿上前。这时候六郎又命人把草人的肚子扒开，让草料露出来。大老黑闻到香喷喷的草料，馋得直流口水，便壮着胆子到草人近前，试探着开始吃起来。见草人不动，大老黑彻底放心了，一会儿工夫就把这包草料全吃完了。大老黑这么个大块头，吃了一包草料也就刚刚垫了个肚子底儿，所以当它一扭头看到旁边还有一个草人时，便不再胆怯，直接上前用刀刺破了草人的肚子，美美地吃起了草料。

就这样，六郎先驯服了大老黑，然后又利用它开始驯服其他牛，就这样，他们天天训练不止。过了些时日，天气渐渐暖和了，冰城也慢慢开始融化，六郎觉得用牤牛破辽兵的时机到了。于是他便去找寇准商量，寇准说先让八王看看驯牛的成效，然后再请旨为六郎加封，因为他现在还顶着任炳的名字，是不能上阵杀敌的。

寇准去请八王观牛阵，八王心中好奇，决定来观看一番。为让八王看到牛阵的威力，六郎特意吩咐三天不给牛喂草料。

八王等人见到牛阵杀敌的厉害后，个个都惊喜异常。寇准在旁趁机给六郎要封赏，八王说只要破了敌，要什么官都行。寇准说任炳不要官，如果能够破敌，只要求免罪，八王便答应什么罪都可以免。直到这时，六郎才向八王道出实情，八王见状，又惊又喜，六郎把任炳替死之事说了一遍后，又请求道："罪臣摆牤牛阵退辽兵别的不求，只求免去为臣欺君之罪，保我疆土，追封任贤弟。"

八王一口应允会为他在皇上面前脱罪。

第三十五回

杨宗保闯营解围　双天官传书聚将

摆出牤牛阵之前，六郎又对八王说，希望他能向皇上请旨召回岳胜等人，八王也答应了。

见八王应允，六郎十分高兴。可八王又问：“该派谁闯过敌营去给岳胜送信呢？”六郎保举了寇准。随后六郎亲笔写封书信，说清了自己诈死埋名之事，叫众位贤弟速到遂州。八王也给皇上写了一个奏折，奏明圣上，前敌危急以及六郎没死、准备摆牤牛阵破敌，并请圣上恩准杨六郎和岳胜等人立功赎罪。另外，八王还给岳胜等人写了一封信。寇准带好两封书信，换上青衣小帽，骑马出城。

寇准刚出城不远便遇到了韩昌。韩昌问他出城干什么，寇准谎称八王想要投降，但做不了主，于是派他回朝与皇上商议。韩昌却不上当，认准了寇准一定是回朝去搬救兵，寇准继续骗他，说如今大宋良将都被困在遂州，朝中还哪有兵可搬，况且他一个文官，未带一兵一卒，这就是证据。韩昌觉得寇准说得有理，便放他过去了。寇准见状，快马加鞭，飞奔而去。

寇准这一跑，韩昌生疑心了，立刻命人去追。眼看寇准就要被抓住了，突然前面一名将官踏马而来，只见他手中枪上下翻飞，敌将粘上死、碰上亡。寇准定睛一看，来人正是之前在城外与佘太君等人失散的杨宗保。

杨宗保失踪这一段时间有了一段奇遇。原来，当初在城外被韩昌打伤后，杨宗保便落荒而逃了。不知跑了多远，杨宗保累得摔下马，昏死过去。等他醒来之后，见自己躺在一间屋里，身边站着两个十五六岁的小道姑。见他醒了，一个小道姑便说去禀告师父。宗保和另一个小道姑交谈了几句，才知道是她和师妹下山打水遇到了昏倒的他，把他抬上了山，这山名叫骊山，此处名叫紫霞宫。

不一会儿，那个小道姑回来了，说师父请他去。宗保跟着两位小道姑去拜见了她们的师父——一位五十多岁的老道姑。老道姑听说他是杨门之后，便留他在此处养伤。一晃半个多月过去了，宗保的伤已经痊愈。这一天，宗保偶然看到那两个小道姑在练武，师妹使刀，师姐使枪。宗保见使枪的小道姑枪法十分了得，便央求她教给自己。小道姑见他好学，又知他是忠良之后，便将一套一百二十四路的枪法教给了他。

几日后，老道姑见他伤势已好，便让他下山回营去助阵。宗保临走时想问老道姑法号，但老道姑并没有告诉他。第二天，宗保走后，老道姑又叫来了使枪的小道姑，并跟她说了一件秘密。原来，这个小道姑名叫穆桂英，父亲叫穆羽，在穆柯寨为王。她还有两个兄长穆铜和穆铁。穆桂英三岁那年，老道姑云游天下，路过穆柯寨，见她生得伶俐，觉得有缘，便给他父亲留下字条，将她带回了骊山。如今十几年过去了，她已经学武有成，该下山了。老道姑还说，知道她与杨宗保一见钟情，并做主将她许配给杨宗保，日后有见面之日，再细说此事。老道姑又送给她一身盔甲，一匹战马，一口绣绒刀，并命她要为保江山出力。穆桂英辞别师父，临走之前问明了师父的名号，原来老道姑号为骊山圣母。

穆桂英离开紫霞宫，打马如飞，不过她并没有回奔穆柯寨，而是追着杨宗保往遂州去了。一天工夫她就追上了杨宗保，但她并没有露面，而是悄悄地跟在后面。

这一日，杨宗保到了遂州，正遇上辽兵在追赶寇准。寇准一见杨宗保来了，心中甚是高兴。此时韩昌也追到了近前。仇人见面，分外眼红，宗保二话不说，举枪便向韩昌刺去，韩昌摆钢叉接架相还。此时的杨宗保虽武艺渐长，但仍不是韩昌的对手。十几个照面，杨宗保就有些招架不住了。穆桂英站在高坡看得明白，急忙搭弓，对准韩昌的咽喉，嗖地就是一箭。

一箭射在了韩昌的肩膀上。韩昌大叫一声圈马回身就走。宗保也是一愣神，不知是何人助他，但他没有多想，赶紧叫上寇准便跑。二人杀出敌营，跑出二十多里地才带住战马。寇准跟宗保说了六郎假死之事，宗保一听乐坏了，商议一番后，二人决定一同前往太行山找岳胜。

这一日，二人来到了太行山下。路遇一位打柴的樵夫，二人便向他打听孟良、焦赞。樵夫为他们引路，来到了一座山寨前。宗保报上名号，让喽啰进去通传。

且说岳胜自从来到太行山之后，便开始修房屋、筑寨墙，招兵买马，积草屯粮，如今手下已经聚集了两万精兵。后来，孟良和焦赞回山，岳胜才得知六郎在云南被朝廷杀害。孟、焦二人劝岳胜领兵杀回京城替六哥报仇，但岳胜却说要先派人去京城杨府打听一番，再发兵不迟。不久派进京的人回来报说，杨府女将都到前线杀敌去了。孟、焦二人要自立为王，岳胜和杨兴苦劝无果，便一气之下外出拜师访友去了。

这一天，听说寇准和杨宗保来求见，孟、焦二人急忙出来迎接。寇准和杨宗保说明了来意，寇准还说六郎没死。

孟、焦二人信不过寇准，认为他在撒谎，目的就是为了让他们出兵。于是二人便命人将寇准绑起来。此时宗保也有些疑惑了，但又一想，寇准是忠良，而且与杨家交好，不可能骗自己，便上前求情。寇准也拿出八王和六郎的书信，以证明自己所言非虚。

正在这时，从寨门外进来两个人，正是岳胜和杨兴。岳胜看了八王和六郎的书信，知道了实情，忙上前给寇准松了绑，并赔了不是。孟、焦二人这才知道是错怪了寇准，连连作揖赔罪。

岳胜当即命人摆上酒宴。酒席宴上，寇准又把前敌事说了一遍，要求诸位将军火速带兵去前敌解围。酒宴已毕，岳胜连夜集合全山兵将两万多人，兵发遂州，同时派杨兴带着八王的信回京去送信。一路星夜兼程，孟良和焦赞两个人一直跑在最前头。这时候太阳快落山了，二人快马加鞭，跑出一段路之后，焦赞落在了后边。

独自跑在前面的孟良有了一段奇遇。他遇到一个老道，名叫郑新成，字道平，自称是他的亲娘舅，还送给了他一个会喷火的葫芦，教会了他怎样使用，之后这个葫芦在击退辽兵中起到了很关键的作用。郑老道刚走，焦赞正好也追了上来，二人又一起向遂州奔去。

这一天，大队人马来到遂州城西，岳胜、寇准、杨宗保打马到队前观看辽兵大营。只见营挨营、帐挨帐，把遂州城围了个水泄不通。岳胜下令闯营，带着宗保和几员副将在前开道，寇准跟在身后，孟良、焦赞断后。岳胜的大刀真是厉害，宗保的枪也不甘落后，几员副将也是生龙活虎，一行人横冲直撞，势不可当。

此时的韩昌已得到报信，急忙从北门带队赶了过来。孟良想试试火葫芦好不好使，便按着跟郑老道所学的连拍了三下葫芦底，里边的硫黄焰硝丸“啪啪啪”打出三颗，霎时成了三个火球，一下子把辽兵给吓住了：“不好了，冒火了！”

趁辽兵一退，众人乘势冲到城下，寇准高声喊道：“守城的，赶快给八贤王送信，救兵到了。”

八王得信，心中高兴，城门开放，摆队迎接。六郎也来了，互相见过礼。岳胜把三关帅印交给八王，八王又给了六郎。哥儿几个见面，悲喜交加。宗保见了父亲、娘亲，又去见祖母。父子见面、夫妻团圆，亲人相见，倾诉衷肠。

六郎见时机已经成熟，便向八王建议，从明日起三天不喂犊牛，三天后出城交战，放犊牛，退辽兵。这三天中，六郎又与岳胜、孟良、焦赞等商议了撤出犊牛以后，如何追杀敌兵之策。

杨六郎大摆牛阵 王兰英刀劈四将

第四天五更时分，杨六郎升帐点将，要大摆牤牛阵！六郎抽出大令，命呼延丕显带一千人出马临敌，只许败不许胜，将韩昌兵马引到城下。接着，六郎又命孟良和焦赞把牤牛圈在城门洞下，等呼延丕显败进城池，就砍断缆绳，撒出牤牛。然后，六郎又命岳胜和杨宗保待敌将逃跑时领兵在后边追杀，而八姐、九妹、张金定等众位女将则在后边打扫战场，佘太君、高王爷驻守遂州，保护八王千岁。

接下来，各路人马逐一按六郎部署开始行事。牤牛阵果然威力惊人，辽兵被杀得血流成河。韩昌见状，带马便逃，却被岳胜、宗保等人追杀。这一仗，韩昌损失了七八万人。此时，他从辽国带来的二十万人马只剩下两三万残兵。韩昌带着这些残兵败将退出四十里，在一片树林边停下来。韩昌下了战马，仰天长叹，道：“天啊，我韩昌时运不佳，又吃败仗。回去有什么脸面去见萧太后？！”想到此，拔出腰刀要抹脖子，左右都督连忙抱住了他。

正在这时，辽国丞相萧天佐、萧天佑二人赶到。原来是王钦送密信给萧太后，告诉了六郎等人计划牤牛阵之事。萧太后与文武大臣商议牤牛阵该如何破，群臣都无主意，正巧这时右丞相萧天佑的大师兄、老道严容云游到幽州，他知道破阵之法，即用草人代真兵，然后在草人肚子里装上拌有毒辣药的草料。萧太后即刻命人赶制了两千个有毒的草人，然后派萧天佐、萧天佑带着这些草人赶往遂州帮助韩昌。

萧天佐、萧天佑把这些一五一十都告诉给韩昌，并把牤牛阵的破法反复做了交代，最后韩昌决定重整旗鼓，再回遂州。

此计果然歹毒，宋军不识，结果牤牛阵被破，六郎负伤败阵，韩昌紧追不舍。六郎骑着战马顺道往山里跑，因此处是中原地界，离宋朝关口很近，因此辽国将官不敢再远追了。

他单人独骑跑了六七十里地后下马休息。此时他又累又饿，伤口又痛，心中十分难过：从自己长大成人，就跟父亲征战疆场，没吃过这样的败仗。况且，这次交战非比寻常，原指望破韩昌，退辽兵，将功赎罪，奏请圣上追封任贤弟，却没想到吃了如此败仗，又离了疆场，怕的是遂州失守，如八王等人有闪失，自己岂不成了千古罪人！想到此处，不禁掉下眼泪。

英雄落难之际，却也正是时来运转之时。话说六郎独自伤心垂泪，却在此时遇到了一个年轻后生，而且与他还有着很近的关系。原来，此人正是从小与他结亲的王兰英的兄弟王兰贵。这王兰英又是谁呢？

原来，当年杨令公扶保河东王时，朝中有四家令公，除杨令公外，还有杜国显杜令公，就是七郎的老丈人，还有八郎延顺的亲爹王令公，还有一位王令公名叫王怀。王怀有一儿一女，长女王兰英，次子王兰贵。当初六郎与王兰英自小便定了亲，但因王令公被害，举家逃难，两家人便断了联系。

王老夫人也有武艺在身，见女儿是块学武的好材料，便从小教她武艺。如今王兰英已经三十八岁，武艺高强，而且一直未嫁。王老夫人十分着急。这时候又想到了与杨家的亲事，便决定让小儿子王兰贵去找六郎，没想到王兰贵刚一下山便遇到了兵败逃到此处的六郎。

六郎听了王老夫人的讲述，也想起了母亲曾与自己说过王家之事，心中了然。但那王兰英长得高大粗壮、奇丑无比，而且六郎已娶郡主，又与郡主情义深厚，自是对王兰英已别无他想。但王老夫人却执意让他履行当年婚约，六郎推辞说等退了辽兵，禀明母亲再做定夺。

这时，王老夫人又让他带王兰英回去，说她可以助他退敌，待退了敌，佘太君自然会认下这个儿媳。王兰英对六郎甚是满意，所以也在一旁拍着胸脯向他保证一定会打败韩昌，立下战功。事已至此，六郎也不好再推辞，只得同意了。第二天，二人辞别王老夫人，扬鞭打马奔遂州而去。

王兰英在头前带路，六郎在后边跟着。这王兰英果然英勇无敌，到了辽兵营前，大刀飞转，所向披靡，带着六郎闯过营帐，来到城内。进城之后，六郎便带着王兰英去见八王。

见了八王，六郎当即跪下叩头谢罪，先说了自己战败之事。胜败乃兵家常事，八王自然不会怪罪六郎，但见他带回一名女将，孟良、焦赞又说这是新招的六嫂，八王心中就有些不大乐意了。六郎只好细说了战败之后偶遇王家人之事，然后又细说了与王家的渊源。此时佘太君也来了，八王便问可有此事，佘太君有些尴尬，但也点头了。八王心里虽不痛快，但也不好多说什么，不过他以此时最紧要之事是退兵为由，把这桩亲事暂时压了下来。六郎一听，正合心意，心想拖一天算一天。

三天后，大家在一起商量退兵之策。六郎保举王兰英出马，但王兰英担心自己初来乍到不能服众，六郎甘愿交出帅印。八王听六郎说了王兰英的能耐，应允了此事。

次日五更，王兰英披袍挂甲，击鼓升帐："众将官，今日出战，按军规从事，举旗则起，按旗则伏，闻鼓则进，鸣金则退。不过，咱多一条，打败仗者杀。"孟良等人一听，心中暗惊，但也都佩服这位女元帅的魄力。王兰英命六郎带五千人攻打南城外辽兵，又命岳胜和宗保打东城外敌营，再命孟良和焦赞打西城外敌兵，最后让八姐、九妹和杨排风随她一同出北城去迎战韩延寿。杨门众位夫人也跟着出征，只留太君等人守城。

各路人马准备好后，王兰英率人马出北城，亮开军队。王兰英连挑辽国几员大将，最终韩昌只得亲自上阵。

第三十七回

回京城六郎遇害 救杨景白马告状

王兰英与韩昌战在一处。王兰英把大刀使开了，劈、砍、扇、剁、削、斩、撩、滑，金光闪闪，刀招奇巧，弄得韩昌眼花缭乱。突然，王兰英刀招一变，搬刀头，一刀将韩昌砍到马下。辽国大将一拥而上，与王兰英展开群战，受伤的韩昌趁势脱身，捡了一条命，逃回营中。

八姐、九妹一看韩昌败了，纷纷兵刃高举，抖缰绳冲进敌群，辽兵纷纷抱头鼠窜。与此同时，南城、东城、西城外，有六郎、岳胜、孟良、焦赞在攻打。宋兵憋了这么多日子，正没地方出气，今天可算有了报仇的机会，一阵冲杀，追出四五十里地才收兵。

八王和佘太君听说王兰英大胜，连忙亲领人马出城迎接。次日，王兰英又率领兵将乘胜追杀，一气得下瓦桥关、高阳关、益津关，收复了周围大片失地。宋军杀猪宰牛，庆贺胜利，军营一片欢腾。

杀退辽兵，八王忙写折报，派人将六郎和众将破敌的功劳簿带入京都。同时，还另外请旨意：大兵北进，以图收复燕云十六州。时过不久，钦差官带着两道旨意来到边关。一道是皇帝准了八王本章，六郎官复原职，任三关大帅；岳胜等人仍为大将，随六郎镇守边关，有功之日再行封赏。另一道旨意是：西岐州金木耳见朝中兵将去平辽，乘虚造反，抢关夺城，宋国已失地百里。因此，叫六郎火速派兵将到西岐州平灭金木耳；八王等人班师还朝。

金木耳造反，众人都很着急，但六郎在此时却不能离开三关，岳胜是他的左膀右臂也不能去。这时候，王兰英看出六郎根本不想与她成亲，便赌气说自己愿往西岐州平叛反贼。六郎听说她愿去平叛反贼，心中高兴，当下应允。次日，六郎升帐，对众将说了王兰英去西岐州的事。

第二日，王兰英点齐两千军马直奔西岐州而去。王兰英发兵西岐州后，边关留杨景和二十四将镇守，余者由赵德芳、佘太君率领，班师回朝。因双王呼延丕显官复原职，遂州另派人镇守。

杨六郎镇守边关，不觉又是三年。在此期间，他曾几次送折本入都，请旨出兵，收复失地，但一直都没有收到回信。这一日，京城忽然来了奉旨钦差，宣旨命他回京为母庆贺八十大寿，同时让他把兵权暂时交给岳胜。盼了三年，终于盼到了回京与亲人相聚的日子，六郎满心欢喜。第二天，六郎换上便衣，辞别了众兄弟，单人独骑，奔向京城。

谁料刚一进京，六郎就再次踏入危险之中。原来，六郎此次回京是王钦想出的一条毒计。真宗并未下旨让他回京，是王钦命人假传圣旨，目的就是为了捉住六郎。是以六郎刚一进城，便“偶遇”了王钦。

王钦对他一番忏悔，声泪俱下，请他原谅，说之前害他皆因孟良杀了他女儿、女婿之事。六郎此时还不知他身份，看到他如此道歉，心中对他的怨气少了许多。王钦又趁机邀他去府中喝茶，然后用迷药将他迷晕，藏入家中影壁墙中。六郎的坐骑白龙驹独自逃出王府。

这一日正好是三月初三，佘太君的寿辰。朝中众臣都来为她祝寿，寇准也来了。可是寇准的官轿刚到杨府门口，却被对面冲过来的白龙驹撞翻了。老奴杨洪认出了白龙驹，急忙回禀了佘太君。

众人疑惑：马回来了，六郎怎么不见踪影？杨洪说，可能是六郎路上遇到熟人耽搁了。可是左等右等也不见六郎回来，佘太君沉不住气了，出府张望。然后她又问起

了白马回家的情形，听后心中一惊："战马回家，不见人影，六儿一定中途遇害了。"

寇准在一旁也觉得事有蹊跷，他认为可以"审一审"白马，众人觉得他是异想天开，一个哑巴畜生能懂得什么？

寇准道："你们别着急，事关重大，等我好好想想。"正在这时，八王也来祝寿了。他听说白马回京却不见六郎，也有些着急。

白龙驹休息多时，精神复原，站起之后，挣扎着往府外走。家人不懂它的意思，把它往府里拉，可是它却直打坐坡。寇准心细，发现白马的缰绳少一截，又是新碴口，料定它是挣脱缰绳跑出来的。于是他打定主意，让家人松手，让这匹马往府外走，说它会带大家找到六郎。佘太君忙叫家人速速备马，众人一起随白马向府外走去。

白马出了顺龙街，直往东奔，不一会儿便来到了王钦府门口，立住不走了，然后它走上台阶，开始用头撞门。寇准心里顿时明白了几分，八姐、九妹一看白马来到了王钦府上，眼睛都急红了，立刻要上前拍门，但寇准拦下了她们，让她们不要心急，待八王来了先礼后兵才是万全之策。不一会儿，八王来了，杨排风便开始拍门："里边人听着！八贤王到，叫王大人速来接驾。"

片刻过后，王钦带着夫人、儿子和几个家人急忙走出来接驾，然后又把门虚掩上了。寇准心眼儿多，见王钦掩了门，就知道他心里有鬼。于是他便说有件事要向王钦打听，说着就抬腿往府里走去。王钦无奈，只好请众人入厅喝茶。寇准、八王和佘太君带着几个家人进了府，女将们和宗保他们留在门外。

王钦陪八王他们进了大厅。寇准领两个差人在院里转来转去，东瞅西望，突然发现影壁墙左边的一棵树上耷拉着半尺绳头。走近一看，正是白马断去的绳头，这一下他心中更确定六郎就在此处了，他转身走入了大厅。

八王和佘太君没有说客套话，直接说明来意——找六郎，可王钦却佯装不知。寇准在一旁冷笑道："王大人，八王在此，你就不要狡辩了，快快交出六郎，一切还好说，否则你的罪过可就大了，谁也保不了你！"王钦自觉此事做得神不知鬼不觉，所以听了这话还是百般抵赖，还扬言说如果不信，可以随便搜府。寇准见他不惧搜府，知道他肯定是把六郎藏在了一个别人找不到的地方，这可如何是好？眼珠一转，他又想起了白马。

于是他走到白龙驹跟前，一拍马头，道："白马呀白马，你把我们领到王大人府上，可知道你的主人现在什么地方？"寇准这一念叨，王钦做贼心虚，不由得后退了两步。寇准心里就更有底了，于是他让排风松开缰绳。只见这匹马直奔影壁墙而去，到了跟前围着墙转了两圈便不动了。

白马停在影壁墙下，王钦吓出了一身冷汗，王志林兄弟俩吓得手脚冰凉。寇准见状，忙命排风找来一根棒子，敲了敲墙壁，又踩了踩墙边的青石。此刻王钦已下了狠心，如果事情败露，他就先杀了寇准，再杀佘赛花和赵德芳，如果能逃出京城就捡一条命，如果逃不出去就为国捐躯。打定主意后，他偷偷握紧肋下佩剑。

此时的寇准已确定六郎就被藏身在这影壁墙中，于是他立刻下令刨墙。王钦还在做最后的挣扎，上前阻止，但寇准却以人头担保，说六郎必定被藏在此处。八王下令，立刻扒墙。

第三十八回

入王府寇准遭难◎左总兵劫车遇险

片刻之后，“轰隆”一声，夹壁墙倒了，底下露出个假门。寇准和王钦抢步上前，一看，两个人全都目瞪口呆。原来墙里空空，什么也没有。王钦和他的两个儿子也觉得奇怪，杨六郎明明就被藏在里边，怎么不见了？寇准奇怪是因为本来十拿九稳的事儿却扑了空。王钦见状，一把抓住寇准衣领，要他赔出人头。寇准开始与他周旋，王钦便说要上金殿告御状，说完立刻让家人备马往金殿奔去。八王等人也赶到了金殿。双方一对质，各说各理。最后真宗命寇准迅速查清六郎失踪一事，如果查不清便定他的罪。

寇准回到府中，在书房里转来转去，反复琢磨，突然心生一计。他叫来家仆寇安，与他耳语一番。然后二人换上两件旧衣服，扮成普通百姓的模样，等二更过后，悄悄摸黑来到王钦府外。寇准使计让寇安骗开了王府大门，并骗走了守卫，自己悄悄溜了进去。这一次，寇准果然探听到了消息。他躲在窗下，听到了王钦一家人的谈话。原来，在八王等人准备搜府之前，六郎已经被王钦的女儿王月茹藏了起来。一家四口商议后决定杀了六郎，以绝后患。说着，王家兄弟从大箱子里拉出了六郎，此时六郎已醒，但口被封，身被绑，想逃脱也是无计可施。王志林抽出腰刀，推着六郎就往外走，寇准急坏了，身子一动，出了响动，结果也暴露了。王钦见寇准是一人前来，并不怕他，反而向他承认了自己是辽国大将贺黑律，更名改姓，几经周折，才打入朝纲，为的就是要助辽国吞并大宋。六郎和寇准一听，如梦方醒。

王志凤要杀了寇准和六郎，但王月茹却说留着他们有更大的用处，他们是大宋朝的股肱之臣，可以用他们换宋朝的城池土地，王钦觉得女儿说得在理，王志凤这才收起了刀。商量一番后，王钦决定连夜带着儿女离开此地返回大辽，收拾了细软之后，又用迷药迷昏了六郎和寇准，将他们装在车里。

四更天，收拾完毕，王钦叫车马出了后门，朝北城走去。来到城门口，王钦拿出一道假诏书，顺利出城。不知不觉走出了三十多里路，此时天已大亮。去幽州借路遂州最近，但王钦自然不会选那一条，而是选了一条奔代州、过雁门关的绕远的路。又走了一段路，前边闪出一片松林。

这时候，檀州总兵左国忠带兵拦住了王钦一行人。王钦拿出一份假圣旨，骗左国忠说自己得了圣令要回乡祭祖。左国忠见王钦有圣旨，不敢怠慢，请王钦到檀州歇歇脚，但王钦不想耽搁时间，即刻就要告辞。王钦执意要走不禁让左国忠生了疑："回家祭祖固然着急，但也没有连夜赶路的！而且，从京城去边关，应从遂州过去，为何他舍近求远走小道？莫非这里另有隐情？"

想到这，左国忠道："王大人，走到我的管辖境内，出了事卑职吃罪不起，不如我父子护送您一程，等过了树林，不远有个村子，叫胡家铺，可先投店住宿，天亮再走为是。"王钦见左国忠坚持，心想如果再推辞，他就会生疑，便同意了。左国忠便吩咐儿子左立替王钦去打店，然后自己带人回府了。

王钦催车启程，来到胡家铺村头，已是掌灯时候。这时，左立出村迎接，并说已经为他们打好了店。王钦进店，问清了店中只有一个姓胡的掌柜、两个伙计和一个厨子，又前前后后检视了店铺一遍，这才放心住了下来。虽然王钦小心谨慎，但还是中了左国忠的计。原来，他派左立来打店，就是为了事先跟胡掌柜通气，总兵大人有命，胡掌柜自然听从。胡掌柜见众人都进店休息了，却有两个车夫还留在外头，便上前让他们也进店吃饭，可是二人却说要在外面看东西，不能进去。胡掌柜留了个心眼儿，给他们送来了酒菜，然后跟他们话起了家常，开始套话。套来套去，果然套出了话：他们一行人要往幽州去，车里还藏着两个人，其中一个很可能是杨六郎。

胡掌柜急忙去给左国忠报信，左国忠即刻带着两个儿子和几十个兵士包围了客店。左国忠冲店门高声喊喝：“反叛王钦，速放杨景。”王钦见事情败露，只得带上宝剑，领着儿女和十几个恶奴奔出大门。左国忠见了王钦，大骂他不该叛国，还让他赶快束手就擒，放了杨六郎。

王钦见左国忠只带了几十个士兵，放下心来。要知道，他可是辽国文武全才的大将军，自然不会把左国忠放在眼里，他承认自己抓了杨六郎，还说左国忠奈何不了他。左立在一旁气坏了，一抖亮银枪，奔王钦扎来。王钦假装败逃，却趁其不备偷偷抽出肋下佩剑，然后突然掉转马头，正是马相错之时，王钦反手奔左立后脑勺就是一剑，左立躲闪不及，被砍中了肩头和后背，滚落下马。左国忠急坏了，忙叫人替左立包扎伤口。左福见哥哥战败，冲上去便扎王钦，这时王月茹却替下王钦，一摆绣绒刀，奔左福劈来。左福也不示弱，急忙用枪招架，两个人在门外打了起来。

王月茹虽是女流，但武艺高强，能力出众。几个回合下来，左福便不敌，被她斩于马下。左国忠见儿子伤一个、死一个，怒发冲冠，抡刀来战王月茹，王钦来给女儿助阵。王家父女合战左国忠一人，左国忠渐渐有些招架不住，一个不留神，头盔被王月茹打落马下，眼看王月茹的刀又到了，左国忠心中暗叹："吾命休矣！"

就在这千钧一发之际，只听旁边传来一声怒喝："老贼休要逞狂，姑奶奶要你的命来了！"

来的这员女将不是别人，正是大刀王兰英。她是如何到了此处的呢？这还得从三年前说起。三年前王兰英帮助六郎退了韩昌的兵，后来又自动请缨去西岐州平叛金木耳。当时她是赌气走的，走到半路，越想越委屈，觉得自己命太苦了，一时想不开竟要寻短见。不过，正要上吊时却被一个道姑救了。道姑五十来岁，名叫刘云侠。王兰英跟她诉了苦，刘云侠开解她不必为此而寻短见，不如去平了金木耳之乱，这样一来可以得到朝廷嘉奖，二来说不定杨景也能回心转意。刘云侠还说自己愿意为她出谋划策，王兰英高兴极了，二人拜了干姐妹，一同带兵奔西岐州。这刘云侠还真有能耐，"六韬三略"，样样精通，在她的帮助之下，王云英很快便平了西岐州的叛乱。之后，朝廷来旨，封王兰英为西岐州总兵，刘云侠被封为副总兵。怎料好景不长，本地因连年天灾人祸，官府又多苛捐杂税，逼得百姓走投无路、倾家荡产。王兰英这个总兵当得缺钱少粮，越发没有干劲。最后，两姐妹一商量，不如自立为王，这样就不用再交皇粮，也就能解决问题了。于是，王兰英自立西岐王，刘云侠为军师。大旗挂起，周围州郡谁也不敢来惹，真宗皇上知道此事，意欲治罪，怎奈边关老不平静，再加她们又不骚扰周围村镇，也就暂时没派兵前来。

这一日，王兰贵派人到西岐州给王兰英送书信，说母亲病重。王兰英急忙回家探母，刘云侠不放心，也陪她一块儿返家。行至中途，天晚住在胡家店。不巧遇到左立替王钦打店，胡掌柜把店里原来的客人都撵走了，但王兰英却说什么也不走。胡掌柜见她俩都有武艺在身，不敢招惹，便给她们找了一间后宅。

睡到半夜，姐俩听到喊杀声，急忙起来观看。王钦与左国忠的对话她们都听到了，刚开始王兰英不想救六郎，说他忘恩负义，但经过刘云侠劝解，终是解开了心结，前来助阵。王兰英身手了得，王月茹自然不是她的对手，两个回合下来，便被王兰英斩于马下。王钦见女儿被杀，吓得拍马就跑，左国忠急忙喊道：“女恩公，不能让王钦跑了，他是辽国奸细！”

王兰英听到此言，又奔王钦杀来。几个回合下来，便把王钦打落马下。王钦被擒后，他手下党羽也都被左国忠手下的军士制服。左国忠谢过了两位女将，便急忙来到院里，砸开两辆车的车底，在二层隔里找到了杨六郎和寇准，把二人抬进房放在床上。可是连声呼喊，二人却跟死人一样，紧闭双眼，人事不知。正在这时，八王和佘太君赶到。原来寇准早已交代过寇安，如果天亮之前他还没出来，便立即去通知天波府。郎中来了，可是却仍查不出寇准和六郎昏迷的原因。八王和佘太君商议后决定前往三关求医调治，又命左国忠押送王钦回京。

太君等人到了边关，遍请名医，可是两天过去了，却一直未能救醒二人。第三天，曾经送给六郎《牛阵全书》的道长任道安来了，给二人诊治后，他说二人是被下了很厉害的迷药，要想解开需要用三十六味药和一味药引子。药材好找，但药引子却难寻。佘太君忙问是什么药引子，任道安说是龙须、凤发，龙须即天子的胡须，凤发是女皇的头发，龙须可以用八王的胡须，但凤发必须得用辽国萧太后的头发。这可难倒了众人，萧太后的头发怎么可能取来？这时候孟良自告奋勇，要去辽国盗发。大伙都信不过他，但任道安却说他能行。就这样，任道安与孟良约好了七天为限，让他速去速回。孟良临走时，佘太君在他耳边说了几句话，孟良听后点点头，然后他把火葫芦交给了焦赞，说如果自己回不来火葫芦就归他。

孟良换上辽国人的衣服，骑上快马，直奔幽州。途中过一条大河时他遇到了艄公张错，此人受郑道平和杨五郎之托交给他一封信，说可以助他成事。孟良让张错给自己读了信的内容，听后大喜。张错因经常给萧太后送鱼，所以有一块可以自由进出大辽各地的腰牌，他把腰牌给了孟良，下船之后又给了他一筐鱼，让他扮成自己的儿子去给萧太后送鱼。

孟良利用这个身份顺利进了城，并依郑道平信中之计揭了一张皇榜。这是一张什么皇榜呢？原来哈密国是大辽的附属国，向大辽年年纳贡。哈密国不服气，又打不过大辽，就要了个花招：派使者送来匹野马，让辽国辨认。如果辽国辨认不出，降服不了，他们今后就不纳贡了。萧太后叫众大臣认马，结果谁也不认得，所以只能贴出皇榜，招募能人。可是一晃二十天过去了，却一直没人揭榜，眼看辽国要输，所以一听说有人揭了榜，萧太后喜出望外，忙叫人将揭皇榜之人带上殿。

孟良上殿拜见了萧太后，萧太后得知他是张错的儿子，又见他胸有成竹的样子很是高兴，便命人宣哈密国使者觐见。哈密国使者差人用车把装马的铁笼子拉到午门之内、金殿之前的空旷地。萧太后吩咐孟良去相看。孟良来到近前抬头一看，只见铁笼里的这匹马：蹄至背高八尺，头至尾长丈二，脑袋像狮子，鬃毛挺长，洁白无瑕，唯独从鼻梁骨到尾巴有一道线是黑色毛，二目如灯，前裆宽，后裆窄，大蹄碗，头上长角，肚下生鳞。孟良当即说出了此马的名字——“一字板肋玉麒麟”。哈密国使者见他认出了此马，点头称是。

孟良为何会识得宝马呢？自然是郑道平信中所言。原来，郑道平是任道安的师兄，他们师兄弟和杨五郎都是旧识，此前二人去五台山看望杨五郎。三个人得知辽国请了个老道颜容，摆下天门阵要与大宋决一胜负。三个人一商量后决定到幽州去一探究竟。到了幽州，明察暗访之下，得知哈密国派使者带着野马来跟大辽赌输赢。三个人便想见识一下这匹马，郑道平见多识广，一见此马便说这是匹宝马，如果武将得之便会如虎添翼。任道安想把这匹马送给徒弟杨六郎。三个人一商议，决定同任道安和郑道平去边关送信，叫他们派人来盗。

任道安和郑道平来到边关才知道六郎病了。于是任道安进府弄清了六郎的病源之后，便叫孟良去盗凤发。一切安排妥当后，又悄悄告知郑道平，郑道平回幽州找到杨五郎，二人又一同找到渔家张错帮忙，这才有了孟良揭皇榜之事。孟良认出此马后，又拼尽全力驯服了它。萧太后见他降服了玉麒麟，高兴坏了，哈密国的使臣也彻底臣服了，并答应把这匹马送给辽国。

哈密国使臣离开后，萧太后要重赏孟良，封他做官，但孟良说他不爱当官。萧太后又说要赏赐他金银，孟良又说他不爱财。萧太后见他不贪财更喜欢他了，便说要留他在宫中替她驯马，孟良这下同意了，还趁机跟萧太后要了一块可以随意进出宫门的腰牌。孟良就这样住进了驿馆，玉麒麟则被放在了后宫的御马棚。

第二天一早，孟良匆匆吃罢早饭，便牵出宝马到大街上溜达，边走边琢磨：怎么能弄来凤发呢？正在他心神不宁的时候，玉麒麟却不知为何突然来了脾气，冲到一座八抬大轿前，把轿子拱翻了，轿子里的那位大人被摔到了轿外。那位大人气坏了，立刻让人把孟良和玉麒麟一同带回府，要严惩不贷。

回到府中，那位大人换上了中原便服。孟良被押上来后，他便开始一一盘问。听说孟良也是来自中原，那人立刻眼中放光。又问孟良可去过东京汴梁，可去过天波府？孟良疑惑，不知他是何意，但见他也穿着中原便服，便猜想他也定是中原人。孟良没说出自己真实身份，却说知道天波府，也敬仰杨家忠烈。那人听他此番话后，明显有些激动。此时孟良又反问他是谁，那人说他名叫王顺。孟良听他亮出名号，顿时怒了，道：“原来你就是杨八郎！”王顺一听，吓得变了脸色，道：“你是什么人？怎么认得我？”孟良这时也说出了自己的真实身份，然后又质问他为何降了敌国。杨延顺便跟他详说了当初金沙滩战败他身负重伤，被辽国三公主活擒，后又被招为驸马之事。他还说自己之所以委曲求全，是想着卧薪尝胆，暂且应亲，然后再伺机逃回中原。他说到这里，眼圈已经发红。孟良见状，知他仍心系大宋，便跟他道出了自己前来大辽的前因后果。八郎听后很是感动，并答应孟良一定会帮助他取得萧太后的凤发，并让他天黑之后来听信。

孟良走后，八郎思来想去，想出了一条妙计——装病。八郎与玉镜公主感情甚好，此次装病，八郎假说自己所得之病需要三根凤发作为药引，否则必死无疑。

第四十回

闹幽州孟良刺驾 杨六郎带兵观阵

玉镜公主自是对八郎毫无怀疑，便去向萧太后求发。萧太后初始不信，待来看过八郎病症之后便也相信了，加之拗不过玉镜公主的请求，便答应了。掌灯时分，公主见八郎病情好转便回宫了。

不一会儿，孟良来了，八郎忙把凤发拿出来交给他，让他赶快带回边关。孟良临走前，八郎又告诉他萧太后请了老道颜容，在九龙山飞虎峪摆下了天门大阵，要跟宋军决一死战，并告诉他此阵非常厉害，要他回去一定告诉大家小心，并尽快研究克敌之策。

孟良告别八郎，返回了宫中，因为他要带玉麒麟一起离开。回宫之时恰逢老道容颜进宫面圣，孟良偷偷潜伏起来，偷听到了他和萧太后商议的军情。颜容对萧太后说，还有三五天天门阵就可以摆成，到时候就可以向大宋下战表了。颜容还说此阵十分厉害，阵内母阵套子阵，子阵套母阵，奥妙无穷；又说此阵上有天罡、地煞保佑，下有阴曹鬼神帮助，各阵的阵主都是海外散仙、八方豪杰，谁来也破不了。

孟良听到此处，不禁吓出了一身冷法："如果真如这牛鼻子老道所言，这阵可怎么破呀？不行，我不能空手回去，既然这个阵没办法破，那我就杀了萧太后这个老乞婆！"

想到这儿，他便打起了主意。萧太后送走颜容后转身往回走，孟良抄起旁边一个花盆对准她的脑袋就砸了过去，谁知这时正好一个内侍过来搀扶萧太后，结果花盆没砸到萧太后，反倒砸到了那个内侍头上。这一下，院里乱了，保驾的卫士高喊："有刺客！"孟良左奔右逃，钻进了一座佛楼，急中生智，伸手把长明灯的灯碗摘下来，把灯油往帷帐上一倒，然后用灯捻给点着了。

火势一起，宫里更乱了，一边喊着抓刺客，一边喊着救火。孟良趁乱跑到御马棚，牵出玉麒麟便奔向了宫门。

出了宫门，一会儿便飞奔到北门。到了北门却大吃一惊：只见北城的两侧，无数军兵，高挑灯球火把，各举刀枪，戒备森严。再往当中一瞧，城门像一堵墙，关得紧紧的。孟良想："完了！这可怎么办？"正在进退两难之际，突然，城门"吱溜"一声打开了。孟良定睛一看，原来是八郎。他如梦方醒，忙冲八郎招招手，打马出城。到了城外，一路上凭着腰牌，没费劲儿就闯过了大辽二十八道连营。到了河边，找到了船家张错，过河之后把腰牌还给他，然后就告辞回关了。

回到帅府，八王、佘太君、任道安等人都在等着呢。任道安拿着凤发，又找赵德芳要了三根龙须，然后取出他从深山采来的三十六味药，开始给六郎和寇准治病。药到病除，喝下药之后二人果然慢慢醒转，到了晚上，已经病体痊愈了。

六郎苏醒后谢过恩师任道安，谢过孟良，又询问王钦的事，大家告诉他，王钦已押解到京，他这才放心。任道安见寇准、六郎病体已好，便称有事告辞了。第二天，六郎已经可以练拳脚了，这时他想起了白龙驹还在京城，发愁没有战马。这时候，孟良把玉麒麟给他牵了过来，六郎一看，立刻喜欢上了这匹宝马。孟良又把盗宝马之事跟六郎说了一遍，六郎再次谢过他的赠马之恩。

这一日，六郎升帐，正与众将商议军情，有人来报，辽国派人送来两封信，六郎一看，一封是萧太后写给宋天子的战表，一封是韩昌写给六郎的书信。韩昌在信中与六郎约定，如宋军能破了天门阵，辽军便退出幽州，递交降书，如果不能，黄河以北均归辽国。同时信中还提出可以

让六郎先去观阵。六郎已经从任道安和孟良口中得知了天门阵的厉害，正日夜为这事犯愁。如今韩昌派人下书叫去观阵，六郎心中没底，便拿书信去找八王商议。八王给真宗写了一封书信连同大辽给朝廷的战表一同派人送至京城，只等圣旨下来再行定夺。不日，从京城回来差官，带回皇上圣旨：钦命杨景领人攻打天门阵，以保江山社稷。次日清晨，六郎留佘太君守城，自己带众将要去观阵。临走前，还派人给韩昌送了信。

出边关奔九龙山飞虎峪一共是六十里。来到飞虎峪之后，六郎见到韩昌，并给出回复：同意韩昌信中所约定之事。随后，韩昌亲自带六郎去观阵。

进到飞虎峪之后，杨六郎边走边瞧，好险恶的山势！再往前走，一座大山拦住了去路。这座山，东西走向，好像巨鳞苍龙，截住了南北的道路。想要过去，就需通过前边的石洞。但有一样，这石洞被石门挡着，石门分为两扇，每扇足有两丈多高，一丈多宽，门上雕刻着鬼头，安着石环。人们站在门前，仰脸往上一瞅，见山顶上扯起一杆大旗。大旗是葫芦金顶、杏黄缎子面，周围红火沿、白月光，上写三个大字——天门阵。

六郎带众人来到阵门前，焦赞不信鬼邪之说，甩镫离鞍下了马，撒腿如飞，来到石门前，大力拍门。突然，山头上出现一团黑云，雾气昭昭。片刻，黑云渐渐消失，山头上出现一个老道，只见他面目狰狞，披发仗剑，身穿八卦仙衣，左手掐诀，右手举剑，口中念念有词：“天门开、地门开，吾佛天尊降神台；地门开、天门开，妖魔鬼怪快出来。”掐诀念咒完毕，阵门缓缓打开，这时候又冒了一股黑云，云雾散去，老道已无影无踪。

大家一看此景都吓呆了，就连傻大胆的焦赞也吓得头皮发麻。不过，他还是撑起胆量冲进了洞门。进洞之后里面漆黑一片，什么也看不清，只见深处“突突突”直冒蓝火苗儿，像是鬼火一般。他揉了揉眼睛，睁开再一看，吓得“扑通”倒在地上。

原来他看见离他五六尺远的地方站着一个恶鬼，这恶鬼身高顶丈，披头散发，赤身露体，腰中系着一块兽皮，二目如灯，冒着蓝火，手中拿弓搭箭，正冲着焦赞瞄准呢！焦赞倒在地上，这恶鬼的箭也出手了，正从焦赞的头顶上飞过。岳胜、杨兴、郎千、郎万“呼啦”一下闯过来救焦赞。几个人抬他到路旁，仔细一瞧：焦赞脸色苍白，嘴唇哆嗦。

众人齐声呼喊，才把焦赞喊醒了。焦赞眼睛睁开了，长吁一口气：“哎呀不好，我活见鬼啦！”

韩昌在一旁幸灾乐祸，道：“杨元帅，怎么样？这就是天门阵的阵门，你们还进不进呢？”六郎虽看出了此阵的凶险，但两兵交战，岂能退缩？随后双方议定了破阵时间，然后六郎便带领众将回到边关。

回来后，众人问焦赞恶鬼到底啥样？焦赞就把自己看到的又细说了一遍。众人听了，面面相觑：难道天门阵真有阴魂？六郎心中自是不信鬼神之说，但一时也想不出破阵之法，便去找佘太君和八王商议。八王劝他不要着急，说自己这就写折报奏皇上让京城速派援兵，前来破阵。

这一日，六郎又在与众将商议破阵之法，军士来报说任道安道长来了。听说恩师前来，六郎喜出望外，急忙带队伍相迎。六郎对恩师说了天门阵之险，任道安安慰道：“我正是为此事而来。要想打开天门阵，必须有一件辟邪的宝贝。”

第四十一回

穆柯寨孟焦惹祸 杨元帅辕门斩子

六郎忙问是什么宝贝，任道安道："降龙木。此物辟邪散毒，有了它，什么妖魔鬼怪都不敢靠近。"

六郎又问在哪里可以找到降龙木，任道安道："据我所知，穆柯寨后山有一棵。此树是镇山之宝，六十年一成，今年正好到期。将树伐倒，断其头、去其根、取中间一段即可。"

六郎又问何人占据穆柯寨，任道安道："有一老将姓穆名羽，字天亮。他曾当过宋朝一任统制官，后因心直性耿，不会阿谀奉承，得罪同僚，被贬回老家穆柯寨，自此在山上自立为王。如今，膝前二子一女，皆是武将。手下有喽啰兵数百名，自种自吃，对百姓秋毫无犯，在当地颇得民心。若取降龙木，你可派人去借。"

六郎问众人谁愿去借，最后孟良和焦赞领了此命。二人顶盔挂甲，拿上兵刃，孟良把火葫芦也背到身上，来到营外，飞身上马，直奔穆柯寨。

一路上，两个人边走边打听路，半日工夫便来到了穆柯寨。六郎临行前嘱咐他俩一定要态度谦恭，礼数周到，不得胡来。可此时，二人却早把这些话抛到了九霄云外。二人合计：向人家借东西不容易呀，得手心朝上，而且光听任道安说此处有降龙木，也不知道真假。于是二人商议先到后山转转，看能不能找到降龙木再说。商量完毕后，二人便催马来到后寨，果真发现了一棵大树，与任道安描述的一样。二人又合计了一番，准备偷偷进去盗木。结果却被发现了。

穆柯寨如今当家的是老寨主的女儿穆桂英。半年前穆桂英去看望师父，圣母跟她说了辽国大摆天门阵要与大宋交战之事，并给了她一幅天门阵的阵图，让她拿回去好好研习破阵之法。穆桂英将图收下，拜别恩师之后回到穆柯寨。每天除了熟悉天门阵图之外，便去后边看那棵降龙树。这一天她又来看树，正巧遇到孟、焦二人前来偷木。穆桂英让人把他俩打了一顿，又怒问他们为何偷木，二人报上姓名，说是盗此木是为了破阵。穆桂英一想，道："若是宋营的，我还真得留面子。"便放了他们，不过又说，如果想要降龙木，让他们元帅亲自来借。

二人被一个黄毛丫头收拾了一番，心中很气愤，尤其是焦赞不甘心，想要报复。于是二人合计后便用火葫芦放火烧了山，然后趁乱去盗木。结果却见降龙树早已被重兵把守，只得往回跑。二人走到半路，迎面遇到了杨宗保一行人。二人没说盗木和放火之事，只说穆桂英不仅不借降龙木，反而把二人打了一顿。

宗保一听此话，有些生气，决定上山会一会这个穆桂英。不过，宗保本在巡营，担心前往穆柯寨赶不回来点卯。孟、焦二人谎称此地离穆柯寨只有二十里地，宗保一想来回四五十里，半夜就能回来，不会耽误点卯，便上路了。结果走到天黑还没到，这时孟、焦二人才说了实话。宗保无奈只得继续向前，跑了大半夜，天快亮了，才到了穆柯寨。

孟、焦二人来到山寨前叫阵，穆桂英带兵出寨。杨宗保报出名号，穆桂英心中又惊又喜："天呀！我当谁呢，原来是他。分别三年，真不敢认了。"

穆桂英请宗保上山寨一叙，并说自己见他英雄气概，愿以身相许，并献出降龙木。杨宗保此时没有认出穆桂英就是当年救了自己性命的小道姑，只当她是占山为王的女匪，所以丝毫没给她面子，不仅不同意，还骂她不知羞耻。一气之下，二人战在一处。杨宗保不是穆桂英的对手，被生擒活捉。这时候，孟、焦二人也被穆瓜捉住，随同宗保一起被押往山寨。

回到山寨，穆桂英命人把杨宗保押了上来，又问他是否答应亲事，宗保自是不应。穆桂英见他始终没能认出自己，只得亮出了身份。宗保知道后，既感激又惭愧。这时候穆桂英又跟他说了师父下山之前把她许配给他之事。孟良一听，急忙喊道："这可真是大水冲了龙王庙，一家人不认一家人啊。"穆桂英吩咐给三个人松绑。孟良便嚷着要给二人把亲事办了。宗保得知了穆桂英的身份，心中也对她有意，但临阵娶妻可是杀头之罪，孟、焦二人劝他不用担心，自有他们为他说情。就这样，当夜，二人便拜堂成了亲。

到了次日，天刚放亮，忽听山下一阵大乱。穆瓜慌慌张张跑到后室，通报说官军来抄山了。原来，昨天杨宗保带着二百军卒来打穆柯寨，结果宗保和孟、焦二人被捉，军卒们被乱打一通败回边关，将此事报告给了六郎。六郎随即吩咐岳胜守边关，自己连夜亲自带一百名骑兵奔穆柯寨而来。

此时杨宗保还没起，穆桂英得了消息后下山来看。穆桂英报了自己名号，问六郎是何人，六郎并未多说，只说让她放出宗保等三个人，并献出降龙木，不然，马踏穆柯寨。穆桂英火上来了，与六郎战在一处。

刚开始，六郎和穆桂英打个平手。后来，却因之前的病刚好，所以渐渐体力不支了。一个不留神，便被穆桂英打下了马。穆瓜带人上前把六郎活捉了。

这时候，宗保睡醒了。到山前一看，穆桂英已生擒了父帅，宗保吓得说不出话来。一直在旁看热闹的孟良着急了道：“桂英，快松手！那是你公公！”听见这话，穆桂英又羞又怕，打马回山。宗保急忙上前给六郎松了绑，并细说前情，六郎一直面沉如水，听宗保说完后二话没说，骑马回了边关。孟、焦二人和宗保连忙跟在身后。临走时，穆桂英说自己已命人伐树，安排好山上事，带着降龙木，随后就到。

回到边关，六郎以宗保两日连误六卯为由要杀了他，八王和佘太君苦苦求情，可六郎心中气恼未消，不听劝告。这时候，头一声追魂炮响了。佘太君着急了，拄着拐杖来到辕门外看望宗保。老人泪水湿透衣襟，八姐、九妹和众夫人也都泣不成声。第二声追魂炮响了。众将呆呆地发愣，束手无策。

正在这时，不远处人喊马嘶，一阵大乱。有人高喊：“穆桂英到！”

第四十二回

穆桂英怒劈天龙 杨宗保三请桂英

穆桂英到来，焦赞急忙上前给寇准引见，桂英施礼已毕，寇准将她带到帅帐外。穆桂英抱着降龙木高喊："穆桂英告进！"说完，走到里边，跪地说道："参见元帅。"

六郎强压住火问："穆小姐到此做什么？"

穆桂英道："一来献降龙木，二来看看奴的丈夫杨宗保。"

六郎道："宗保犯了三条死罪，一会儿就要人头落地了。姑娘不要看他，免得误了你的青春。"

穆桂英一听，火了："元帅，我送降龙木，是冲杨宗保，如果您杀了他，我献木又有何用？请您开恩饶他不死，叫他戴罪立功，将功补过。"

六郎嘴里没说，心里佩服："这丫头好厉害。我杀宗保，她就不献降龙木，没宝木，就无法破天门阵！这个丫头还得罪不得。但是，可不能就这么放了宗保。”

六郎想了一想，眼珠一转，有了主意，道：“穆小姐献宝木有功，可以免去宗保一条死罪。可还有两条，该怎么办？”

穆桂英道：“我替他出马临敌，立功免罪，破了那天门阵。”

六郎又问：“你能解天门阵之谜？”穆桂英胸有成竹地把师父跟她说的有关天门阵阵法之事详说了一遍。

六郎道：“穆小姐，你既替他出战，得拿敌将人头来换宗保人头。”

穆桂英说：“一言为定！”六郎道：“军中无戏言。”说罢，六郎传令放了宗保，并让二人先去战胜守着九龙山口的辽国大将白天龙。二人领命而去。

穆桂英的本事有目共睹，区区一个白天龙自然不是她的对手。到了九龙山口，几个回合白天龙便被她斩于马下。得了九龙山口，二人领兵回营。此时，早有蓝旗官给六郎报喜。众人都十分高兴，便让六郎赶快出帐迎接二人，但六郎心中却暗想：“穆桂英就算有天大的能耐，也是我儿媳妇。我要去接她，别人该说我叫个黄毛丫头吓住了！”所以，他一动不动。没想到这一来，可误事了。

穆桂英知道蓝旗官已到帅府送信，便等里边派人来接，结果却未见六郎前来，心中有些气愤："杨六郎呀，你好不懂人情！我杀了敌将，救了你儿子，你还这么对待我！"想到这儿，她强压怒火，让宗保回营交令，自己先回山寨了。

宗保愣了半天，才进帐交了令。寇准得知穆桂英回山寨了，知道她生气了，便急忙叫宗保去追。宗保二话没说，拨马追去。一口气追出十几里地，终于追上了。可是穆桂英却不想跟他回去。

宗保急了道："桂英，你我已是夫妻，难道还分开吗？"

穆桂英道："三关大帅，杨家女将，看不起我这占山的女寨主，你们是想叫我到疆场厮杀，替你们卖命！我再傻，也不能傻到底呀！"说完，拨马又要跑。

杨宗保真急了，跳下马来，伸手抓住穆桂英的马缰绳不让她走，穆桂英一急之下挥剑斩断了马缰绳，然后拨马便走了。杨宗保没法，只得先回营了。

就在这时，八王怒气冲冲地赶来质问六郎为何要气走功臣穆桂英，六郎也知自己办错了事，低头不言。正在这时，任道安也来了，了解情况后道："桂英乃骊山圣母大徒弟，懂得阵法。你们纵有降龙木也不行，要速将她请来。"

六郎脑筋一转，计上心来，道："杨宗保，本帅命你到穆柯寨去请穆桂英。把她请来，万事皆休，若请不来，定斩不饶！”杨宗保听了，自然知道父帅的意思，急忙听令而去。

第二天傍晚，杨宗保风尘仆仆地回来了。回营禀报，没请来穆桂英，因为她病了，得了卸甲风，昏迷不醒。寇准自然知道穆桂英得的是心病，便让宗保明日再辛苦一趟，二请穆桂英。第二天，天光大亮，杨宗保起身赶往穆柯寨。可这一次，不仅没见到穆桂英，反而听闻了她的死讯！

宗保听说穆桂英病死了，心凉半截，忙问穆瓜是怎么回事。穆瓜在一旁说道：“小姐是被气病的，回到山上脱去甲胄，叫风吹着了，烧得直说胡话。昨天，你来山寨，小姐病重，请先生也没治好，刚才咽气。老寨主和两位少寨主都不在家，我们都急死了！你倒得救了，可把我们那老天王坑了。”宗保听了这番话，好像凉水浇头，怀中抱冰，心里一阵发酸，眼泪不住地往下落。可他一抬头发现从树上跳下两个放哨的，打老远正看着他，像没事人一样。宗保心中不禁起疑，说不定是她故意诈死骗人。想到这儿，便让穆瓜带他去吊祭。

穆瓜领宗保奔山寨，来到小姐绣楼，进屋一看：迎门放着一扇门板，穆桂英直挺挺地躺在上边，身上搭着斗篷，脸上蒙着白纸，头发披散在床下，头顶放着供桌，摆着照尸灯，香烟缭绕，纸灰弥漫。四个丫鬟系着孝带，守在身边正哭呢！看到了穆桂英的尸体，宗保可彻底傻眼了，他三步并作两步奔上前去，痛哭道："桂英啊，想不到你我刚刚成亲，你就走了！三年前，是你煎药熬汤，服侍我养伤。病好后，又传给我枪法；三天前，为救我，你又抛头露面，大战白天龙。只说我把你接进营中，咱夫妻白头到老，地久天长，没想到，你却就这么先走了，痛煞我也！"

这时候穆桂英的大丫鬟金萍过来道："我说少帅，我看你不是来看小姐，而是为打天门阵来的吧。这回可好了，去回禀三关大帅，姑娘不在了，另请高明吧！"说完她便让穆瓜搀宗保离开。

杨宗保精神恍惚，脚下没根儿，一步大一步小，晃晃荡荡，走到山下。来到了树林里，他找块石头坐下，心中暗想："父帅有言在先，请不到桂英，不让我回营。如今，桂英亡故，人没请到，我怎回边关？再说，娇妻已死，我怎好独活世上？干脆，和她一块儿去吧。"

想到这儿，他亮出宝剑，横在脖颈上，嘴里念叨着："桂英，为夫和你一路前往。"说完，闭眼睛，就要抹脖子。

就在这时，突然听到树林外有人高喊："这是谁呀？

要死挪个地方，别把高山给臭了。”杨宗保回身一看，打林子外边走进来两个二十来岁的年轻人。二人问宗保是何人，宗保说了自己姓名，并说是因为妻子死了，他不想独活。没想到二人听了，乐道：“原来是妹夫。”宗保这才知道二人正是穆桂英的两位兄长穆铜和穆铁。二人问宗保为何要自尽，宗保说桂英不在了，自己也不想独活，二人忙说不可能，刚才他们还看见桂英在后花园凉亭里坐着呢。这两兄弟虽和桂英是一奶同胞，但聪明都被桂英占了，所以他们二人有些傻气。宗保一听二人之言，立刻来精神了，知道桂英一定是装死故意躲自己。于是他便求二位兄长一定要帮他请回桂英，二人答应帮他想办法把桂英给诓出来。说完，两厢分手。

穆铜、穆铁回到山寨，来到穆桂英的院子，挑帘笼往里边一看，她正在屋里坐着呢。二人便故意问：“呀！妹妹，你没死呀，为何前院连哭带喊的？”穆桂英便将前因后果跟他们说了一遍。

二人听后故意对她说，刚才在后山看见一个小伙子正在上吊，旁边拴着战马，还立着一杆枪，还说那枪不错，他们想去捡回来，反正那小伙子肯定也死了。穆桂英一听这话，心里“咯噔”一下：“莫不是宗保想不开，真的自尽了吧！”想到这儿，她急忙让两位带路，又带着丫鬟玉

萍、石萍一同奔向了树林。一行人打着灯笼来到了树林，

宗保见穆桂英果然没死，高兴得一下子蹿出来，一把抱住了她，道：“桂英，你果然没死，太好了！”穆桂英吓了一跳，以为见鬼了，可这时候穆铜、穆铁早在一旁笑了起来，她这才知道被他们骗了，不禁有些恼怒。宗保上前急忙道歉，又说了许多好话，穆铜、穆铁也在一旁劝说，穆桂英心里的气才算全消了。

正在这时，穆羽赶到了。宗保忙去见礼，然后一行人一同回到了山寨。到了山寨，宗保便将前因后果跟穆羽交代了一遍，穆羽听了是又高兴又生气：高兴的是，女儿许给杨门之后；生气的是，桂英太任性了，弄的什么哭丧计！话说开之后，穆羽当即决定让桂英与宗保下山。不过下山之前，桂英要让宗保答应三件事：第一件，这一次，要对她以礼相待；第二件，要由孟良主婚，在营中再次与她完婚；第三件，打天门阵，要把兵权交给她，让她调兵遣将。前两件宗保满口答应，可第三件他不能做主，但桂英说如果不答应就绝不下山，急得宗保团团转。这时还是穆羽出面说服了桂英，然后小夫妻俩便高高兴兴地下山去了。

第四十三回

穆桂英登台拜帅　鬼魂阵桂英克敌

二人下山之后，在半路中遇到了一队人马。领队是位女将，穆桂英与她一见如故，互通姓名之后才得知，此人正是杨六郎未过门的媳妇王兰英。穆桂英和杨宗保跪拜王兰英之后，希望她能够跟他们回宋营。但王兰英以要为母守孝为由拒绝了。临别时，穆桂英把从山寨拉下来的八大箱子首饰、金银、衣物都赠给了王兰英，让她收下，算是替公公赎罪。王兰英收下了东西，便告辞而去了。

小夫妻俩接着赶路。离城还有五里地，宗保就派人往营中送信，离城只有半里地之时，除佘太君、六郎和八王赵德芳而外，其他人全部出城迎接。穆桂英见了，倒觉得不好意思了，她急忙跳下马来，步行往前走。杨宗保心中高兴："我爹还真给面子，这回可没叫我坐蜡。"

穆桂英随众人进了大帐，见六郎在帅案后边坐

着，左边是八贤王，右边是佘太君。她上前一步跪倒磕头："民女穆桂英参见元帅。投军来迟，望乞恕罪。"

她这一跪呀，满营人都佩服，六郎的气也全消了："桂英，免礼。之前本帅慢待了你，多多海涵。"一家子终于尽释前嫌。

退帐之后，六郎命人设摆酒宴。席间，六郎有意考问桂英用兵之法、治军之道以及天门阵的情形。穆桂英对答如流，说得六郎心悦诚服，佘太君抿嘴直笑，寇准赞不绝口，八王喜上眉梢。这时候宗保说出了下山之前桂英提出的三个条件，八王和六郎听后都一一应允。第二天，宗保、桂英便完婚，全营庆贺三天。

三天后，八王正式封穆桂英为攻打天门阵大帅。从此，三军儿郎听从桂英调遣。杨宗保为先锋官，其他老将随营听令，杨景仍为三关大帅。选了黄道吉日，穆桂英登台拜帅。穆桂英跟骊山圣母学艺，老人把全部心血都花费在她身上了，又交给她一张天门阵草图让她研习。回到穆柯寨，穆桂英整日研究破阵之法。天门阵摆了三年，穆桂英整整琢磨了两年多。对于天门一百单八阵之事，不敢说了如指掌，但也已经做到了胸中有数。

众将参拜过元帅之后，穆桂英打开花名册，点名过卯。岳胜到了，孟良、焦赞等人都到了，可杨宗保却在挂出误卯牌之后才匆匆赶来。穆桂英怒问他为何误卯，宗保只得据实说自己贪睡起晚了。穆桂英随即便以目无军纪为由吩咐左右将杨宗保拉下去打四十大棍。军令如山，结果宗保生生受了这四十棍。如此一招执法如山、大义灭亲，立刻为穆桂英树立了威信，之前对她执掌帅印有微词的人也都不说话了。不过，这却让宗保心中气愤异常。

众将退帐后，穆桂英又向六郎和任道安请教了辽国兵情以及破阵之法。军情商议完毕，任道安离开帅帐，出城去请高人相助，六郎写折本给真宗，求京城发兵派将。穆桂英诸事完毕，回到自己的寝房，宗保趴在床上，正生闷气。穆桂英急忙好言道歉，又晓之以理、动之以情地劝解，宗保虽然心中生气，但也知道桂英这样做确为立军规，气也气过了，话说开了便也不气了。

三天后，六郎留下守城，穆桂英带着岳胜等边关众将一齐出征攻打天门阵。一路上，军卒士气很旺。一直来到九龙山前穆桂英战白天龙的地方，宋军以排山倒海之势，长驱直入。

进入山中又走出二里地，进了峡谷。这天门阵的阵门，是一百单八阵里的鬼魂阵。因为是头一阵，所以防范森严，十分厉害。阵主乃天门阵总阵主、护国军师颜容的掌门大徒弟王子灵，副阵主是大都督熊贵山。另有四员副将和七千番兵守护着阵门。王子灵掌管山洞里的鬼魂幽灵，熊贵山领人护着洞门，道路两侧设有伏兵，都拿弓带箭，准备阻击宋兵。

人马越往前走，众人心里越有些慌乱。这时，离洞门越来越近了，大都督熊贵山传令放箭，宋兵毫无准备，有的身亡，有的受伤，顿时乱作一团。危急之中，穆桂英射断阵中大旗，辽兵顿时一团乱。熊贵山见洞门难保了，忙带领三名副都督及百余名军卒离开石墙，顺密道下山。下山后，跑步到洞门前，一字排开，守住洞口。穆桂英带队来到洞门前，与熊贵山展开大战。几个回合下来，熊贵山便被穆桂英砍下人头。副阵主一死，其他战将都慌了手脚。与此同时，孟良、焦赞把另外两员辽将杀死。顿时，敌兵乱作一团，死伤不计其数。穆桂英刚要冲过去破阵门，突然焦赞高喊："元帅，不好了，那个妖怪又来了！"大伙往左边山头上看去，都吓傻了！

果然，在黑烟中出现一个妖道：面目狰狞，披头散发，手拿宝剑，念念有词："天门闭、地门关，想要进阵比登天难；地门闭、天门关，哪个要开门就死山前。"

这时候，降龙木派上了用场。穆桂英怀抱降龙木，催马来到了门前。这石门又高又大，半尺多厚，上有对称突起的两个鬼头，张着嘴，穆桂英知道阵门奥秘，到近前举起降龙木，照着鬼头嘴里“啪啪”各点一下，石门果然慢慢打开了。妖道慌了，宝剑一挥，又升起一朵黑云，踪迹不见。孟良、焦赞等人见妖道跑了，便带兵冲进门中，将一众大鬼小鬼杀了个片甲不留。原来这些鬼怪都是小道士假扮的。

阵门被破，穆桂英领人来到门前。正在这时，就听炮声轰鸣，一队人马拦住去路。中间是个老道，披发仗剑，面目狰狞，身穿八卦仙衣，胯下骑一头黑毛驴，高喊：“真乃气煞人也！什么人破了我的鬼魂阵？过来受死！”

穆桂英喝道：“本帅穆桂英！妖道，你装神弄鬼，算什么本领？可敢报个名字吗？”

“你家仙师得道在九顶铁叉山八宝云洞，师爷乃海外教主金璧峰，恩师是天门阵总阵主、辽国军师颜容，山人姓王名子灵，人送外号‘丧门神’是也。”说完，妖道舞动长剑，奔穆桂英杀来。

第四十四回

杜金香教子复仇 青龙阵何庆倒反

元帅穆桂英破了鬼魂阵，气坏了老道王子灵。这座鬼魂阵里的恶鬼全是颜容带来的小道士装扮的，王子灵脚驾的黑云是点着硫黄冒出的一股烟。如今，阵门已破，王子灵装神弄鬼没用了，只好亲自上阵去战穆桂英。穆桂英见王子灵奔来，假装拨马败走，王子灵随后就追。眼看追上，穆桂英放下大刀，从百宝囊里掏出红绒套索，往空中一抖，一下子套住王子灵的脖子，将他活捉了。阵主被擒，手下喽啰尽败。穆桂英带领大队撤出飞虎峪，离九龙山二十里地扎下营盘；命人骑快马给杨元帅送信，随后趁势收复部分失地，兵扎九龙山前。

数日后，要打青龙阵，穆桂英也早就成竹在胸，派先锋官杨宗保和七夫人杜金娥前去出征。临行前，穆桂英交给杜金娥一个字柬，让她带在身边，如遇难处再拆开观看。被派出打阵，杨宗保心里生气，一来因为自己棒伤还没好便被派出打仗，二来他不懂这阵的奥妙，不知该如何打。虽有怨气，但帅令得服从。宗保和七婶杜金娥带队奔向龙虎峪。过了龙虎峪不远，来到一处山沟。山沟里怪石成堆，灌木丛生。两边树林茂密，可藏兵马。半山坡有杆大旗，上写着“青龙阵”。

二人正在犹豫要不要进去，突然，一支响箭从里边射出来，宗保急忙趴在马鞍上躲了过去。接着，里边冲出一匹战马，马上一员老将高声断喝：“什么人敢偷探俺的青龙阵？”

宗保也没在乎，道：“你家小爷乃大宋朝前部正印先锋官杨宗保是也。今奉元帅之命，来打青龙阵。来将是谁？通名受死！”“俺乃辽国驾前称臣、官拜平章之职，现在是青龙阵的阵主苏天保。”互通了姓名之后，二人再不多说，拍马战到了一处。宗保的梅花枪扎得疾、抽得快，神出鬼没，“啪啪啪”几个回合，就把个苏天保忙活得眼花缭乱。一个不留神，苏天保便被宗保用大枪扎上了锁骨，疼得他一声大叫圈马便逃回了青龙阵。接着，土坡上又冲出一名二十岁左右的小将，只见他头戴束发紫金冠，身穿藏青色的征袍，黄白净面，剑眉入鬓，阔目有神，看上去性高气傲，精神头十足。他正是苏天保之子、萧天佐之婿苏何庆。

苏何庆为父报仇心切，手擎双枪往里进招，杨宗保忙用单枪会双枪。打了十几个回合，没分出胜负。苏何庆眼珠一转，有了主意，晃双枪带战马，道："杨宗保，有能耐你敢进阵吗？"宗保被他一激，紧催战马，随后就追，杜金娥也跟了进来。

结果刚一入阵，宗保便连人带马掉进了陷马坑。杜金娥看见了，骤然一惊："宗保被擒，我回去怎么交差？"

突然，她想起临行时桂英给自己的字柬，急忙拿出观瞧，上写："青龙阵的苏何庆之母，乃当年道马关总兵夫人杜金香。你们姐妹见面后，要劝苏何庆降宋。"杜金娥看罢，立刻转忧为喜，有了精神。

那么穆桂英是怎么知道这件事的呢？原来，她拜师后，任道安跟她讲过此事。

这时候，苏何庆又圈马回来了，要捉杜金娥。杜金娥随即亮出了身份，说自己是他的姨母，谁料苏何庆不信，举枪便刺。杜金娥自然不会跟他交手，而且还撒手扔刀，跳下战马，只求与他母一叙。苏何庆便命辽兵绑了杜金娥，又命人将坑里的杨宗保钩上来，一起绑了。苏何庆领兵带着二人返回龙爪坡。回到龙爪坡后，苏何庆本想将二人处死，但想到杜金娥的话，心中又有些犹豫，于是决定去问问母亲。

苏何庆来到内宅，见到母亲后问起了此事。老夫人一听他抓了杜金娥，立刻大怒，给了他一巴掌，道："你真乃大胆！"

苏何庆忙问母亲为何打他，老夫人这时泪如雨下，道："你拿亲人当仇敌，认贼作父一十八年。叫我白盼一场，倒不如一死方休。"苏何庆是有名的孝子，见此情景慌了手脚，忙上前拦住。这时老夫人才跟他说出了实情。原来，老夫人名叫杜金香，和七郎杨延嗣的妻子杜金娥是叔伯姐妹。她从小父母早亡，在杜金娥家长大，杜国显对她如亲生女儿一般。原来，杜国显把她许配给了道马关的总兵何东博，小夫妻十分恩爱，生下一子，取名何庆。何庆三岁那年，辽国进兵，萧天佐和苏天保领兵攻打道马关。何东博被萧天佐杀死，杜金香母子被苏天保活捉了去。不料苏天保见色起意，强迫杜金香跟他成了亲。杜金香为了儿子，只得忍辱偷生，和苏天保成了夫妻。这一过，就是十八年。

何庆听完，一口气没上来，"哎呀"一声昏死过去。醒过来之后，老夫人便劝他弃辽投宋，何庆点头应允。随后他命人将杜金娥和杨宗保带了过来，姐妹相见，抱头痛哭。随后，杜金香便把这些年的遭遇说给了杜金娥听。这时何庆对杜金娥道："姨母，我要替父报仇，倒反青龙阵，望您老帮忙。”“那你媳妇怎么办？”一想到这个，何庆也很心痛，郡主萧艳秋和她爹不一样，心地善良，贤惠聪明，夫妻二人感情极好。但是，何庆知道，自己不能为了妻子而不报杀父之仇。

他已打定主意，道：“娘，姨母，你们放心，我已有了良策。你们在这里等着，我去去就来。”何庆是想回内宅杀了郡主，然后再为父报仇。可是却下不了手，毕竟夫妻恩爱，而且郡主也没有过错。郡主见驸马要杀自己，不知何故，急忙哭求，何庆无奈只得跟她说出了实情。郡主也是个深明大义之人，见状便主动让何庆杀了她，以成全他的忠孝之义，可何庆看到这样的爱妻，哪下得去手呢？正在两难之际，杜金娥来了。

何庆见是姨母来了，忙跪倒磕头：“姨母，不孝儿对不起您老，对不起何家祖宗！”

杜金娥知道他不忍心杀了妻子，杜金娥道：“孩子！刚才你们说话，我也听着几句。不能因为郡主是萧天佐的女儿就杀了她，她爹做错了事，但她没有错，你们俩之间无仇无怨。听姨母的话，如果郡主愿意跟你走，你们就一起离开。”郡主自然愿意，于是杜金娥便让郡主换上男装，三个人一起回到了老夫人的住所。

来到后院，杜金娥说明一切。四个人商议后决定，让杜金娥护送老夫人和郡主先行悄悄离开，何庆和宗保留下来破阵。待老夫人和郡主上马离开后，何庆和杨宗保便想去找苏天保报仇。忽然，听见青龙阵阵门口号炮声连天，杀声阵阵。原来，败逃的宋兵回营报了信，岳胜、杨兴领了两千人来助阵了。趁混乱之际，何庆和杨宗保在大阵内放起火来，只烧得金蛇乱舞，火光冲天。这时候，前面飞出一骑战马，拦住了去路，正是青龙阵的阵主苏天保。苏天保看到何庆，忙问阵里出了何事。何庆看到苏天保，真是“仇人相见，分外眼红”，他亮明了自己身份，并说自己要为父亲报仇。

苏天保见瞒了十八年的事情竟然败露了，一时慌了手脚。何庆没容他多说，拍马上前，举枪便刺。苏天保急忙摆刀顶住。他要没有伤，还能与何庆对打一阵，奈何刚叫宗保扎碎了锁骨，所以没几个回合便被何庆刺于马下。随后二人追上杜金娥等人，何庆在前头开路，杜金娥在中间护着萧艳秋和杜金香，杨宗保断后，五个人向阵外冲杀。此时，岳胜也领杨兴等人杀进阵门，里应外合，打开了大阵。然后退到阵外，两厢见礼。正在这时，猛然间听阵左边“当当当”炮声连天，人欢马叫。顷刻间，冲出一支队伍，有三四千人，高挑着辽国的大旗，“呼啦”就把他们围在了当中。原来是辽国大将姜飞熊。姜飞熊受过高人指点，身背六把飞刀，百发百中。他还有个妹妹，名叫姜翠屏，更是女中豪杰，武艺不在其兄长之下。因二人都是中原人，萧太后为笼络人心便把姜翠屏收为干女儿，并将二人派来阵前。姜翠屏、姜飞熊同守玄武阵。姜翠屏为正阵主、姜飞熊为副阵主。

玄武阵离青龙阵最近，中间只隔一道小山梁。所以，得知青龙阵被破之后，姜飞熊便带领将官赶来，把宗保等人堵在了阵门口。何庆对他没有隐瞒，说出了自己的真实身份，这时青龙阵又逃出几名番将，高喊："老阵主苏天保叫何庆扎死了，别让何庆跑了。"姜飞熊听了大怒，举刀杀来，二人战到了一处。姜飞熊大刀奔何庆劈来，何庆没能躲过，一下子摔落马下，幸好宗保和杨兴及时冲过来把他抢了过去。姜飞熊又与杨兴战在一处，杨兴武艺虽不比姜飞熊差，但没有防备暗器，结果被姜飞熊的飞刀伤了肩膀。岳胜气坏了，举刀便冲了过来。两个人打了十几个回合不分胜负，这时候杜金娥开始带领人马往外冲。

姜飞熊趁乱刺伤了岳胜的锁骨，岳胜拨马败走，姜飞熊在后紧追。此时，都督、平章一拥而上，围住了杜金娥等三个人。杜夫人吓得失声大哭，郡主也快吓死了。就在这时，一支队伍由远而近急驰而来，而且有人高喊："宋将莫慌，穆元帅到！"

第四十五回 乾坤洞宗保求药 杨宗英下山认母

穆桂英领兵前来，姜飞熊慌了手脚，因为他知道穆桂英虽是一员女将，但刚一挂帅就露了大脸，破了鬼魂阵、刀劈白天龙、箭射熊贵山、活抓王子灵。慌虽慌，姜飞熊是一员猛将，自然不会输了士气。互通了名号后，穆桂英讥讽姜飞熊明明是中原人，却背叛祖先，不知羞耻。姜飞熊却说大宋皇帝偏信杨家，杀了他们姜家满门，他与大宋朝有不共戴天之仇。穆桂英有待细问，但姜飞熊不愿多说，举刀便杀了过来。岑林、柴干急忙迎上。穆桂英见状，急忙命杨宗保护送何庆一家尽早离开。

岑林、柴干不是姜飞熊的敌手，败了下来。穆桂英让众将压住阵脚，自己亲自打马冲上前去。

战了二三十个回合，二人没分出胜负，姜飞熊没想到穆桂英如此厉害，气得“哇呀呀”暴叫，然后他突然掉转马头，扭回头道：“穆桂英，你可敢追我？”说完，催马跑去。可他不往别处跑，只在疆场上兜圈子，穆桂英知道他这是要用暗器了，便格外留心。果然，跑了一圈之后，姜飞熊接连使出了三把飞刀，穆桂英没躲，而是立起了刀头，只听“当当当”三声，飞刀打在大刀背上，“啪”的一声掉在地上。姜飞熊身上一共六把飞刀，岳胜中了一把，又打出三把，只剩了两把，姜飞熊舍不得再打，便催马过去要捡飞刀。穆桂英看出来了，大刀一举：“杀！”催马过去，拦住姜飞熊，二人又战在一起。不一会儿，姜飞熊败逃回阵内，穆桂英没有再追，下令收兵。

回到营中，何家三口见到八王，何庆跪在地上痛哭请罪。八王自然没怪罪，反而好好安抚了他一番，并给了何庆两个月的假，让他护母亲和妻子回京，自己也好好养伤。娘儿三个谢恩，回京城到天波府不提。

再说八王和杨景、寇准、孟良、焦赞等人，到后帐去看受伤的战将。岳胜和杨兴都中了姜飞熊的飞刀，身负重伤，一直昏迷不醒。随军郎中说，因为刀上有毒，多则五天，少则三天，如果没有解药，性命难保。六郎见状，心中悲痛万分。穆桂英这时忽然想起自己在骊山学艺时，听恩师提起过一位名叫李天威的老道，此人是位德高望重的老真人，住在太行山乾坤洞，手下弟子众多，都跟着他学武、炼丹、铸剑。无论什么样的病症，只要经李天威一看，定能药到病除，只是他住的地方不好找。六郎听到这话，便决定派人去太行山找人，穆桂英说最好先张贴告示，征寻熟悉太行山道路、知道乾坤洞在哪的人，这样可以事半功倍。六郎立刻命令手下的将官依言而行。

定更以后，一个五十多岁的老兵来到帐中找六郎。他自称叫金四，从十五岁起就在军中效力。他说，当年随老令公转战南北的时候，曾经到过太行山。当时有战马吃了毒草，眼看就要死了，正巧遇见一个老道，给了他解毒的药，救了战马。当时他问了对方姓名，对方说叫李天威。六郎一听大喜，即刻让金四和宗保一起赶往太行山。

二人出了营盘，打马如飞，直奔太行山。金四的记性不错，到了太行山之后很快就找到了乾坤洞。宗保急忙上前敲门，时辰不大，里面出来一个小道士，宗保说明了来意。没想到，小道士却露出了一脸古怪的笑容，道："你们不知道吧，姜飞熊是我的师兄。论理，应把你们抓住，交给我师兄。但是，我不想这么做。饶你们不死，逃命去吧。"说完转身返回洞中，关上了洞门。杨宗保和金四都傻眼了，无奈之下只得下山返回。

再说刚才这个小道士，他名叫海宁。刚才宗保二人来借药时，他师父不在家，他便自己做了主。这一会儿心中正合计做得对不对呢，李天威回山了。

李天威进了洞，在蒲团上落座，然后便问海宁他离洞这些天可有事发生。海宁知道瞒不过师父，就将师兄借走六把飞刀，又用飞刀伤人，杨宗保又来借药之事说了。听说此事，李天威气坏了，道：“你这个没用的东西！镇洞之宝，叫你给丢了。姜德杀害生灵，其罪就在你身上。再说，我那飞刀上并没有毒药，准是他用毒药给煨了。这不叫人骂我一世吗？我炼丹铸剑，为的是普救众生，结果却出了这等事。我在外边听任道安说，姜德用飞刀伤了岳胜、杨兴，他们是杨景的盟弟，这还了得？若宋朝国土断送在姜德之手，其罪可落在为师的身上了。”

海宁不知为何师父不向着师兄，倒向着外人。李天威见事已至此，便向海宁说出了一个大秘密。原来海宁本名叫杨宗英，是杨七郎和杜金娥的儿子。当年杜金娥将他放在路边，是李天威收留了他，并把他养大成人。杨宗英听罢，如梦方醒，闹了半天，自己竟然是杨门之后！李天威告诉他，他父亲虽然已经被潘仁美害死，但他母亲却还在世，让他快下山与母亲及亲人相聚。临行前，李天威让他带上解药，可一翻看才发现，解药竟然都被姜飞熊偷走了。无奈之下，他只能让杨宗英先下山，自己弄好解药，随后便到。杨宗英叩别师父，下山而去。

来到宋营门外，杨宗英让军兵往里通传，说自己来找杨宗保。杨宗保听说有道童找他，心中疑惑，快步来到营门一看，来的竟然是乾坤洞那个小道童。宗保问他前来有何事，宗英急忙说出自己身世。宗保听了一惊，心中暗道："我七婶哪来的孩子？"可是看他说的不像假话，便让他先等在这里，自己回身去找七婶问明。

杨宗保把杜金娥叫出帐外，悄声问起了此事。没料到，杜金娥一听说有人来找她认娘，当时便惊住了。杜金娥早就认为扔在黄土坡的孩子已不在人世，前些年，为了此事她背地里不知道哭了多少回，却始终未敢提一字半句。当宗保说来找她的人名叫杨宗英时，又是一愣："难道自己的儿子果真还活着？"想到这儿，她不禁泪如雨下。宗保摸不清七婶的心思，以为她生气了，便说要出去找那个小道童算账。杜金娥也跟他一道出了营。

营外的杨宗英一见宗保带着一位中年妇人走了出来，一下子跪在地上喊道："娘啊，儿子来找你了。当年您可真狠心啊，我一生下来就把我扔了。要不是我师父把我抱上山，我早没命了。娘，我现在学成武艺，奉师命下山认祖归宗来了，快点给我开门吧！"杜金娥听了这话，心如刀扎。

第四十六回

苗家镇宗英降妖◉杨宗英日得三宝

杜金娥镇定了一下，问道："小道童，你说你是杨门之后，有何凭证？"

宗英道："娘啊，您把我扔到荒郊野外时，在我身上留了一块血衫，那就是凭证。"

杜金娥道："血衫现在何处？"宗英道："在师父那里。"杜金娥心里急得像钢钩搭心一样，她知道这十有八九就是自己的儿子。可是如今说出此事，她又担心家人不信，反而会惹人耻笑，于是她想先把宗英逼走，事后再想办法。

于是，她拿过弓箭，拉开了架势，道："一派胡言，你赶紧走，否则我要了你的性命！"

杨宗英愣了，边哭边喊："娘啊，您怎么这么心狠？我生下来，您把我扔掉不说，如今我长大了回来认祖归宗，您怎么还不认我呀？"宗英越哭，杜金娥越难受，可她还是狠心逼他走。杨宗保在一旁也看愣了，不知道这是怎么回事，但看七婶如此坚决，便也劝杨宗英先去把血衫拿来，再对证。杨宗英见状，也没了办法，只好擦干眼泪转身离去。

杨宗英离开宋营，一边走一边哭。他本想回太行山乾坤洞去找师父，可是却走错了路。到了中午，来到了一个叫“苗家镇”的地方。进了镇子，宗英觉得奇怪，因为这里鸡不飞、狗不咬，而且街上一个人也看不见。宗英走到一座大宅院跟前，上前拍门，好半天里面才出来一个仆人，宗英忙说自己是来讨口饭吃的。仆人把他领到了下屋，给他端过一碗剩饭菜。宗英也不挑拣，三下两下吃了。吃完之后那个仆人就让他快点走。宗英见状，觉得有蹊跷，便问他为何这村子看着死气沉沉的。这仆人见宗英刨根问底，便跟他说了细情。

原来，这家主人名叫苗信，有个女儿名叫苗秀英。苗信是个大善人，可是却没得好报，偏遇到了倒霉事儿。这几天，他们村里闹妖精，昨天晚上，那个妖精跑到了苗小姐的绣楼，把小姐吓出了病。这事一传出，全村都害怕了，家家关门闭户，大白天也不敢出去，生怕叫妖精给吃了。杨宗英胆大，便说自己可以帮助他们降妖。仆人听了急忙带他去见了苗员外，苗员外大喜，说只要能降了妖，什么条件都答应他。杨宗英让苗员外领自己去看看苗小姐情况。

到了绣楼，宗保见苗小姐躺在床上，十八九岁的年纪，头上青丝散乱，脸色苍白，眼睛似睁不睁，嘴唇发白，耳朵有点灰色。果然是受到了惊吓，而且病情很重。

宗英让员外把小姐移到别的房中，自己留在这里捉妖怪。天黑后，宗英把门关上，放下床幔，往床上一躺，迷迷糊糊地就睡着了。半夜时果然从窗户跳进来一个人影，杨宗英三下两下便将他制服了。原来他根本不是什么妖精，而是姜飞熊的徒弟吴欣，姜飞熊让他给自己来寻美人，送到营中做夫人。吴欣听说苗家寨的苗秀英长得漂亮，但又担心人家不愿意将她许给辽国人，便想了这么个鬼点子。

杨宗英听了，心中暗骂："这个姜飞熊真缺德，竟然干这种伤天害理之事。正好，我去会会他，弄解药，收飞刀。"接着，他又从吴欣那打听到，姜飞熊和他妹妹姜翠屏白天进阵，晚上住在离此地十几里地的石虎庄，姜飞熊住前院，姜翠屏住后院。杨宗英说自己是姜飞熊的师弟，让吴欣带他去找姜飞熊。不过他和师兄有过节，明着去师兄不会见他，让吴欣想办法偷偷带他去。吴欣说石虎庄有好几道把关的，没办法偷偷进去。杨宗英眼珠一转，想到了一个好办法。他让吴欣用一个被单把自己包起来，装成被掳来的苗小姐，然后把他扛进去。

就这样，二人来到石虎庄门外。吴欣用事先准备好的

床单把杨宗英包了起来，然后扛进了庄子。把门的都知道他是给姜飞熊抢夫人去了，所以都没有阻拦。过了几道关，吴欣来到了姜飞熊住所。姜飞熊见吴欣回来了，而且背着一个人，心里高兴，便让他把“美人”放到床上，然后让他退下了。姜飞熊见吴欣走了，急忙把门关上。姜飞熊回身来到床前，伸手解被单，门外突然传来了敲门声，是姜翠屏来了。原来她刚才听人报说吴欣给姜飞熊送来一个大包袱，姜翠屏心想：“大晚上的，他怎么来了，莫非有什么重要军情？”于是她来找姜飞熊问一问。她正往里走，正碰上吴欣打马如飞往外跑。吴欣心里明白，一会儿姜飞熊打开包袱一看里面不是美人，一定不会饶了自己，所以走为上策。姜翠屏见他大半夜往外跑，觉得这里面一定有蹊跷，便让人截住了他，问他刚才给姜飞熊送来的是什么东西，这一会儿又慌慌张张准备干什么去。吴欣知道姜翠屏的厉害，不敢撒谎，便说了实话。没想到姜翠屏听说他捉回来的人是苗家寨的苗秀英时，脸色一下子变了，领兵直奔姜飞熊的大院。

姜飞熊见妹妹的脸色很不好看，有些心虚，故作镇静地问她这么晚来有什么事。姜翠屏二话没说，直接走到床边，撩起幔帐道：“我问你，这被单里是什么？”姜飞熊一下子红了脸，一时语塞。

姜翠屏接着说："刚才我碰到了吴欣，他全跟我说了。哥哥，你要娶嫂子，那不算什么，明媒正娶，妹妹我还能给你帮忙呢。可你不该办这种事，若叫当地百姓传出，我的脸都没地方搁呀！而且，你知道你偷偷抢来的是谁吗？""吴欣说是苗家寨的苗秀英。""那你知道不知道，苗秀英是我的师姐！我们俩都是马云姑的徒弟，虽然她在山上只学了两年艺就回家了，可那也是我师姐啊。"

姜飞熊急忙认错，并让姜翠屏替他向苗小姐赔礼道歉，然后就转身出去了。

姜翠屏定了定心神，把幔帐挂好，坐到床边，开始说好话，求"苗秀英"能原谅她哥哥的鲁莽，然后伸手解开了被单。杨宗英憋了半天，早就受不住了，被单解开后他一下子坐起来，道："哎哟我的妈呀，可把我憋死了。"他这一说话把姜翠屏吓了一跳，再一看床上竟然坐着个年轻小伙子。姜翠屏愣了半刻，忙问他是谁，杨宗英也没藏着掖着，亮出了自己的身份。姜翠屏一听他是杨家人，立刻亮出宝剑，一边喊"哥哥，快来"，一边向杨宗英砍来。

杨宗英躲过姜翠屏的剑，然后一纵身蹿出了门外，姜翠屏在后面追赶。杨宗英跑出院子，看见门外有一匹马，只见这匹马金鞍玉臂，浑身雪白，唯独脑门有一撮黑毛，绝对是一匹宝马。他飞身上马便往庄外奔去。这匹马本是萧太后赠给姜翠屏的宝马良驹，今天碰巧落到杨宗英之手。姜翠屏一看，急忙命人快去拦截。可是宝马飞奔，哪能截得住！杨宗英骑快马，一口气跑出老远。此时，天光大亮了。宗英心想："得了匹宝马倒挺好，可是我娘不认我，解药没到手，飞刀没收回，我该怎么办呢？"就在这时，树林里走出一个人，正是他的恩师李天威。原来杨宗英下山时，李天威忘记给他拿血衫了，这次是特意追他而来给他送血衫的。

杨宗英跟师父讲了这几天的遭遇。随后，二人先去了苗家寨，李天威拿出两颗丹药，给苗秀英小姐服下了。吃下去后，苗小姐的病就见好了，随后师徒二人告辞而去。

李天威劝杨宗英再去认亲，并告诉他杜金娥之所以不认他，是因为她守的是女儿寡，他去认娘，她面子上过不去，所以才没认。这一次，带上血书，她一定会认。临别前，李天威又送给杨宗英一杆银枪，并告诉他抢来的这匹宝马名叫墨顶银河兽，将来一定会助他上阵杀敌。

杨宗英拜别师父，飞身上马，往边关赶去。

第四十七回

小英雄戏耍翠屏 苗秀英助将盗药

杨宗英在石虎庄日得三宝，如虎生翼。谢过恩师，急奔宋营。半路上，他正好救了想要自杀的杜金娥。原来把杨宗英逼走后，杜金娥一直神不守舍，佘太君看见了，再三逼问，她这才说出了实话。佘太君并没有责怪她，而是让她赶紧来寻宗英。可是她寻了好几天却不见宗英踪影，一时想不开便想自尽。杨宗英拿出了血衫，母子不禁抱头痛哭。随后，二人一起回到宋营，宗英拜过八王、佘太君等人。就在这时，疆场上号炮连天。探马蓝旗来报，说辽国公主姜翠屏来邀战，点名要杨宗英阵前交锋。宗英披挂上阵，穆桂英又派孟良、焦赞保宗英去迎战。

杨宗英来到疆场，姜翠屏一见他骑着自己的宝马，大骂他无耻，并让他把马还回来。杨宗英自然不会还马，说好男不跟女斗，让她去把姜飞熊叫来对阵，他要替师父讨回飞刀和解药，要不然，就让他们知道他的厉害。姜翠屏更气了，举刀便向他杀过来。宗英正要迎战姜翠屏，可座下宝马却不听话了，它认得姜翠屏，一见她便冲了过去。杨宗英急了，忙拽缰绳，可是却没拽住，他又急忙用手中银枪去拍马，这一下马惊了，突然掉头朝远处跑去。姜翠屏一看杨宗英跑了，随后就追。

天色将晚，杨宗英骑马跑进了前面的一个村镇，战马不识路，跑到了一条死胡同。正巧旁边有座大宅院，院门没关，宗英急忙把马牵了进去，然后关上了院门。巧的是，这家正是之前他曾救过的苗家。苗家父女见他前来，十分欢迎，待听他讲了与姜翠屏交战败走之事，苗秀英说可以帮助他。前文已讲，她与姜翠屏师出同门，姜翠屏是她师妹。

此时，姜翠屏已追到门前。苗秀英出去与她相认，并否认见到杨宗英一事。师姐妹见面，二人都十分高兴。随后，苗秀英又问她为什么不再叫姜北平，而改成了姜翠屏，又问她为什么这么恨杨宗英。

姜翠屏便讲出了多年前的一件事。其实事情的起因跟王钦那个老贼有很大关系。原来，当年姜飞熊学艺十几年下山想投宋军，没想到正巧遇到了王钦。王钦见他武艺高强，自然不想他到宋军中效力，于是哄骗他说杨六郎是他的结拜兄弟，他给杨六郎写封信，保准能让姜飞熊当大官。可暗地里王钦却派人把姜飞熊的全家都杀了，然后他又造了一封假信，把一切都诬陷在杨六郎身上。姜飞熊和妹妹一气之下就投了辽国。萧太后知道他们是中原人，为了笼络人心，便收了姜北平为干女儿，又觉得她的名字带个“北”字不好，便给她改为姜翠屏。

姜翠屏哭诉了和杨家的仇恨，苗秀英却有些半信半疑。于是她劝解姜翠屏说这里面或许有误会，据她所知，杨家都是忠义之人，不会做出这种事情，或许是有人从中作梗，让他们两家结了仇怨。

听了她的一番话，姜翠屏也觉得有理，可是一时却也解不开心结。苗秀英见她似乎有些听进了劝说，便又招呼她喝酒。本就有心事，所以几杯酒下肚后姜翠屏的脸就红了，只觉得头昏眼花，有点迷糊：“师姐，我有点难受。”“师妹，不要紧，一会儿就好了。来，我再敬你一杯，这是喜酒。”“喜从何来？”“如果你家不是杨家所害，你归不归宋营？”“这……那……都凭师姐做主。”“好！如果你归了宋营，把你嫁给杨宗英行不行？”“不成……”“怎么不成？如果你们两家无仇，那杨宗英可是一表人才，你们是很般配的，可不要错过了好姻缘。”“那……”

其实姜翠屏这时候心里虽然有些迷糊，但也觉得师姐说得不错，杨宗英确实是不错，只是嘴有点太贫了。不过，她已经说不出话来，趴在桌子上睡着了。

苗秀英见她睡着了，便吩咐丫鬟把她扶上了床。然后拿起百宝囊便去楼下找杨宗英了。杨宗英打开百宝囊，果然在里面找到了解药。杨宗英拿了解药，对苗秀英千恩万谢，然后便要告辞离开。这时候苗秀英却开口让他娶了姜翠屏。杨宗英自然不愿，苗秀英说姜翠屏已经答应归顺宋朝，并献上了解药，可见心诚。杨宗英却说此事要回去跟母亲商量后再定。说完便又着急要走，但苗秀英再次拦住了他，让他再等一刻，说完便转身回绣楼了。

这时候，天光已亮，姜翠屏也醒了，她发现自己的百宝囊不见了，正要起身去找，这时苗秀英进了屋。进屋之后，苗秀英跟她说百宝囊是自己拿了，并已交给了杨宗英。姜翠屏一听十分生气，苗秀英却说是她自己答应的，然后就跟她讲了昨晚之事。姜翠屏这才明白，是师姐趁她喝醉诓了她。她很生气，随后摘下宝剑，就要拼命。

正在这时，门外突然闯进一人，厉声喊喝：“姜北平，给我住手！”

第四十八回

战姜德收回飞刀 五台山智请延德

姐儿俩回头一看，大吃一惊，原来来人正是她们的师父马云姑。二人见师父来了，都觉得委屈，姜翠屏扔下宝剑，跪下就哭。马云姑是怎么来的呢？原来她听说姜北平投了辽国，便来找大徒弟苗秀英，想同她一起规劝姜北平。结果，正巧碰到二人反目。马云姑听苗秀英叙述一番后，怒斥了姜翠屏不该投归辽国，并告诉她，经过多年查探，杨家并不是他们家的仇人。而且她还说，杨宗英是真人李天威的徒弟，把姜翠屏许配给他，正合她意。告诫一番后，马云姑便离开了。

师命不可违，姜翠屏只好一切听苗秀英安排了，苗秀英让她跟杨宗英一起回宋营，讲出实情，姜翠屏同意了。于是苗秀英便差人去把杨宗英请到绣楼来，结果下人回来却说杨宗英已经骑马离开了。这一下，姐俩都生气了，准备一起去宋营找他算账。

二人披挂整齐，飞身上马，领着两个丫鬟直奔前敌。等来到宋营门前，便让人往里面送信，让杨宗英出来答话。

此时杨宗英已回来多时，并把解药给岳胜、杨兴二人服下。服了解药之后，二人慢慢醒转，已经大好了。八王等人问他是如何得到解药的，他谎称是打败了姜翠屏夺过来的。正在这时，军兵来报说，外面有两位女将找他。杨宗英知道一定是姜翠屏找过来了，躲着也不是办法，便拍马出营去了。寇准也跟了出去。一见到杨宗英，苗秀英便开始怒斥他不是君子，拿了解药，答应了娶人，却一个人偷偷跑了。杨宗英自然不是说话不算话之人，便说只要姜翠屏能把她哥哥绑来，收了飞刀，他就答应这门亲事。这时姜翠屏在一旁听明白了，原来杨宗英并不愿意娶她，心中不禁恼恨，也忘了师父的嘱咐，一把摘下弯弓，抽出雕翎，认扣添弦，把弓拉开了，道："姓杨的，看箭！"嗖地一箭直奔杨宗英咽喉射来。杨宗英不敢怠慢，忙一扭身躲了过去。随后，姜翠屏"啪"一拍战马，急驰而去。苗秀英看事情到了这个地步，不好再说别的，只好追了过去。

见两个人都走了，杨宗英也傻了，觉得自己这事办得很不地道。这时候，寇准在一旁把事情看了个清楚明白。他悄悄地把宗英拉到一边，把前因后果仔仔细细问了个明白。随后寇准把这事跟穆桂英说了，穆桂英这个气呀，随即给了杨宗英一根令箭，道："你好大的胆子！竟敢欺骗姜翠屏，有辱杨家将。今天给你一支将令，命你带宗保、宗勉出征，一来找回姜翠屏，二来战胜姜飞熊。如果办不到，定杀你个二罪归一！"

杨宗英不知该去哪找姜翠屏，便决定先去找姜飞熊。于是，他带着宗保、宗勉，点齐兵马来到辽军营前叫阵。不一会儿，姜飞熊领着辽国的兵马来了。师兄弟见了面，姜飞熊纳闷师弟为何跑去了宋营。杨宗英没有隐瞒，说出自己就是杨七郎的儿子杨宗英，还说姜翠屏的师父已经把她许配给了自己。姜飞熊听了大怒，要与他决一死战。姜飞熊正要拍马上前，杨宗英又说道："慢！师哥，我这次是奉师命来的。师父说你不该把飞刀拿走，更不该在刀上涂了毒药，伤害良将。师父叫我劝你改邪归正，弃暗投明。还有，你说你和杨家有仇，师父已经查访过，此事不实，希望你能把咱们两家的仇恨解开，归顺宋营。"姜飞熊哪会相信他的话，提着大刀便杀了过来。两个人打了足足有二十个回合，不分胜负。最后，姜飞熊只得使出了绝招——飞刀。可是没想到，李天威早就教了杨宗英避刀之法，姜飞熊使出的三把飞刀都被他避过，并收回了刀鞘。

姜德败下阵去，拼命奔跑。突然一名女将拦住了他的去路，姜飞熊一看，原来是玉女阵阵主，心中暗喜，忙拨马而去。后来，姜飞熊终于知道自己上了王钦的当，错怪了杨家，自觉无脸见人，到庙里出了家。

再说杨宗英正在追赶姜飞熊，突然被 位女将拦住了去路，只见她一横手中大刀，厉声喝道：“姓杨的！你逼走姜翠屏，打破玄武阵，又闯进我的玉女阵！今天我要你的性命。”说完，大刀往前进招。杨宗英忙用枪往外磕，刀来枪去，战在一起。此女将真是厉害，几个回合下来，杨宗英的战马便被她划伤了脖了。战马痛得像发疯了一样，转身跑回了宋营。女将刚想追赶，宗保、宗勉急忙迎过去，三个人又战在一起。可是没几个回合，宗保和宗勉就双双被擒了。

逃回的宋兵回到营中，见了穆桂英急忙禀报：“启禀元帅，大事不好！杨宗英刚攻破玄武阵，又误入玉女阵，战马带伤，败下阵去，杨宗保和杨宗勉双双被擒。”穆桂英听罢急得不得了，立刻吩咐：“众将官，随本帅摆队出征！”

穆桂英来到阵前，大声喊道：“本帅穆桂英，前来讨教。”对面的女将道：“原来是穆柯寨的千金小姐，失敬了。我叫黄凤仙，父亲是辽国的大都督黄川，今特奉萧太后之命镇守玉女阵。穆元帅，放马过来吧。”穆桂英正要出战，这时候何庆从一旁闪出，请求出战，穆桂英应允。

黄凤仙见何庆前来迎战，便怒斥他忘恩负义，背叛萧太后。何庆话不多说，摆枪冲上前，黄凤仙举刀迎战。话说这黄凤仙的确厉害，一个回合下来，何庆的两个枪头就被她的大刀削掉了。何庆见势不妙，败下阵去。穆桂英正要催马上阵，忽然何庆高喊："元帅且慢！赶快回营，我有要事禀告。"穆桂英急忙传令收兵。

回到帐中，何庆给穆桂英详细讲了这玉女阵和黄凤仙之事。原来，这玉女阵中除了黄凤仙之外，还有她父亲黄川以及颜容的师弟赵子清、马子初、周子恒和赤风、赤火、赤水几员猛将一齐把守。不能强攻，只能智取。这时候，他拿出一封书信，说是一位老道让他转交给元帅的。穆桂英打开书信，上写着："要收凤仙女娇娥，五台去请杨延德。"下面落款是"郑道平"。

穆桂英不解其中之意，便派人请来公公杨六郎。六郎看了信，告诉穆桂英说，这位郑道平是孟良的亲娘舅，是位世外高人，杨延德是她的五伯父。众人商议了一番，最后决定由孟良和焦赞上五台山去请人。杨五郎听孟良二人说出前因后果之后同意跟他们下山。走之前他带着二人来到后山一座尼姑庵，说是要带一个人同去。

第四十九回

黄凤仙劫母入阵　穆桂英西岐求贤

孟、焦二人见杨延德从尼姑庵里领出一位四五十岁的夫人，都傻了眼：这是怎么回事？难道五哥当了和尚竟又娶了一门亲？不过二人没敢多打听。五郎雇了一辆车，把夫人请上车，自己赶了马车，跟在孟、焦二人后面就朝宋营奔去了。这日，到了营外。五郎让孟、焦二人先把夫人安置好，自己去营内探望老娘。

佘太君见到五郎又喜又气，喜的是离家多年的儿子终于回来了，气的是五郎只顾自己到五台山清闲自在，自己却得领着一帮寡妇在两军阵前厮杀。但气归气，当五郎跪倒在她脚下，声泪俱下地诉说离别之苦时，佘太君也心软了，强忍泪水把五郎扶了起来。

五郎又见过了结发夫人罗氏，对她也心中有愧，只能低声赔罪。五夫人见他一身僧人打扮，也不知该说什么，只能在一旁垂泪。这时候，六郎来了。兄弟见礼之后便开始讨论军情，之后五郎决定明日上阵去会黄凤仙。

次日，穆桂英升坐帅帐。她命孟良到玉女阵讨敌，不过要佯败，然后把黄凤仙引到东边的小树林里。孟良领命而去，依计行事，把黄凤仙引到了指定的小树林中。黄凤仙刚一入树林，突然伏兵四起，树林转眼间被包围了。这时候，一群人护着一个中年妇人走了过来，只听她大声喝道："逆子！为娘在此，你还不下马参拜！"

黄凤仙一怔，道："这位夫人，你说什么？我娘在辽国，你是何人？"这时夫人旁边的僧人开口道："阿弥陀佛！这位才是你的亲娘。"

这到底是怎么回事？原来这位夫人姓王，嫁给雁门关的总兵黄川，所生一女，就是黄凤仙。黄凤仙两岁的时候，辽兵侵犯中原，雁门关被困，总兵黄川贪生怕死，要投降辽国，可他的夫人王氏却誓死不从，最后黄川从她手中抢过女儿投了辽国。王氏失掉女儿，痛不欲生，慌乱之际出了雁门关，去树林中寻短见，正巧被云游的五郎救了下来。王氏诉说了前情，五郎便将她安置在了五台山的翠云庵。黄川投北后被萧太后重用，又娶了一房夫人，黄凤仙当时只有两岁，所以就把继母当成了亲娘。

王氏哭得跟泪人一样，诉说前情，苦劝女儿回头是岸。但黄凤仙听了这话却半信半疑，担心这是他们的计策，想骗她投降。但如今被困于此，她若是不认就会被捉住，于是她假意下马来给王氏请安，并说此事重大，得等她回去问过父亲之后才能定夺。

众人一见这事有缓和余地，都挺高兴。没承想，就在这时，黄凤仙猛然往前一蹿，抱起王氏，几步跑到马前，“唰”地一下把她拥到马鞍轿上，自己飞身上马，左手按着夫人，右手抽出三皇剑，冲着杨五郎、孟良等人高声断喝：“尔等打不开玉女阵，想用奸计欺骗你家姑奶奶。哼！我把她带回阵内，要千刀万剐。有能耐你们进阵去！”说完，双脚踹镫，打马急驰而去。

众人全愣了，万万没想到她会把王氏抢走。周围伏兵因怕伤了王夫人也不敢射箭，结果众人只能眼睁睁看着她逃走了。

本指望王氏能够劝回黄凤仙，却不料反让她把人劫走了，真是偷鸡不成蚀把米。穆桂英更是愁得睡不着觉：宗保、宗勉被擒在阵内，现在不知死活，王氏又被掠走。攻打玉女阵以来，处处失利，如今究竟该怎么办？

这一日刚吃过早饭，军兵来报说，黄凤仙在外面讨阵，点明让穆桂英亲自出马。穆桂英升帐，向众将交代了军情后，点兵出营。到了阵前，穆桂英好言相劝，说王氏就是她亲娘，但黄凤仙依然不信，二人开战。黄凤仙抡起大刀，奔着穆桂英砍了下来。穆桂英使足力气，一横刀杆，双手托天，往外一磕，两刀相碰，二马错镫，圈回来再战。这二人，双刀并举，寒光闪闪，大战二十回合，不分胜败。此时的穆桂英已经怀有身孕，而黄凤仙却是血气方刚，穆桂英知道一时难以取胜，但作为元帅，她自然不能认输。突然，宋营鸣金收兵，穆桂英趁机虚晃一刀，撤出圈外，与黄凤仙约定明日再战。

原来，宋将看穆桂英一时无法取胜，怕她吃亏，所以才鸣了金。穆桂英回营后找佘太君和六郎商议，必须得请个高人回来，否则很难取胜。众人问要请何方高人，穆桂英说非大刀王兰英莫属。六郎听穆桂英提到王兰英，脸腾一下子就红了。当初，王兰英是被他气走的，如今再去请她，人家肯来吗？谁去请呢？最后还是寇准出了主意说穆桂英最合适。临走之前，她命令军中之事暂由三关大帅代理，如黄凤仙叫阵，可暂挂免战牌。

次日，穆桂英单人独马奔西岐州。这一天，来到岐州城外。只见岐州一派繁华景象，再不像当初金木耳造反时的破败，可见大刀王兰英和军师刘云侠治理有方。穆桂英来到城门口，被军兵拦住，她说自己来找王兰英，因着男装所以报名说自己叫杨宗保。军兵听说找他们大王，便把她领到了王府。

王兰英正在书房看书，听军兵来报说有个叫杨宗保的人来找她。王兰英一听，脑袋“嗡”的一声，心中暗想：“杨宗保来干什么？按说这个孩子还不错，可杨六郎却忘恩负义。宗保今日来这儿，定是他支派的，说不定他又有什么为难之事。”王兰英自然不想见，但就这样拒绝又担心杨宗保不走，便附耳对军士说了几句话，军士点头退下。

军士来到门外对穆桂英说大王不见她，让她走，穆桂英自然不肯走，结果军士就说如果不走就杀了她，说罢就把她绑了起来，举刀要砍。

正在这时，一位四十多岁的道姑走了过来，问军士何故要杀人，穆桂英忙问她是谁，道姑说自己叫刘云侠。穆桂英赶紧说出了真实身份，说她是来请婆婆出山帮助破天门阵的，如果此阵不破，大宋就要亡国了。

第五十回

西岐王前敌助阵 王兰英奋勇闯阵

刘云侠一听，赶快让军兵放了穆桂英，然后劝她不要着急，自己去说服王兰英。进到书房，刘云侠问王兰英为何要杀人，王兰英说杨家的人都不是好人，不过自己也不是真想杀他，只是吓唬一下。刘云侠又问她穆桂英这人如何，王兰英连声称赞道："我那儿媳穆桂英还不错，她心也好，人也好，对我也好！我这座西岐城能有今天，还有她的功劳呢！"刘云侠问她为什么这么说，王兰英便跟她说，当初穆桂英给了她八车财宝、衣物，她派人把这些东西拿到京城卖掉，这才换回了养兵的银钱和百姓的补助，最终才保住城池。

刘云侠听到这儿乐了，不想再瞒她，朝门外说了一声："快进来吧。"

王兰英一见来人，一下子愣住了。穆桂英含笑道："婆婆，你不认识我了吗？"说着就跪倒行礼。

王兰英仔细一看，原来是自己一直想念的儿媳穆桂英，于是一把将她抱住，大哭起来。

相见完毕，穆桂英换了女装，由刘云侠作陪，二次到书房，茶罢盏落，置酒款待。穆桂英说明来意，但王兰英心中却还没放下往日心结，所以不同意。最后穆桂英只得使出激将法，说黄凤仙口出狂言，不把王兰英放在眼里。又说宗保还困在玉女阵里，生死不知，自己想去打阵，却因怀了身孕多有不便。最终，王兰英总算是答应了。三个人商定一同前往。

临行前，王兰英把兄弟王兰贵叫来让他镇守西岐州。一切收拾停当后，次日清晨，三个人领兵启程。

这一天，来到宋营外，八王、佘太君、杨六郎、寇准以及众将早在此等候了，大家见面，欢喜非常。六郎来到王兰英面前，压低了嗓音，道："兰英啊，以前是我不对，多有得罪，叫你在外边受苦了。来来来，跟我进城。"说完，伸手就拽缰绳。这一下，王兰英这几年的苦顿时都消了。大队人马进城，到后帐歇息不提。

这日，六郎随穆桂英来问王兰英和刘云侠打阵救人之事。二人说先去阵外观察一番再说。当夜，二人来到玉女阵外，详细观察一番，又嘀咕一阵，才悄悄回来。天刚放亮，二人去见穆桂英，商议就在这一日打阵。二人披挂整齐，领着从西岐州带来的五百军卒，来到玉女阵前。可是此时阵内阵外却是一片静悄悄，二人稍作商议，留二百人守住阵口，然后带三百人直接闯阵。

玉女阵中间是一道石头墙，墙上有大铁门，上面有大旗。进阵之前，王兰英合计把铁门下的门轴砸碎，只要关不上门，等救了人就容易冲出来了。王兰英双膀一晃，一下子把门轴给砸了个粉碎。随后，铁门“哗啦”一歪，倒了。王兰英高喊一声：“弟兄们，冲啊！”

王兰英和刘云侠冲进玉女阵，闪目一瞧，老道周子恒站在阵台上。见二人进阵，周子恒急忙晃动手中小旗。霎时间，阵中的兵马，全都依次序各就各位。这时，周子恒开始手摇黑旗——黑旗为北方壬癸水，就见北方有一哨人马，直奔王兰英冲来。当中一个老道，正是颜容的师弟赵子清。王兰英二话不说，举刀便砍，赵子清不是她对手，几个回合便被王兰英生擒。王兰英逼问出宗保等人现被关押在西南的石洞里，然后便挟着他往西南洞中杀去。刘云侠手擎长剑，紧跟在王兰英身后。

周子恒在阵台上一看赵子清被挟，急忙摇动红色的斗旗——红旗为南方丙丁火。“呼”的一声，军兵冲上前来，紧接着树林里冲出赤风、赤火、赤水三个大都督。混战之中，赵子清被王兰英当成兵器扔了出去，可刘云侠也惨死在赤水的棍下。

王兰英一看刘云侠毙命，心中万分悲痛，大喊一声“姐姐”，然后回身便与三个人再次战到一处。此时的王兰英已经杀红了眼，比刚才更勇猛十倍，赤水、赤火先后被她斩于马下。赤风吓坏了，掉马就逃。王兰英见敌兵逃去，她甩镫下马，抱起刘云侠大声痛哭。但她也知道，此时不是伤心的时候，哭了一会儿后她只得放下刘云侠的尸身，赶紧去救人。来到西南洞中，她救出了宗保、宗勉二人。正当她带着二人要出阵时，没想到黄凤仙赶到了。

黄凤仙怎么才来呢？原来，刚才她没在阵内，而是一大早被萧太后请到行宫去了。听军兵来报才知道有人闯阵，她急忙往回赶，正好碰上王兰英。王兰英奋力搏杀，终于带着宗保和宗勉闯出一条血路，跑到阵外，黄凤仙在后面紧紧追赶，同时吩咐军兵赶快给总阵送信，不能放走王兰英。老道颜容在总阵玉皇阵中听说王兰英闯出了玉女阵，急忙传令给各阵，堵截王兰英。

王兰英出了玉女阵，见玄武阵和青龙阵那儿没人把守，立刻策马奔去。结果越走越高，一直到了山顶。王兰英定睛一瞧，坏了，眼前是山涧，对面是峭壁，绝路一条。想拨马往回返，可是黄凤仙已经追了上来。危急时刻，王兰英把心一横，准备骑马跳过山涧。于是她让宗保二人闭上眼睛，然后照着战马的三叉骨就是狠狠一拳。战马突然挨了一拳，吃痛之下猛然前蹿，来到山涧边，然后猛一弓腰，前蹄一起，腾空而起，穿过山涧，飞到对面山头。宗保、宗勉被甩到马下，立时昏了过去。

好在王兰英还清醒，她刚想起身去扶宗保二人，突然，一口大刀横在她脖子上："别动！"王兰英扭头一看，眼前站着一员辽国的女将。女将问她是何人，王兰英报出姓名，没想到女将一听，立刻收了刀，伸手相搀。一问之下王兰英才知道，她叫姜翠屏，原来一直误会了杨家，如今才知道是遭人陷害，现在她要投奔宋营。唤醒了宗保二人后，四个人急忙下山去了。

这时，黄凤仙赶到山头，瞪眼看着姜翠屏把他们救走，又气又急，只得返回大帐。晚饭过后，她正在思忖军情，丫鬟突然来报说黄大人和她抓来的那个夫人吵起来了。黄凤仙走到门外细听之下，脸色大变——原来，这个夫人真是自己的亲生母亲，她说的话半点不假。这时候，黄川为了不让黄凤仙动摇，正要取她性命。

第五十一回

辨真伪金童投宋◉天门阵大破辽兵

黄凤仙踢门而入，大喝一声：“住手！”黄川回头一看是女儿，只见黄凤仙瞪着他，一言不发，然后转身一头扑到王氏怀内。黄川见事情已经败露，把牙一咬，道：“好！人各有志，咱们分道扬镳。”说完，推门出房扬长而去。

母女相认，自是一番诉说衷肠。黄凤仙决定跟母亲一起投宋营，她牵出战骑，扶王氏坐好，自己也飞身上马，急奔玉女阵阵门而去。可刚刚出了阵门，就被一哨人马拦住了去路。领头小将正是金童阵阵主任金童：“黄凤仙，黄川副阵主说你有谋反之心，我师父命我来拿你！”黄凤仙知道任金童十分厉害，便央求他说，自己只想带母亲离开，请他放过自己，任金童自然不同意。正在这时，出来巡营的杨六郎赶到了。

王氏见杨六郎来了，喜出望外，道：“杨元帅！

我女儿凤仙要跟我去投宋营，被这小将拦住了，快帮个忙吧！”那任金童一听“杨元帅”三个字，立刻拨马奔六郎而来，他要为父报仇。原来，他就是任炳的儿子。来到杨六郎近前，任金童说出了自己的真实身份，然后大骂杨六郎当年假扮他爹，欺骗他娘，逼死他爹，最后他娘也因此悬梁自尽。杨六郎急忙解释，说他冤枉了自己，可任金童不听他解释，举枪就扎。杨六郎心中苦涩，当年任炳替自己死了，这天大的恩情一直未能去报答，如今就让他的儿子来给父亲报仇吧，于是他把眼一闭，不准备还手。任金童见状也没心软，一枪朝他的咽喉扎来。

就在这时，六郎座下的宝马不干了，它见有人来杀主人，撒腿就跑。任金童一看，在后边就追。突然，迎面冲出三匹马，中间马上端坐着一个老道，左边是个红脸大汉，右边是黑脸大汉。三个人认出了杨六郎，便问他这是要到哪儿去。原来这三个人正是六郎的师父任道安，另外两人是董齐和宋亮。他们二人当初是云南小梁王手下的旗牌官，和杨六郎、任炳都是结义兄弟。

那么，三个人到这来干什么呢？原来，六郎离开几年后，白氏见“丈夫”一去不复返，思念成疾。董齐、宋亮商量后便假传信息，说任炳在北国贩牲口，遇到辽兵入侵，不幸身亡了。从此，白氏便死了这条心，只盼着儿子金童能早日回来。一晃十多年过去了，最近白氏病了，想儿子的心情更急切了，便跟董齐、宋亮商量，让他们去一趟京城，一来看看佘太君，二来帮着打听一下金童的下落。二人便启程往京城而去，走到半路，正遇见任道安，任道安便跟他俩说了天门阵之事，并让他俩一同来助阵。于是三个人结伴而行，不巧不成书，还没到宋营就碰到了杨六郎。

了解了细情之后，任道安告诉金童，他母亲并没有死，而他一直在被蒙骗。原来，他两岁时不是走失，而是被西岳华山玉泉寺的长老海空偷走了，海空带他上山后，教他武艺。他长到十八岁，武艺学成了，海空也死了。他掩埋了师父下山回云南，正巧碰见老道颜容。颜容见任金童武艺好，便细问了家中情况。任金童说了之后，颜容心中便打起了坏主意，他编了一通瞎话，说杨六郎害死他爹，霸占了他娘，后来事情败露又逼死了他娘。任金童误以为真，便拜了颜容为师，开始为辽国出力。

任金童听到这儿，有些半信半疑，这时，宋亮拿出了他娘写的亲笔信。看过之后他才知道自己果真上了颜容的当，当即他便给六郎下跪认错，二人抱头又哭了一阵儿。杨六郎派任金童回天门阵卧底。任道安、董齐、宋亮随杨六郎回到宋营。这天，子时刚过，穆桂英传令升帐。点名过卯已毕，发布军情："众位将军！眼看赌期已到，今天我们就要攻打天门阵。望你等同心协力，奋勇当先。所授军令，不得有误。"众将官听罢，昂首挺胸，等候传令。

分派好各路兵马后，穆桂英高喊一声："出发！"她一马当先，左有王兰英，右边是穆钢和穆铁，走在大军最前头。他们身后，各路人马紧紧相随，像潮水一般，涌向天门阵。

来到阵前，她高传将令："众将官，冲！"一声令下，霎时间呐喊声惊天动地，锣鼓声威震山岳，各路将官率领本队人马，向恶阵冲去。

花开两朵，各表一枝。先说杨六郎带着孟良、焦赞冲到白虎阵门口。白虎阵的阵主叫白天蛟，是白天龙的弟弟。另外，阵内还有十几员战将。宋兵一进阵，这时，六郎想起与穆桂英看阵图的时候，上边写得明白：白虎阵左边有木桥。于是他领兵拨马往左边走去。走出不太远，就被白天蛟拦住了。二人互报了名号后便战在一起，五个六回合后白天蛟就被六郎挑杀在马下。番兵看了，正要冲上前来。孟良连拍火葫芦，霎时间，一股烈焰扑了过去，吓得番兵抱头鼠窜。六郎领兵追去，痛歼敌军。

再说六合阵。阵主是韩昌的儿子韩冷，黄川也在此把守，杨五郎领人刚往里冲，迎面正碰上韩冷。韩冷力大无穷，杨五郎与他战了二十个回合仍未能取胜。这时，杨五郎巧用计谋，拉了个败势，拨马便跑。韩冷随后追来，杨五郎猛一回身，来个败中取胜的招数，一斧子砍在韩冷的左胸，韩冷当场毙命。这时，黄川催马抡刀，来战杨五郎。没几个回合，也被杨五郎一斧子砍落马下。

杨宗保、杨宗勉和杨宗英攻打铜光阵。铜光阵阵主沈达武艺高强，宗勉和宗英先后被他杀落马下。宗保一看，气冲斗牛，抖枪上前。可是他也不是沈达对手，几个回合便败出铜光阵。刚一出阵，迎面正碰上姜翠屏。姜翠屏一听宗英被杀，强按悲痛，催马进阵。几个回合便将沈达人头削落。杀了沈达，姜翠屏来到杨宗英尸体跟前，甩镫下马，跪倒在地道："将军，我给你报仇啦！你且慢走，我随你一起去也。"说完，亮出宝剑，自尽身死。

再说穆桂英。她眼观六路、耳听八方，在青龙阵内，从容自若，挥军作战。攻阵不久，便有探马陆续来报捷："白虎阵攻下了！""王母阵攻下了！""六合阵已破！""飞火阵都打开了！"……桂英连连点头，心中合计："恶阵已破过半了。"此时，突然有人前来报丧："报！杨宗勉、杨宗英在铜光阵内阵亡，姜翠屏自刎身死！"穆桂英听了，强忍悲痛，命中军传令，晓喻得胜的各路军卒，打扫战场，主将齐奔玉皇阵。随后，她高声喊喝："众将官，随本帅出征！”霎时间，大队人马铺天盖地一般，向前推进。

玉皇阵由颜容亲自坐守，因阵中一座庙里供着玉皇大帝而得此名。颜容听报说白虎阵、六合阵等小阵都已被破，心中开始害怕起来，他急忙命观阵的晃灯摇旗，往玉皇阵聚将。避过阵口的冷箭后，穆桂英带领各路的宋兵往洞内冲杀，两兵相接，一场混战。

正在这时，阵内闪出一人，正是任炳之子任金童。任金童回来守金童阵，见宋兵攻来，他自动让开，跑到玉皇阵。颜容叫他去守洞门。宋军到玉皇阵时，任金童给宋军带路，不巧一转身遇到了韩昌，二人一番恶战，韩昌被任金童挑落马下，任金童正想要过去结束他的性命，没想到颜容从后面朝他杀来。王兰英带兵冲杀四门，却没冲进去，这时穆桂英发现了端倪，原来问题出在吊斗的灯上——只要吊斗的灯一闪，就会出现大批番兵。穆桂英抽出箭来，“啪啪啪”连发四箭，四盏灯全被打落，王兰英即刻带兵冲进围墙。番兵一看，纷纷逃命。

穆桂英连射四箭，因用力过猛，顿时觉得腹内疼痛。她心中暗想：“不好，难道要生了？”她没敢惊动别人，一拨战马，直奔阵边的树林而去。刚在树林中休息一会儿，远处一个老道骑着梅花鹿冲了过来，正是颜容。

穆桂英忍住腹痛与颜容战到一起，几个回合便把颜容打得大口吐血。正在这时，王兰英赶到，大声喝道："妖道，我问你，萧太后哪去了？"颜容此时已无还手之力，只得据实说道："韩昌受伤后，她就领着萧天佐、萧天佑，拥着韩昌，悄悄逃跑了。"王兰英再无二话，手起刀落，"咔嚓"一声砍掉了颜容的脑袋。

穆桂英刚才用力过猛，腹内一阵剧痛，不久小孩落生了。她急忙割断脐带，扯下征袍，把孩子包上，给孩子取名杨文广。

王兰英一看桂英生下孩子，心中高兴："这宝贝可真福大、命大、造化大呀，快叫奶奶看看。"说完，把孩子抱到怀里。穆桂英擦擦汗水，重整铠甲，抖擞精神，手擎大刀，二次上马，指挥三军儿郎，又驰骋在疆场上。再看韩昌兵马，个个慌不择路，拼命逃窜，天门阵已破，宋军大获全胜。

第五十二回

里应外合破幽州 杨家将得胜还朝

破了天门阵，萧太后逃跑。焦赞追在最前面，赶上了韩昌。兵败如山倒，韩昌也不复往日威风，几个回合下来便被焦赞生擒，后被杨宗保下令斩杀。

大获全胜之后，宋军收兵回营。两天之后，杨六郎率众回朝。真宗大喜，上下封赏一番。回到天波府，佘太君劝六郎应早日回到边关，以防辽兵趁机攻打，六郎应允。此时五郎也提出，自己与佛缘未了，想要回归五台山，佘太君应允。

太平数日。这一日，大辽使臣来到朝中，递上萧太后亲信，信中称辽国愿归降大宋。同时萧太后在信中提出，希望真宗能派出十大朝臣前往九龙山飞虎峪与他们交接，以表诚意。真宗见辽国愿意投降，非常高兴，立即派以八王为首的十大朝臣前往九龙山飞虎峪招降。殊不知这是辽国的诈降之计。

原来，天门阵被破后，萧太后逃回辽国，但她图谋中原之心仍然未死。与群臣商议之后，定下了这条诈降之计。

八王出发之前，先到三关见了六郎，六郎派出孟良、焦赞随八王一同赴辽。不日，八王带群臣来到九龙山飞虎峪，消息传到幽州，萧太后立刻任命耶律学古为行营总管，率领一万精兵先去等候。八王等人到来后，耶律学古先是假意设宴招待，然后趁众人不备，唤出早已埋伏好的兵士，将众人团团围住，一众人被围困在谷内。

萧太后听闻消息后与群臣商议，有大臣提议应趁此机会再次进军中原。但萧太后却认为刚刚打了败仗，良将已不多，此时不宜再出征。这时，驸马木易却主动提出愿保驾萧太后出征，萧太后思忖再三后准奏。这木易是何人呢？他正是杨四郎杨延辉。当年金沙滩一役，他不知所踪。原来他跟八郎一样被辽国公主招为驸马，但他也一直心系中原。

第二天，萧太后的车驾离开幽州，大军浩浩荡荡向九龙山飞虎峪进发。当天半夜，木易写了一封信，用箭射到了宋营。八王接信后，这才获悉了四郎此前际遇，心中不免感叹。有四郎为内应，宋军暂时解决了粮草问题。随后，八王又派孟良前往五台山请五郎再次下山克敌。

五台山离关西很近，那里穷凶极恶之人甚多。凡是有人犯了法，就逃到五台山的寺庙里出家，五郎一一收留。日子久了，五郎手下便集结了一支战斗力非常强的僧兵。五郎听孟良说了八王被困之事，立刻集合了寺里一千多僧兵，准备出发。孟良告辞后立即奔赴汴京，将这一情况又禀告给了真宗。与群臣商议后，真宗任命杨宗保为先锋，呼延赞为监军，率五万兵马前去救援。

杨宗保率众救援，一路势如破竹，耶律学古根本不是敌手。辽军大败，萧太后慌忙逃回幽州。与此同时，杨六郎也带兵赶到，救出了被困在谷中的八王等人。

八王被救后与六郎商议，不如趁机直捣幽州，以防辽国兴兵再起，六郎称是。随后，杨六郎派岳胜、孟良、焦赞带兵先出发，八姐、九妹、杨宗保率兵在后面接应，呼延赞保护朝臣，担任监军。安排好之后，岳胜等人便率兵向幽州进发。

外有宋朝良将攻城，内有四郎精心卧底，最终，幽州成功被破，萧太后自杀。四郎向琼娥公主道出实情，公主愿意跟他一起回宋。四郎向八王请旨后，与琼娥公主一起安葬了萧太后。休整几日后，八王带兵回朝，真宗重赏诸人。

六郎受封后向真宗请旨，希望能宽限几日再去上任，真宗应允。这一日夜晚，六郎梦到了父亲老令公。梦中

宋

老令公让六郎前去取回他的尸骨，不要让他的魂魄在他乡游荡。

第二天一早，六郎便将此事说与佘太君，佘太君让他去问四郎，四郎这才讲清了事情的缘由。原来，当日辽兵找到了杨继业的尸骨，藏在了幽州城内的望乡台，又在原地埋下了一副假尸骨，以迷惑宋朝和杨家。老令公死后，杨六郎曾派孟良前去盗回了尸骨，没想到那是假的。

六郎即刻叫来孟良，命他去取回老令公的尸骨。自从孟良走后，六郎心里一直隐隐不安。不日传来消息，孟良、焦赞双双身死，尸体被抛在幽州城外。

原来，孟良偷偷潜入幽州城后悄悄登上了望乡台，果然看到一个匣子。他急忙拿了匣子便走，谁料这时有人摸黑走了过来，孟良以为是辽兵发现了自己，于是大斧一挥朝来人头上砍去，结果来人当场毙命。可是月下他仔细一辨，发现来人却是焦赞。

原来，焦赞不放心孟良一个人潜到幽州，在他出发不久便偷偷跟他而来。孟良心中悲痛懊悔，自知无法赎罪。第二天，他把老令公的尸骨交给一位在辽国当巡兵的大宋人，嘱咐他一定要带到汴京交到天波府。随后，孟良拔刀自尽。可怜一对镇守三关的良将，就这样客死异乡。

六郎得知两个兄弟身死，心中万分悲痛，竟一病不起，不久之后也病逝了。八王赵德芳原本也是病体缠身，听闻六郎的死讯，悲愤交加，病情加重，在同一天夜里也去世了。真宗追封六郎为国公，并下令厚葬二人。

西夏国主李穆王听说宋军攻破幽州，又听说六郎病死，便与群臣商议想出兵攻打大宋。武将殷奇自请出兵，李穆王随即命他率领十万精兵向雄州进发。真宗获知消息，立刻封杨宗保为征西招讨使，带兵五万，前去退敌。

杨宗保与殷奇对战，殷奇以诈败之计将宗保骗至金笼山。被困数日，无法突围，杨宗保派帐下刘青悄悄遣回汴京求援。刘青回到汴京来到天波府，将宋军被困金笼山一事告诉了佘太君。

穆桂英听后要立即进宫向真宗禀告派兵救援，但佘太君说此时朝中已无良将可派，穆桂英便提出自己领兵前往。八姐、九妹及府中女将自是不甘落后，也都要求一起前往。佘太君见众女将心意已决，便在第二日上殿面见真宗，说杨门女将请旨出征讨西夏。真宗正愁无人可遣，见佘太君自荐家门，当然非常高兴，立即准奏。

杨门女将出征，所向披靡，先是解了金笼山之围，随后连战西夏数将，场场皆胜。最终，西夏王李穆王同意归降。杨宗保接受了西夏的降书。大军休整几日后，宋将辞别了西夏国主便班师回朝了。

几日后，大军已经离汴京不远了。真宗早就收到了捷报，并派出大批文臣到城外迎接。第二日，杨宗保上殿，呈交了西夏的降书，真宗大喜，分赏众将。

从此，四海安定，宋朝天下太平。